일제강점기 한민족의 망명문학

일제강점기 한민족의 망명문학

김동수

쏠트라인
SALTLINE

일제강점기 한민족의 망명문학을 발간하며
─항일 민족시가를 중심으로

　일제강점기 한국의 국내문학은 조선총독부의 언론 탄압 정책에 의해 민족의 얼이 살아남을 수 없는 식민지 종속문학으로 전락되었다. 일인 (日人)들의 『고문경찰소지(顧問警察小誌)』를 보면 일제는 그들의 침략정책을 은밀히 시행코자 한일협약(1904)을 맺고, 조약에도 없는 경찰고문을 파견하여 그때부터 유생들의 탄원서와 벽보, 신문 원고 등을 사전에 검열하면서 반일(反日) 감정을 미연에 방지하고 있었다.

　일제는 치밀하게 짜여진 식민통치 정책으로 우리의 역사와 민족정기를 식민사관으로 왜곡·폄하하면서 국민 정서 또한 병약(病弱)하고 감상적인 자기비하증에 젖어들게 하였으니 이러한 현상은 당시 국내문학에서 더욱 두드러지게 나타나 있다. 소위 한국 현대문학의 장을 연 신문학의 개척자라 일컫는 이인직, 최남선, 이광수의 작품들만 보아도 그렇다. 나라가 주권을 빼앗기고 고종황제가 강제로 퇴위되는 등 오천년 사직이 누란지경에 놓여 있건만 이인직은 일군(日軍)을 인도주의자로 미화하는 「血의 淚」를 쓰고, 최남선은 「경부텰도 노래」에서

> 우렁탸게 토하난 긔적 소리에
> 남대문을 등지고 떠나 나가서
> 빨니 부난 바람의 형세 갓흐니
> 날개 가진 새라도 못 따르겠네.

늙은이와 졂은이 셕겨 안졋고
우리네와 외국인 갓티 탓스나
내외 친소 다 같이 익히 지내니
조고마한 딴 세상 절노 일윗네.
　　　　　　— 최남선, 「경부 텰도 노래」 일부, 1908년 3월

　위와 같이 근대문명과 개화를 앞세운 일제의 한반도와 대륙침략을 위한 간선 철도인 경부선의 개통을 찬양·예찬하고 있으며, 이광수는 소설 「무정」에서 당시 망국(亡國)의 현실에도 맞지 않는 자유연애 사상을 부르짖으며 친일 사대주의로 국민정서를 호도하고 있었다.

　대부분의 국내문학이 이처럼 민족의 현실을 외면하고 호도해 가면서 일제의 침략현실에 동조, 민족의 염원과 멀어져 국권을 빼앗긴 한반도가 제국주의의 희생물이 되어갈 때, 애국지사들은 지하로 숨어들거나 해외로 망명하여 구국운동을 펼쳐나갔다. 주로 국경지대인 만주와 연해주, 그리고 상해와 미국의 샌프란시스코, 하와이 등지에서 교민 계몽, 독립군 양성, 신문·잡지 간행 등을 통해 조국독립 운동을 전개해가면서 국내문학과는 사뭇 다른 양상의 작품을 발표하고 있었다. 이러한 일련의 과정에서 '일제강점기 해외동포들의 항일민족시가'들이 탄생하게 되었다.

건곤감리 태극기를/ 지구상에 높이 날려

만세 만세 만만세로/ 대한독립 어서하세.

　　― 전명운, 「뎐씨 애국가」 일부, 〈공립신보〉, 1908.4.1. 샌프란시스코

얼음도 썩고 눈조차 쉬는/ 블라디보에

이상타 안 썩은 것은/ 태백의 령(靈)

　　　― 孤舟. 「이상 타, 〈권업신문〉, 1914.3.18. 블라디보스토크(소련)

화려한 금수강산/ 삼천리 땅은

선조의 피와 땀이 적신 흙덩이/ 원수의 말발굽에 밟힌단말가

아! 이 부끄럼을 못내 참으리,

　　　　　― 桓山, 「國恥歌」, 〈독립신문〉, 1922.8.29. 상해

　＊ 환산(桓山): 국어학자 이윤재(李允宰)

　　이처럼 해외 동포들의 망명문학은 망국의 현실을 괴로워하면서 침략군(일제)에 대한 적개심과 국권회복 의지를 다지고 있다. 여기에는 국내문학에서 보기 힘든 한민족으로서의 자존과 일제에 대한 저항의 민족혼이 아로새겨져 있어 그간 일제강점기 우리 국내문학의 반성과 앞으로 나아가야 할 방향에 대해 많은 것을 시사해 주고 있다.

이 자료들은 필자가 1988년 박사학위 논문 (『일제침략기 민족시가 연구』)을 책으로 엮어 발간한 이래 해외 망명인사들의 작품들을 좀 더 수집하고자 중국 북경대학과 연변대학 그리고 1996년 미국 샌프란시스코에 있는 버클리 (U.C.Berkeley) 대학에 객원교수로 가 있을 때 수집한 해외동포들의 항일 민족시가들이다.

1996년 U.C.버클리 대학 동아시아 도서관에서-필자

U.C.버클리에는 한국학에 관한 자료가 소문처럼 많이 소장되어 있었다. 특히 '한국문학과'가 설치되어 있을 뿐만 아니라, 그곳 동아시아 도서관(East Asian Library)에는 학계에 아직 소개되지 않았던 아사미(Asami) 문고를 비롯한 희귀한 국문학서가 다량 소장되어 있었다. 아사미 린타로(淺見倫兌朗: 1868-1943)는 1906년 통감부 법무관으로 조선에 들어와 1916년까지 꾸준히 수집하였던 조선의 고서(古書)를 정리하여 『조선수서목록朝鮮蒐書目錄』을 작성하였는데, 여기에는 이규보, 김시습, 김만중의 『구운몽』, 송시열, 윤선도, 정약용의 『목민심서』 등 학술, 역사적 가치가 높은 희귀한 한국 고서(古書) 수 천 권이 보관되어 있다.

태평양을 건너 샌프란시스코 항을 거쳐 버클리 대학 도서관에 도착한 아사미 문고

이곳에 있으면서 U.C.Berkeley대학 동아시아도서관과 하버드大 엔칭 도서관의 도움을 받아 주로 연해주에서 발간된 일제침략기 미주를 비롯한 해외동포들의 민족시가(民族詩歌)들을 수집할 수 있게 되었다. 여기에서 샌프란시스코와 하와이에서 발간된 〈신한민보〉(1905-1986)와 〈태평양주보〉(1930~), 소련 블라디보스토크에서 발간된 〈대동공보〉(1908-1910)와 〈선봉〉(1923-1937) 그리고 중국 상해와 만주 북간도 등지에서 발간된 30여 종에 달하는 신문 잡지 등에서 아직 국문학계에 알려져 있지 않는 항일민족시가들 1000여 편을 발굴하게 되었다.

물론 이 중에는 예술성이 떨어지고 문체 또한 여론 환기와 대중적 전달 효과를 높이기 위함인지 4.4조의 낡은 가사체(고국을 떠오기 전 이미 익숙하게 사용하던 당시의 문체)를 즐겨 사용하였고, 이리 쫓기고 저리 쫓기는 적과의 투쟁 과정에서 발표된 작품이다 보니 문학적 측면에서도 국내작품에 비해 미흡한 점이 적지 않았다.

하지만 적어도 한 시대의 문학을 평가함에 있어선 작품성 못지않게 당시 국내문학이 식민지종속문학으로 전락되었던 특수시대임을 감안하여 볼 때, 해외 망명 인사들이 적의 감시를 피해 현지에서 어렵사리 발표한 한민족의 진정한 목소리가 담긴 그 시대의 정신사란 점에서 우리의 근·현대문학사에서 결코 소홀하게 여겨서는 안 될 우리의 소중한 정신적 자산이라고 본다.

이런 측면에서 이 자료들이 우리 국문학계뿐만 아니라 사회 각층에 널리 알려져 일제강점기 식민지문학으로 점철된 한국 현대문학에 반성의 계기를 촉구할 뿐만 아니라, 일제의 참혹한 압제 속에서도 한민족이 결코 굴하지 않고 조국독립과 민족의 자주적 삶을 위해 일제에 의연하게 맞서 싸웠다는 자랑스런 한민족의 참모습을 후세에 남겨 주고자 한다.

늦게나마 보훈부의 지원과 전라정신연구원 김윤곤 사무총장과 채들 시인의 도움을 받아 이 자료들을 세상에 널리 알리게 되어 기쁘다. 순서는 미국, 중국, 러시아, 대한민국 순으로, 그리고 그 자료들을 잡지, 신문사별로 간추려 발표한다. 강호제현들의 많은 관심과 질정을 기대해 본다.

2023년 11월
이언 김동수(백제예술대 명예교수)

민족문학의 저항정신과 민족혼의 영원성
— 일제강점기 망명문학을 통하여

일반적으로 문예학에선 그 지향하는 바에 따라 문학을 크게 순문학 belles letters 과 목적 문학(경향문학)으로 나누지만 범주에 따라서는 민족 문학, 세계문학 등을, 성격에 따라서는 민족문학, 이민문학, 전향문학, 동반문학 등으로 나누기도 한다. 흔히 우리문단에서 운위되고 있는 '순수문학'이란 순문학의 일부이며, '참여문학', '민중문학', '민족주의문학'(우리 문단에선 이를 '민족문학'이 호칭해서 혼란이 야기되고 있으나 엄밀히 말해 민족문학과 민족주의문학은 다르다. 민족문학은 순문학의 일부이고 민족주의 문학은 목적문학의 하나이기 때문이다) 따위는 목적 문학의 일종이다. 물론 범세계적인 관점에서 플로레타리아 문학이나 사회주의자 리얼리즘문학이 대표적 목적문학이라는 사실은 누구나 아는 바와 같다.

그렇다면 본서에서 논의하고 있는 '망명문학'이란 무엇일까. 일반 문예학에서는 사실 이 용어의 개념이 확립되어 있지는 않다. 다만 어느 특수한 상황하의 특수한 민족에겐 성립될 수 있는 편의적인 용어가 아닐까 한다. 가령 20세기에 들어 주권을 일시 일본 제국주의자들에게 빼앗긴 우리 한민족의 문학 같은 경우이다. 그러나 이 역시 큰 틀로 보자면 문예학에서 정의하고 있는 바, '이민문학imigration literature'의 범주에서 벗어나는 것은 아니다. 원래 이민문학이란 본국을 떠나 타국으로 이민을 간 사람들이 정착지의 언어가 아닌 모국의 언어로 문필활동을 하는 문학을 일컫는 용어인데 가령 일제 강점기 시대에 중국이나 러시아로 유이민 혹은 망명간 한국인들이 그곳에서 한국어로 쓴 문학작품들이 그 대표적인 예라 할 수 있다. 현재는 미국으로 이민한 기백만 한국인이나 중국의 교민3세 혹은 4세들이 그곳에서 한국어로 활발한 문필활동을 벌리고 있는데 이는 세계사적으로 유례를 찾아보기 힘든 이민문학의 일대 절정이며 매우 중요한 학문적 연구 대상이기도 하다.

필자는 망명문학을 이민문학의 일부로 규정했으나 엄밀한 의미로 그 개념이 다르다. 망명문학은 이민문학 가운데서도 본국의 자주 독립과 주권회복을 쟁취하기 위한 이념 지향의 문학만을 일컫는 용어이기 때문이다. 그 같은 관점에서 이민문학은 순문학에, 망명문학은 목적 문학에 가깝다. 즉 망명문학이란 자의든 타의든 타국에 망명하여 ─ 국내에선 그같은 행위가 불가능하므로 ─ 그곳에서 조국의 주권회복을 위해 정치투쟁을 도모하는 목적문학을 말한다. 따라서 현재 시점의 경우 미국의 이민문학에 망명문학이란 찾아보기 힘들지만 일제 강점기 하의 중국, 미국, 러시아 등지의 우리 이민문학은 대부분 망명문학적 성격을 띄고 있었다.

김동수 교수는, ─ 자신이 획득한 박사학위 논문이 그렇지만 ─ 오랫동안 이 분야를 연구한, 몇 안 되는 학계의 석학이자 문단의 창작 시인이다. 그가 이번에 그의 박사학위 논문을 토대로 해서 일제 강점기 하의 우리의 망명문학, 그중에서도 망명시를 연구하여 집대성한 역저를 출간하였다. 우리 학계에서는 드문 일로 매우 의미 있는 노고가 아닌가 한다. 그 의의는 다음과 같다.

첫째, 우리 근현대 문학사에서 '망명문학'이라는 개념을 가장 구체적이고도 체계 있게 정립하여 학문적 영역의 폭과 깊이를 확장 심화시켰다.

둘째, 그간 학계에서 산만하게 부분적으로 연구된 제 성과들을 종합하고 그 서지(書誌)들을 일목요연하게 정리하였다.

셋째, 시인적 직관과 남다른 통찰로 개개의 작품들을 객관적으로 분석하여 우리 망명문학의 위상을 한 차원 상승시킴과 아울러 대외적으로 민족문학의 저항정신과 민족혼의 영원성을 드러내 밝혔다.

넷째, 중국의 연변대학과 북경대학, 미국의 버클리대학과 하버드대학 등에 소장된 희귀 도서들을 섭렵하여 아직까지 우리 학계에 보고되지 않은 새로운 망명 저항시들과 이에 관련된 자료들을 다수 발굴하였다.

필자는 김교수의 이같은 성과에 힘입어 앞으로 많은 후학들의 보다 차원 높은 학문적 업적이 뒤 따를 것임을 믿어 의심치 않는다. 다시 한 번 김교수의 노고에 경의와 찬사를 보내는 이유이다.

2023년 11월
서울대학교 인문대학 명예교수/대한민국 예술원 회원 오세영

민족의 참상과 독립의 염원을 담은 항일 망명문학

안녕하십니까? 전북동부보훈지청장 손순욱입니다.

먼저 일제강점기 일제의 탄압에 굴하지 않고 민족의 자존과 독립을 위해 끝까지 저항하여 광복을 일구어냈던 우리 민족의 혼이 담긴 항일 민족시가들을 한데 모아 발간하기 위하여 애쓰신 전라정신연구원의 노고에 깊은 감사의 말씀을 드립니다.

일제의 탄압 속에서도 우리 선열들은 문학으로서 일제에 항거하고 독립정신을 널리 퍼뜨려 민족의 혼을 더욱 불태우고자 하였습니다. 검열의 규제 속에서도 망국과 식민지 현실을 직시하여 자주독립 사상을 고취시키고자 하였던 우국 열사들은 여러 절명시와 민족시가들로 일제에 항거하였습니다. 동시에 국내에서 더 이상의 독립운동이 어렵다고 판단한 선열들은 외국으로 망명하여 상해임시정부에서 발행한 〈독립신문〉, 하와이 지역의 〈국민보〉, 샌프란시스코지역의 〈공립신보〉 그리고 블라디보스톡 지역의 〈대동공보〉 등에서 당시 민족의 참상과 독립의 염원을 담아 여러 망명문학을 발표하였습니다. 일제와의 투쟁과정 속에서 태어난 항일 민족 시가들에는 어느 시기의 문학보다 우리 민족의 기개와 얼이 혼연히 담겨있다고 생각합니다. 때문에 이 시기의 문학작품들을 한데 모아 만나볼 수 있게 되어 매우 뜻깊게 생각합니다.

이 책을 계기로 일제강점기에도 문학을 통해 우리 한민족이 민족자존과 국권회복을 위해 일제와 의연하게 싸웠던 선열들의 우국충정의 정신을 널리 알리는 계기가 되었으면 합니다.

　다시 한번 이 책을 펴내기 위해 고생하신 김동수 전라정신연구원이사장님을 비롯한 모든 관계자 여러분께 감사의 말씀을 드립니다.

2023년 12월

전북동부보훈지청장　손순욱

| 차례 |

1부

미국편

1. 1905년 〈공립신보〉와 「뎐씨 애국가」

일제강점기 만주, 블라디보스토크, 미주 등 해외에서 발표된 망명인사들의 항일민족 시가들이 우리들의 무관심 속에 방치되어 있다. 이 시가들은 1996년 필자가 미국 U.C. 버클리 동아시아 도서관에서 수집한 자료들이다.

미국 캘리포니아주에 있는 U.C.버클리대학에는 한국학에 관한 자료가 많이 소장되어 있다. 특히 그곳 동아시아도서관(East Asian Library)에는 학계에 아직 소개되지 않았던 희귀한 고전문학 자료가 한국학 자료실에 다량 수집되어 있었다.

이 곳에서 객원연구원으로 있으면서 일제침략기 미주를 비롯한 해외 동포들의 문학작품들을 수집했다. 샌프란시스코와 하와이에서 발간된 〈공립신보→신한민보〉(1905-1986)와 〈태평양주보〉(1930~), 소련 블라디보스토크에서 발간된 〈대동공보〉(1908-1910)와 〈선봉〉(1923-1937) 그리고 중국 상해와 만주 북간도 등지에서 발간된 신문·잡지 등에서 아직 알려져 있지 않는 항일민족 시가들을 발굴하게 되었다. 그 중 1900년대 초 미국에서 발간된 〈공립신보〉를 중심으로 거기에 실렸던 몇 편의 작품을 통해 당시 식민치하에 놓여 있던 우리의 실상과 한민족의 참모습을 후세에 남기고자 본 자료를 공개한다.

I. 미국 〈공립신보→신한민보〉(1905.11.4.-1945.8.15)

〈공립신보(共立新報)〉는 1905년 11월 20일 샌프란시스코에서 재미교포 단체인 '공립협회'가 발간한 신문이다. 당시 우리 교포들은 하와이와 캘리포니아에서 주로 사탕수수와 파인애플, 감귤 농장의 노동자로 취업하면서 어려운 이민생활을 하고 있었다. 그때 미국으로 유학을 왔던 안창호 씨가 한국 노동자들의 참혹한 삶의 현장을 목격하고 유학을 포기한 채, 교포들의 권익보호와 계몽의 필요성을 절감한 나머지 1905년 4월 샌프란시스코에서 '공립협회'를 창립하고, 11월에는 샌프란시스코 패시픽가에 회관을 설립하면서 〈공립신보〉를 발간하면서 국내에도 널리 보급하고자 노력하였다.

처음에는 인쇄시설을 갖추지 못하여 등사하여 매주 1회씩 발행하였으나 성금을 각출하여 1907년 4월 26일(제2권 1호)에 활자 인쇄로 주간 신문 형태로 발행하면서 '국권회복'을 사시(社是)로 내세웠다. 신문 간행의 취지를 아래와 같이 밝히고 있다.

광무 11년(1907년) 4월 26일에 활자로 제2권 제1호를 출간하여 면목이 일층 새로워 보이는 점 군자의 마음을 신선케 하니 어찌 본보의 행복이 아니리오. 이에 다시 강개한 말로 제위 동포에게 고하노니, 이제 국세를 돌아보건대 모든 권리를 다 외인에게 빼앗긴 바 되어 국민의 생명과 재산이 어육의 박할을 당하니 신민된 자 누가 통탄치 아니하리오.

오늘부터 새 활판에 새로 출간 하는 새 신문을 새로 보고 새 지식을 발달하며 새 사상을 활발하며 동종상보하는 마음을 일백 번 꺾여도 돌리지 말며 일만 번 죽어도 뉘우치지 말고 용맹 있게 전진하여 우리의 국권을 회복하고 자유의 복 누리기를 천만 축수하노라.
— 〈공립신보〉-제2권 1호- 1907년 4월 26일자 논설

1907년 초에 이미 '이제 국세를 돌아보건대, 모든 권리를 다 외인에게 빼앗긴 바 되어 국민의 생명과 재산이 어육의 박할을 당하니' '일백 번 꺾이고~ 일만 번 죽어도 뉘우치지 말고 용맹 있게 전진하여 우리의 국권을 회복하자' 외치고 있다.

이후 〈공립신보〉의 성격은, 국내 '신민회'에서 발간한 항일 민족기관 지인 〈대한매일신보〉의 해외 대변지로서의 역할을 톡톡히 하였다. 그러던 1909년 2월 10일부터 '공립협회'가 다른 여러 교민 단체들과 합쳐 '국민회'로 통합되면서 〈공립신보〉를 〈신한민보(新韓民報)〉라는 이름으

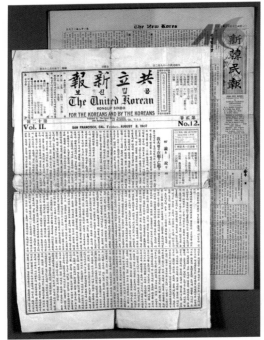

샌프란시스코에서 발간한 〈공립신보〉: 1905년→〈신한민보〉: 1905. 11. 4.-1945. 8. 15.

로 제호를 바꾸면서 '국민회'의 기관지가 되었다.

2. 전명운(田明雲)·장인환 의사(義士) - 스티븐스 저격하다
- 건곤감리 태극기를 지구상에 높이 날려

'뎐씨 애국가'는 1908년 미국 샌프란시스코에서 발간된 교포신문 〈공립신보〉에 실린 시가이다. 이 작품은 1908년 3월 23일 유학차 미국에 온 전명운이 샌프란시스코에서 조선총독부 외교고문이며 친일파 앞잡이 스티븐스를 저격한 후 어깨에 총상을 입고도 병상에서 쓴 애국가이다.

> 어화 우리 동포들아/ 일심 애국 힘을 써셔
> 四千년의 신성동방/ 신셰계에 빗내보셰
> 사농공샹 동력하면/ 대한뎨국 자연부강
> 자유독립하고 보면/ 세계상에 뎨일일셰
>
> 잊지 말아 잊지 말아/ 충군애국 잊지 말아
> 일심하셰 일심하셰/ 나라 위해 일심하셰
> 건곤감리 태극기를/ 지구샹에 높히 날려
> 만세만세 만만세로/ 대한독립 어셔하셰
> ― 전명운, 「뎐씨 애국가」, 1908.4.1. 〈공립신보〉

'대한독립 어서 하여' '건곤감리 태극기를/ 지구샹에 놉히 날려'보자고 한다. 1908년 일본의 침략 현실에 동조한 최남선의 「경부철도가」와 같은 해 전명운의 「뎐씨 애국가」는 사뭇 다른 독립의지를 내 보이고 있어 일제강점기 국내문학과 해외 망명 인사들의 작품 성향이 대조를 이루고 있다.

전명운(田明雲)은 1884년 (고종21) 평안도 출신으로 블리디보스톡에 건너갔다가 1905년 하와이로 이주, 이듬해 샌프란시스코에 도착하였다. 학비와 생활비를 모으기 위해 철도 공사장과 알라스카 어장에서 막노동을 하면서도 조국독립에 관한

악수를 나누고 있는 전명운(왼쪽) 의사와 장인환 의사. 장인환 의사가 석방된 뒤 샌프란시스코 한인감리교회 앞에서 촬영한 사진이다. 국가보훈처 제공

관심이 많아 안창호 선생이 조직한 '공립협회'에 가입하였다.

스티븐스는 주일 미국공사관에서 근무하며 일본과 인연을 맺어 을사늑약 때 '대한제국'은 일본의 강압에 의해 그를 외교고문으로 임명했다. 그러던 1908년 3월 20일 샌프란시스코에 도착, 기자회견을 열고, 그 자리에서 '일본의 한국 지배는 조선에 유리하며, 오히려 조선의 농민들과 백성들이 원하고 있다.~ 조선은 미개국이고 축사 같은 곳에 살고 있기에, 오히려 일본이 조선을 문명국이 되도록 보호해 주고 있다' 등 일본의 한국 침략을 정당화하는 발언을 하였다.

당시 샌프란시스코에는 150명 정도의 교민들이 살고 있었다. 이를 본 교민들은 분개하여 스티븐스가 묵은 호텔로 찾아가 항의, 조선의 사정을 잘 알지도 못하

조선총독부 외교 고문 스티븐스

고 주장하는 망언을 중단할 것을 요구했다. 하지만 스티븐스는 '나라도 없는 것들이 함부로 군다'는 식의 반응을 보였다. 이에 격분한 전명운이 1908년 3월 23일 스티븐스를 찾아가 방아쇠를 당겼으나 불발되었다.

그러자 뒤에서 이를 몰래 지켜보고 있던 장인환(張仁煥)이 나타나 권총 3발을 발사, 복부를 관통시켰다.

전명운과 장인환의 이러한 의거는 대한인(大韓人)의 울분과 기개 그리고 그 부당성을 전 세계에 널리 알리는 계기가 되었을 뿐만 아니라 미주 지역에서 숨죽이고 있던 8천여 한인(韓人)들의 애국심과 국권회복 운동에 불을 지피는 전환점이 되었다.

2. 1905년 샌프란시스코 〈공립신보〉
— 영돈텰 「단가(短歌)」와 「아히들 노래」

이 시가들은 일제강점기 1905년부터 샌프란시스코 〈공립신보〉에 발표된 작품들이다. 이 해외동포들의 망명문학에서는, 식민지 종속문학으로 변질된 국내문학과는 다르게, 잃었던 국권을 되찾고자 민족혼을 불태우고 있었다.

1. 독립정신 고취와 국권회복 운동
— 죽었으면 죽었지오/ 적국 노예 못 되겠네

1904년 '한일협약' 이후 일제는 우리의 황실에 경무고문을 파견하여 유생들의 벽보에서부터 신문의 원고를 사전에 검열, 반일 감정을 사전에 방지하였다. 이러한 1905년 미국 샌프란시스코에서 발간한 〈공립신보〉는 일제강점기 미국, 중국, 러시아 등 해외 동포들에 대한 소식과 국내에서 발표되지 못한 국권회복 운동에 관한 기사가 보도되면서 한민족에게 독립정신 고취와 교민권익을 위한 항일(抗日) 대변지로서의 역할을 다하였다.

〈공립신보〉(뒤에 '신한민보'로 제호를 바꿈)는 우리나라 근대사에 있어서 당시 한민족의 참상과 독립 의지를 널리 엿볼 수 있는 귀중한 사료(史料)

〈공립신보〉

라 본다. 이들은 한결같이 식민치하에 시달리고 있는 고국동포들의 실상과 광복의 염원을 표출하고 있었다.

이들이 즐겨 사용하고 있는 4·4조 형식은 1903년부터 1905년 사이 이들이 미국 하와이로 이민을 오기 직전 고국에서 이미 익숙하게 사용하고 있던 문체(文體)였다. 해외로 망명한 애국 인사들은 이러한 문체를 통해 이주 한인들에게 조국이 처한 현실과 국권회복의 의지를 다지고 있었다.

머리 들어 바라보니/ 창해 막막 대양이오/ 해무자욱 저 켠에는/ 중중첩첩 태산일세

이내 수족 일을 하는/ 이내 마음 멀리 있어/ 산고수려 맑은 공기/ 우리 한국 저기로다.

아국 미국 좋아 하나/ 우리나라 이 아니라/ 어느 때나 성공하여/ 기쁨으로 돌아 갈고

어서 바삐 속량하고/ 고향산천 만나보세/ 죽었으면 죽었지오/ 적국 노예 못 되겠네

— 영돈렬, 「단가(短歌)」, 1909.7.7. 〈공립신보〉

선진 문명국에 대한 동경, 유학과 경제적 자립을 위해 이역만리 미국에까지 청운의 뜻을 품고 왔건만, 기대와는 달리 그들이 처한 현실은 가혹했다. 하와이 사탕 수수밭 노동 현장에 일꾼으로 내몰리게 되었다. 그래서인지 이들의 작품에는 고향산천에 대한 그리움과 식민지 노예로 전

락되어 유랑하는 망국인의 비참상을 '아국미국 좋하하나/ 우리나라 이
아니라', '죽었으면 죽었지오/ 적국 노예 못 되겠다'며 일제에 속아 미국
땅에까지 왔지만, 이곳이 아무리 좋더라도 우리 땅이 아니라 '어느 때나
성공하여/ 기쁨으로 돌아 갈' 날을 고대하며 이국만리로 팔려온 자신들
의 신세를 한탄하고 있다.

2. 일제에 대한 적개심과 저항의지 펼쳐
― 만세 만세 만만세야/ 태극 국기 만만세야

> 까닥까닥 게다 신고/ 깜실깜실 저기 간다
> 어서 오게 동무들아/ 무서워 말아 원수놈을
> 저기 가는 저 놈들이/ 멸망한다 우리나라
> - 중략 -
> 하여보세 하여보와/ 싸움 한 번 하여보세
> 입에 있는 옥춘당도/ 저놈들이 가져왔지
> 먹지 마세 저놈의 것/ 아니 먹어 못 사는가
> 지각없는 저 어른은/ 왜 권련을 북북 빨아
> 애해 아하 부끄러워/ 저렇게도 철이 없나
> 우리들은 자란 뒤에/ 대대쟝이 될터이다.
> 사열사격 도라좌편/ 서세 견양 군인들아
> 만세만세 만만세야/ 태극국기 만만세야
> ― 철각생(鐵脚生), 「아히들 노래」, 1909.10.20. 〈공립신보〉

일제(日帝)에 대한 적개심과 저항의지를 '까닥까닥 게다신고/ 깜실깜실'
'저기 가는 저놈들이' 우리의 '원수놈들'이라는 인식을 분명하게 드러내
고 있다. 당시 국내의 신문이나 잡지에선 도저히 찾아볼 수 없는 이러한
항일민족 시가들이 해외동포들의 작품에선 거침없이 토로되고 있었다.

옥춘당 사탕

하지만 「단가(短歌)」와 「아히들 노래」 두 편 모두 작자가 '영돈렬', '철 각생'이라는 가명으로 되어 있다. 비록 고국 멀리 미국에까지 와 있건 만, 거기까지 일제 감시의 손길이 뻗쳐 있었다. 물론 국내에 비해 좀 자 유스러운 면도 있었지만, 샌프란시스코 주재 일본 영사관과 또 교포사 회 내에 밀정을 심어 항일성향의 민족주의자나 애국인사들의 동태를 일 일이 탐지하고 있었기 때문이다.

이 시에 등장한 일본 사탕인 '옥춘당(玉春糖)'과 일제 담배 '왜권련'에 대한 불매운동을 통해 교포들의 항일 민족의식을 엿볼 수 있다.

一. 가을 들은 명랑한데/ 만슈쳔림으로/ 불어나오는 저 바람은/ 추풍 이 완연타

(후렴) 화려강산 고국과/ 내 부모형제가 항상 무고하신지/ 나 알기 원 하네

二. 고국산천 뒤에 두고/ 언어가 다른 곳/ 향하고 나오는/ 내 마음 비 할 곳 없구나.

三. 부모 형제 떠난 후로/ 소식은 모연코/ 창망한 바다에 나 한 몸/ 외 로이 앉었네

四. 달아 네게 물어보자/ 너는 볼 터이니/ 내 고향 부모동생들이 다 평 안하시나

五. 나라 없는 인물이요/ 의지할 곳 없네/ 가련하고 불쌍한 나를/ 황천

은 보소서

　六, 어떤 곳을 가더라도/ 반길 자도 없고/ 아 모진 환란 당하여도/ 호소할 곳 없네

　七, 정처 없이 유리하난/ 의지 없는 내가/ 일편단심 꼭 먹은 맘을/ 성취해 놓고야

　八, 내가 반도 떠날 때는/ 공수로 왔지만/ 이후에 본국 갈 때에는/ 가져갈 것 있지

　九, 어떤 곤란 당하든지/ 참고 견디어/ 내 목적 성취하는 날에/ 저 원수들을

　十, 원하오니 하느님은/ 나를 도와주사/ 나의 깊이 원하는 바를 성취케 하소서

　　　　　　　— 망명 청년 립(立), 「고국을 떠나 망명하야 오는 학생의
　　　　　　　　　고국을 생각하는 노래」, 1913.11.7. 〈공립신보〉

　이 시에서도 작자가 '망명 청년 립'으로 가명을 쓰고 있다. 10절로 된 짧은 시가에 후렴구(화려강산 고국과/ 내 부모형제가 항샹 무고하신지/ 나 알기 원하네)가 있어 고국산천에 대한 그리움을 노래하고 있다. 하지만 후반부로 오면서 점차 망국민으로서의 서러움과 그에 따른 광복 의지를 '나라 없는 인물이요/ 의지할 곳 없네' 그리고 '아 모진 환란당하여도/ 호소할 곳 없네'. '어떤 곤란당하든지/ 참고 견디어/ 내 목적성취케 하소서' 하면서 '독립'이 하루속히 성취되기를 하느님께 기원하고 있다.

한인들이 하와이에 도착했을 당시 오아후섬 사탕수수밭의 작업 현장의 모습

3. 1908년 샌프란시스코 〈大道〉
― 미주 한인 교회 최초 발행 주보(週報)

이 자료들은 필자가 1996년 미국 U.C 버클리에서 항일시가 자료를 수집하던 중 〈한국일보 샌프란시스코〉 손수락 편집국장의 도움으로 입수한 자료들이다. 이 자료들은 상황(샌프란시스코) 한국인 연합 감리교회가 1908년~1912년에 발행한 교회주보로서 당시 한민족의 진정한 목소리와 시대상을 엿볼 수 있는 귀중한 자료들이다.

1. 〈대도大道〉- 샌프란시스코 한인 감리교회 주보

〈대도〉는 1908년 12월 21일부터 1912년 7월까지 상항(샌프란시스코) 한인 감리교회당에서 발행한 48면 내외의 조그마한 월간 종합지로서 미주 한인사(韓人史)에서 최초로 발행 되었던 교회보(敎會報)이다. 1910년 재정난으로 정간되었다가 이대위의 노력으로 1911년 복간되었다. 그러나 계속되는 경비 문제로 1912년 폐간되었다. 〈대도〉는 미국은

대도(大道)제3권 제2호.(1911.9) 미국 샌프란시스코에 있는 한인들의 감리교회 기관지.

물론 한국에도 구독자를 확보하고 있었다.

1908년 12월에 발행된 1권 1호는 총 79 페이지로 〈大道〉의 사장은 당시 샌프란시스코 한인 감리교회 감리사였던 이덕(李德), 주필엔 양주삼 전도사인데 이 창간호에는 양주삼 주필의 '발행 축사', '종교론', '성경공부'를 위한 해설과 리승만 박사의 '감사일 유감', 서재필 박사의 '긔함', 이대위 목사의 '희랍의 역사', 정재관의 '인생의 가치', 신흥우씨의 '종교와 학문과 관계' 등이 실려 있다. 그리고 뒷부분에는 대도보 발행 규칙과 동교회 청년회 활동 등 교회 소식도 담고 있었다.

> 1. 본보는 미국 상항 한인 감리교회에서 매월 1차씩 발행할 사
> 2. 본보는 국내 국외에 있는 한국 예수교인의 신덕과 지식을 배양하며 믿지 않는 이에게 전도하기를 목적한고로 복음의 진리와 교회의 문학과 학술의 지식과 교회의 소식을 기재할 사
> 3. 본보에 기재하기 위하여 누구든지 도덕상이나 지식상이나 통신상으로 논설이나 번역이나 소식 등 각색 유익한 문자를 보내시면 감사히 받으되 언사를 교정하는 권과 기재하며 아니하는 권은 본보 주필에게 전임할 사
> 4~7 (생략)
> 사장 리덕, 주필 량쥬삼, 인쇄인 전성덕, 인쇄소 공립신보사, 발행소 미국상항한인감리교회당
> ─ '대도報 발행 규칙 강령', 〈대도〉, 1권 1호, 1908.12.21.

양주삼 〈대도〉 주필은 창간호 축사에서 "공기라 하는 것이 인민생활에 긴요 막심하야 만일 사람이 二三분 동안만 먹지 못하여도 즉시 생명이 끊어질 터이라 하나, 하나님의 도(道)는 사람의 육신과 영혼에 관계됨이 공기보다 천만 배나 더 밀접 긴요하야 …생략… 하나님의 말씀 대도(大道)를 우리 한인(韓人)에게 광포함을 표명함이라" 그리하여 "하나님의

진리에 따라 죄악을 벗고 자유인민이 되는 게 이 월보의 목적"이라 밝히
고 있다.

> 비나이다 젼능상제/ 도우쇼셔 대한민족/ 좁지 않은 삼천리에/ 오십의
> 인 없나있까
>
> 다만 열명 되드라도/ 살려주마 하셨으니/ 점고하오 우리들을/ 눈물씻
> 고 고대하오
>
> 우리 정상 보시려면/ 너무 심히 벌 주시네/ 동양서양 같은 천주/ 하후
> 하박 이같은고
>
> 무소불능 하옵시니/ 우리 소원 이루소서/ 다만 청구 하는 것은/ 자유
> 독립 이뿐이오
>
> 이렇게 호소할 때/ 정신 차려 생각하니/ 하나님의 말씀소리/ 귀에 은
> 근 들리는 듯
>
> 예수께서 손을 들어/ 독립문을 가르치며/ 저것보라 대한 고아/ 무부무
> 모 가련하다
>
> 동원춘몽 너의 부형/ 모래 위에 지은 집이/ 동풍세우 못 이겨셔/ 그만
> 그뿐 쓰러지니
>
> 자비하신 하나님이/ 너희들을 경계하사/ 과거사를 생각하고/ 목적 더
> 욱 굳게하야
>
> — 영국 런던 철각생, 「하나님께 슬픈 샤경함」에서,
> 〈大道〉 1권 8호, 1909.8.20.

영국 런던 철각생(가명)이 보내온 원고로서, 한일병합 1년 전이지만 이미
국권을 잃어 아비도 없고(無父) 어미(無母)도 없는 '대한 고아'가 된 민족의
설움을 하소연하면서 '무소불능하신 하나님께서 우리도 자유행복 누리도
록 마련하여 달라' 사정하고 있다. '이렇게 호소할 때 ~ 하나님의 말씀소리
/ 귀에 은근 들리는 듯', '자비하신 하나님께 ~ 눈물씻고 고대하고' 있다.

하와이 이주 한인들의 모습

2. 국권상실의 울분과 조국독립운동 호소
　－ '독립자유 뺏기고 종됨같이/ 부끄런 일 또 없고나'

〈大道〉는 종교 잡지였으나 당시의 본국 상황을 엿볼 수 있는 각종 자료가 수록되어 있었다. 1910년 한일합방을 전후해서는 식민지로 전락한 본국의 정세를 자세히 보도하여 격렬한 배일(排日) 언론을 전개, '합방조약 배척문', '한국을 위한 기도', '합방을 반대하는 선언서', '애가(哀歌)' 등 국권상실에 따른 울분과 조국독립운동에 나설 것을 호소하는 등 항일(抗日) 논조의 기사가 많이 실려 있었다.

이 같은 연유로 〈대도〉는 배일언론이 과다하다는 선교부의 반대와 재정난 등으로 정간 등 어려움을 겪다가 결국 4년 만에 발행을 중단하였다.

　　이 세상에 애통할 일이 많고/ 피눈물 날 일이 많으나
　　나라 잃고 멸망에 듬과 같이/ 애통한 일 또 없고나
　　(후렴)
　　오 — 조션 민족들아 맹성하라/ 사망면케 맹성하라

오 ― 조선 민족들아 맹성하라/ 속박 끊케 용진하라

이 세상에 수리되는 일 많고/ 천대 받는 일 많으나
독립자유 뺏기고 종됨같이/ 부끄런 일 또 없고나
우리에게 어려운 일이 많고/ 참 죽을 일 쌓였으나
이천만 우리민족 단결하면/ 배앗긴 것 못 찾을가
-생략-
이 세상에 귀중한 것 많으나/ 자유 생명 제일일세
자유 없는 백성은 생불여사/ 죽기로써 속박 끊케
락수(落水)힘 적으나 낙하불식(落下不息)엔/ 금석(金石)도 능히 두르네
우리 힘 적으나 용진불식엔/ 강한 압제 물리치리
견능상제 우리를 도우시면/ 단긔유족 중흥컸네
자비하신 천부께 비나이다/ 구원하심 비나이다
　　　　― 일애가자(一哀歌者), 「애가哀歌」, 〈대도〉 2권 10호, 1910.10.30.

　'이 세상에 애통할 일이 많고/ 피눈물 날일이 많으나/ 나라 잃고 멸망에 듬과 같이/ 애통한 일 또 없고' '독립자유 뺏기고 종됨같이/ 부끄런일 또 없으니' 비록 힘 적으나 닉하불식(落下)처럼 쉬지 않고 도전하면, '금석(金石)도 능히 두르니' '오 ― 조선 민족들아~속박 끊케 용진하라'다그치면서 이천만 우리민족의 단결과 광복 의지를 다지고 있다.

양주삼: 1879년(고종 16년) 평남 용강 출생.
1898년에 용강읍에 있는 교회를 찾아가 파커 원장에게 세례를 받고(1902.10.7.)
1908년 미국에서 한인교포들의 권의보호와 교육을 위한 샌프란시스코 한인교회를 설립하였다.

4. 독립운동의 거점, 『국민회』
— 1909년 샌프란시스코

1908년 장인환(張仁煥)·전명운(田明雲) 등이 통감부의 외교 고문인 친일 미국인 스티
븐스를 샌프란시스코에서 권총으로 저격한 사건이 발생하자, 미국에 살고 있던 교포들
의 항일(抗日) 애국열이 고조되었다. 박용만(朴容萬) 이승만(李承晩) 안창호(安昌浩) 등이
주동이 되어 그 해 7월 콜로라도주 덴버에서 개최된 애국동지대표 대회에서 미국에 흩
어져 있던 애국 단체를 규합하여 통합 단체를 결성할 것을 결의하였다.

1.『국민회』
— 해외 민족운동의 최고 기관

1908년 10월 30일 하와이 『합성협회』 대표 7인과 본토의 『공립협
회』 대표 6인이 샌프란시스코에 모여 1909년 2월 1일 『국민회』가 창립
되었다. 『국민회』는 총회와 지방회의 두 종류의 조직체로 구성되었다.
미국 본토에는 북미 지방총회를 두고 하와이에는 하와이 지방총회를
두었다. 북미 지방총회는 『공립협회』의 기관지 〈공립신보(共立新報)〉를
1909년 2월 10일 〈신한민보〉로 개칭하였고, 하와이 지방총회는 합성협
회 기관지 〈합성신보〉를 〈신한국보〉로 고쳐 지방총회의 기관지로 삼아

국민회: 1909년 샌프란시스코에서 조직
되었던 독립운동 단체. 국민회 창립 5회
기념 축하

항일 애국사상과 교포들의 단결심 배양에 노력하였다.

이와 같이 결성된 『국민회』는 1910년 2월 다시 『대동보국회』와 합동하여 『대한인국민회』로 개칭하였다. 1911년 『국민회』는 샌프란시스코에 중앙총회를 설치하고, 북미·하와이·시베리아·만주 등 4개 지역에 지방총회를 설치하였으며, 이들 각 지방총회 밑에 각기 10여 개의 지방회를 거느리는 큰 단체로 성장하였다. 더욱이 멕시코·쿠바에도 지방회가 설치되어 재외한인 교포들의 권익을 대변하는 기관으로 활동하였다.

『국민회』는 재미 교포들의 친목을 도모하는 한편, 조국의 독립을 쟁취하기 위해 노력하였다. 그러던 1910년 일제에 의해 주권이 강탈당하자 9월 1일 한일병탄을 부인하는 성명서를 발표하고 일제의 야만적 침략행위를 규탄하면서 1910년대 해외 민족 운동가의 최고 지도 기관으로 항일 운동을 주도해 나갔다.

우리 회 창립이/ 지금에 六년이라

二월 초하루는/ 百세에 영원 기념

목적이 크도다/ 교육실업과 평등

종지가 크도다/ 조국의 독립 광복

미주와 하와이/ 대동단결한 후에

멕스코 원동은/ 동서에 성세연락

우리의 휘쟝은/ 무궁화 천추무궁

사해가 우러러/ -례로 좇는도다

이 회 아니 드면/ 의관을 어찌 보존

비 노니 상천이/ 항상 권고 하소셔
　　　　　　　　　　　—「축사-북미총회」, 1915.2.4, 〈신한민보〉

이 해 이월 초 하루는/ 국민회 챵립 륙회로다
샹천이 또한 도우샤/ 하늘이 몱고 바람 잔잔
의기로 중심을 단결/ 태양을 보라 벽파만경
환난에 굴ㅎ지 안코/ 홀연히 듕류에 돌기둥
태극기를 날림이여/ 그 영광 일월이 빛나네
누가 숭배 아니ㅎ가/ 만셰를 불러 츔츄도다
　　　　　　　　　　　—「축사-삭도지방회」, 1915.2.4, 〈신한민보〉

　위 두 편의 축사들은 『국민회』 창립 여섯 돌을 맞이하여 각 지방(북미, 삭도:Sacramento)에서 보내온 축사들이다. 창립 목적이 독립광복, 실업진발, 교육장려, 명예존중, 평등제창이라 천명하고 있다. 때문에 '미주와 하와이, 멕시코 동포들에게 의기로 대동단결하여 태극기 날리며 춤출 수 있도록 상천(上天: 하느님)께 빌자' 한다.

　一. 해외 한인 국민회는/ 우리민족 대동단결/ 튠븐강 거닐어서/ 북미 대륙 터를 잡고
　二. 하와이와 멕시코를/ 손을 잡아 연락이라/ 우리 국기 보존하니/ 태극장이 두렷하고
　三. 우리 휘장 바라보니/ 무궁화가 찬란하다/ 만충일 맹세하며/ 사해 동심 흠앙하니
　四. 와직탕탕 청천벽력/ 그 호령이 엄숙하고/ 처르릉 철석 바다물결/ 그 세력이 팽창하다.
　　　　　　　　　　　— 작자 미상, 「기념가」 일부, 〈신한민보〉, 1918.2.7.

대한인국민회 하와이 총회
(국민회가 1910년 대한인총회로 바뀜)

'하와이 국민회'가 창립기념일을 맞이하여 '하와이 국민회'와 멕시코가 손을 잡고 연대하여 우리의 '국기 태극장을 길이 보존하자' 기원하고 있다.

2. 동양척식주식회사와「서간도 벌목가」
— 열두겨리 암소는 왜놈이 부리고~百目경면답은 척식사에 갔도다

서간도, 곧 남만주는 백두산 서쪽, 압록강 지류인 혼강 일대를 말하는데, 이곳에는 1860년대 평안도 지방에 대흉년이 들어 집단 이주하는 한인(韓人)들이 많았다. 북간도 지역에 비해 한인수가 적고 토지 소유권도 없었지만 일제 세력이 깊이 미치지 못해 일제수탈에 밀려 고향을 등진 분들이 많았다.

> 도끼를 메고 문 앞에 나서니/ 푸르고 검은 돌이 겹겹이 쌓였다.
> 이돌 저돌 순서로 밟으니/ 싸리 짚신 바닥이 철철 미거진다.
> 머리 숙이고 심경을 생각하니/ 일보일보에 자연한 심회발한다.
> 내가 이곳에 온 사정 심각하니/ 옷밥이 그리워 온 것이 아니로다.
> 경상도 본가를 곰곰이 생각하니/ 량전옥답에 오곡이 흐즈려졌다.
> 문 앞에 말 매든 수양을 싱각하니/ 푸른 잎 일 만 가지 차례로 디럿다.

열두겨리 암소는 왜놈이 부리고/ 百目경면답은 척식사에 갔도다.
— 「서간도 벌목가-서간도에서 나무 찍는 노래」에서, 1913.11.7,
〈신한민보〉

1915년 대한인국민회 하와이 지방총회
(오른쪽 열 한 번째는 이승만, 가운데 단상에 선 이
는 안창호)

동양척식주식회사
(1908년 일제가 조선의 토지와 자원을 빼앗아 갈
목적으로 설치한 식민지 착취기관)

서간도 벌목장

1893년부터 조선정부는 이곳에 관리를 파견하여 호세를 징수하며 자체 방어를 하였고 1902년에는 향약소를 설치하였다. 그러던 1909년 일본과 청나라가 간도협약을 체결하여 향약소를 폐쇄하면서 서간도 지역 독립투사들의 대표적 망명지였던 이곳 서간도(남만주)를 관리 통제하기 시작하였다.

끝행 '척식사'란 1908년 일제 통감부가 한국의 토지와 자원을 독점하고 수탈할 목적으로 설립한 동양척식주식 회사의 줄임말로서, 조선 사람들의 땅을 강제로 빼앗아 이를 바탕으로 일본 농민들을 비옥한 한반도에 이주시켜 5할이나 되는 무리한 소작료를 받았다. 이러한 일제의 무리한 강제 수탈을 견디다 못한 많은 한국의 소작인들은 고향을 등지고 만주와 연해주 벌판으로 떠나게 되었다. 경상도에서 쫓겨 온 서간도 벌목군의 경우 '열두겨리 암소는 왜놈이 부리고/ 百目경면 답은 척식사에 갔도다.'가 그걸 입증하고 있다.

경상도 본가를 떠나 '내가 이곳에 온 사정-/ 옷밥이 그리워 온 것이 아니로다.' '량전옥답에 오곡이 흐즈려졌고/ 문 앞에 말 매든 수양' 부리던 '열두겨리 암소' 등을 왜놈에 뺏겨 이곳으로 망명 온 〈서간도 벌목가〉의 작자는 일제의 수탈에 내몰려 이곳으로 온 항일 독립 인사(익명으로 발표한 것으로 보아)가 아닌가 한다.

5. 1909년 샌프란시스코 〈신한민보〉
— 한인교민단체인 『국민회』 기관지

이 자료들은 1909년부터 샌프란시스코에서 발행한 〈신한민보新韓民報〉에 게재된 시가들이다. 이 작품들을 통해 당시 한민족의 진정한 목소리와 시대상을 엿볼 수 있어, 당시 국내 친일 성향의 문학과 대조가 되고 있다.

1. 도산 안창호와 「학도가」
— 동포형제 사랑하고, 독립하기 맹약하세

안창호 선생은 1902년 유학을 위해 도미하였으나, 동포들의 어려운 처지를 보고 공부를 포기하고 교민지도와 교화에 나섰다. 초창기 미국 교민사회의 지도자로서 성장해 『공립협회』의 초대 회장이 되어, 1905년 매월 두 차례 〈공립신보(共立新報)〉(1909년 '신한민보'로 바뀜)를 발간했다.

1912년에는 북미, 하와이, 시베리아, 만주 등 지방총회 대표자가 샌프란시스코에 모여 『대한인국민회』 중앙총회를 결성하고, 안창호 선생을 초대 중앙총회장으로 선출하였다. 국내가 일제의 지배하에 들어간 상황에서 해외 교민들이야말로 현실적인 독립 운동의 기반이라고 생각하여 한인들의 총 단결을 우선적인 과제로 삼았다.

최종익　도산　양주은
공립협회 1905

도산은 좀 더 정치적인 한인 단체가
필요하다고 생각한끝에 '공립협회'를
창설 했습니다.

도산 안창호(독립운동가: 1878-1938)

一. 대한쳥년 학생들아 동포 형 제 사랑하고/ 우리들의 일편 단 심 독립하기 맹약하세
　화려하다 우리강산 사랑홉다 우리 동포/ 자나 깨나 잊지 말고 기리보젼 하옵세다

　(후렴)
　학도야 학도야 우리 주의는/ 도덕을 배우고 학문 넓혀서
　삼쳔리 강산에 좋은 강토를/ 우리 학생들이 보젼합시다

二. 우리들은 땀을 흘러 문명 부 강 하게 하고/ 우리들은 피를 흘 러 자유 독립 하여보세
　두려움을 당할 때와 어려움을 만날 때에/ 우리들의 용감한 맘
일호라도 변치 말세
　三. - 생략 -

　四. 잊지 마세 잊지 마세 애국졍신 잊지 마세/ 상하 귀쳔 무론하고 애국 정신 잊지 마세
　편한 때와 즐거운 때 애국정신 잊지 마세/ 우리들의 애국심은 죽더라도 잊을손가
　　— 이성식, 「학도가」 이는 안도산 션생의 저작, 1915.9.16, 〈신한민보〉

이 시가는 안창호 선생이 이미 발표한 「학도가」를, 이성식씨가 교포들에게 다시 인식시키기 위해 인용한 작품이다. 대한청년학생들에게 애국애족과 자유독립 정신을 '죽더라도' 단심으로 잊지 말라 당부하고 있다.

　　一. 금수산에 뭉킨 정기/ 반공 중에 우뚝 솟아
　　모란봉이 되었고나/ 활발한 기상이 솟아난 듯
　　(후렴)
　　모란봉아 모란봉아/ 반공 중에 우뚝 솟아
　　독립한 내 모란봉아/ 네가 내 사랑이라

　　二. 모란봉아 평양성은/ 제일강산 명승지라
　　일등락원이 아닌가/ 쾌활한 흥치가 생겨난 듯

　　三. 모란봉하 좌우편에/ 보동벌과 대동들이
　　광활하게 터졌고나/ 모색한 흉금이 열리난듯
　　- 생략 -

　　九. 모란봉아 강물가에/ 층암절벽 길게 뻗쳐
　　청류벽이 되었고나/ 장엄한 기개를 떨쳐난 듯

　　十. 화려하다 금슈강산/ 황금인 듯 백옥인 듯 내
　　죽으면 바로 죽지/그 대를 놓고 난 못 살려라
　　　　— 안도산, 「모란봉」 일부, -재 평양 시 저작, 1915.11.25, 〈신한민보〉

　　'공립협회'가 샌프란시스코에 자리 잡고 애국운동을 활발하게 전개하게 되자 도산 안창호 선생은 1907년 국내로 돌아와 비밀결사체인 『신민회』를 조직, 애국지사들의 구국운동을 뒤에서 총 지휘하면서 교육의

샌프란시스코에서 교민단체인 국민회의 기관지로 1909년에 창간한 신문.

필요성을 절실하게 여겨 귀국하여 평양에 대성학교를 설립하였다.

이곳에서 도산은 학생들에게 '우뚝 솟은 모란봉'처럼 '활발한 기상이 솟아나고', '쾌활한 흥취'와 '모색한 흉금이 열리고', '길게 뻗힌 층암절벽'처럼 '장엄한 기개가 떨쳐나' 독립하기를 기원하고 있다.

2.「죽어도 못 놓아」,「복수회포가」
─ 부모 갈 곳 업고 자손까지 종 되었다

一. 아세아 동편에 돌출한 반도/ 단군이 풍부한 복지로구나

에라 노아라 못 놓겠구나/ 삼천리 강산을 못 놓겠구나

二 품질도 튼튼 의기도 많은/ 단군의 혈족이 우리로구나

에라 노아라 못 놓겠구나/ 이천만 동포를 못 놓겠구나

三 하나님 하나님 우리 내실ㅅ 제/ 자유와 독립을 안 주셨나요

에라 놓아라 못 놓겠구나/ 대한의 국권을 못 놓겠구나

　　　　　─ 작자 미상.「죽어도 못 놓아」, 1915.12.23, 〈신한민보〉

'하나님 우리 내실ㅅ 제' 왜 '자유와 독립을 안 주셨나요' 원망하면서 '삼천리 강산'과 '대한의 국권'을 죽어도 못 놓겠다며 국권 수호의 의지를 다지고 있다.

一 단군자 우리소년 국치인욕 네 아느냐
부모 갈 곳 없고 자손까지 종 되었다
천지 넓고 너르건만 의지할 곳
　　　　　一 어디더냐/ 간 데마다 천대 받고 까닭 없이 구축되니

(후렴)
언제나 〃 〃 〃 우리 원수가
합병한 수치를 네가 잊었나
자유와 독립을 다시 찾기는
우리 헌신함에 있도다.

二 나라 없는 우리 동포 살아 있기 부끄럽다
땀 흘리고 피 흘려서 나라 수치 찾아 놓고
뼈와 살은 거름되어 논과 밭에 유익되네
우리 목적 이것이니 잊지 말고 나아가세

三 부모 친척 다 버리고 외국 나온 소년들아
우리 원수 누구더냐 이를 갈고 분발하여
백두산에 칼을 갈고 두만강에 말을 먹여
앞으로 갓 하난 소리 숭전고 둥 〃 울려
　　　　　一 단산, 「복수회포가」, 1916.9.28, 〈신한민보〉

나라를 빼앗겨 간 데마다 천대 받고 '부모 갈 곳 없고 자손까지 종 되

어' '살아 있기 부끄럽다' 한탄하면서 '나라 없는 우리 동포 살아 있기 부끄러우니~땀 흘리고 피 흘려서'라도 '원수가/ 합병한 수치' 잊지 말고 분발하여 '자유와 독립을 다시 찾아' 복수하자 독려하고 있다.

6. 1913년 하와이 〈국민보〉, 〈태평양주보〉
— 광복군의 대일 선전포고

〈국민보〉는 1913년 8월에 하와이에서 한글로 발행된 신문 가운데 가장 오랜 역사와 전통을 자랑하면서 독립운동과 문맹퇴치 및 교민의 계몽활동에 크게 공헌하였다. 〈태평양주보〉는 1913년에 창립된 하와이 동지회의 기관지로서 임시정부 소식이나 조국의 독립문제, 고국의 소식 등을 보도하여 하와이 한인들의 독립운동에 기여하였다.

1. 〈국민보(國民報)〉
— 『대한인국민회』 하와이 지방총회 기관지

1908년 장인환(張仁煥)·전명운(田明雲)에 의한 친일 미국인 스티븐스 저격 의거를 계기로 일어난 재미 한인단체 통합운동의 결과로, 미국 샌프란시스코의 대한인공립협회(大韓人共立協會)와 하와이의 한인합성협회(韓人合成協會)를 통합하여 1909년 2월 국민회(國民會)를 조직하였다.

그리고 이어, 1913년 8월 1일부터 기관지의 명칭을 〈신한국보〉에서 〈국민보(國民會)〉로 개칭하면서 당시 미국 최대의 한인단체였던 『대한인국민회』 하와이 지방총회 기관지 역할을 했다.

처음에는 〈신한국보〉의 주필이었던 홍종표가 주간이었으나, 그 뒤 당

시 하와이의 지도자였던 박용만이 뒤를 이었고, 한때는 이승만도 제작
에 참여하였다. 이 신문에선 독립운동과 문맹퇴치 및 조국과 교포 소식,
지식보급, 교민 계몽 활동에 크게 공헌하였다. 1918년 ~1919년 파리강
화회의 당시 프랑스에서 활동한 독립운동가들이 작성한 문서와 이들의
활동상을 담은 기사들도 담겨 있다.

그러나 제2차 세계대전의 발발로 하와이에서 영어 이외의 모든 외국
어 신문의 발행이 금지되어 1941년 12월 10일 문을 닫아야 했다. 그러
던 1944년 2월 9일부터는 〈국민보〉가 다시 복간되면서 영문 1면을 추
가하였다. 러시아, 연해주, 중국 등에서 독립운동가들이 발행한 신문이
계속 이어지지 못하고 폐간된 반면 〈국민보〉는 광복 이후 1968년 12월
25일까지 발행되어 하와이 한인사회와 독립운동을 파악하는데 귀중한

자료가 되었다.

> 넓고 넓은 푸른 바다/ 외로운 배 따라
>
> 비와 바람 무릅 쓰고/ 서주로 향하다
>
> 산을 넘고 물을 넘어/ 무슨 연고인가
>
> 머리 돌려 광복 가을/ 오즉 보고 지고
>
> — 현순, 「혁명」, 〈국민보〉 1828호, 1944.6.7.

지은이 현순은 이 신문에서 시의 제목인 '혁명'을 언급하면서 " '혁명' 이라함은 조선혁명당에서만 전용하는 명사는 아니다. 적어도 기미년 독립운동 이후로 민족적 해방을 위하여 정치혁명을 목적한 단체는 그 명칭을 무어라 하던지 다 혁명 운동하는 단체라 할 수 있다." 고 기록하고 있다.

이어 현순은 "독립운동시에 나는 상해를 떠나 유럽으로 가다가 배 위에서 한 수를 지었다. 나는 하와이에 다시 온 후에 미미교회를 넘고 단합회를 건너 애국단을 거치고 동맹단을 지나서 혁명당을 밟아가는 것은 오직 머리 돌려 광복하는 가을을 보고자 하는 붉은 마음으로 봉사할 따름이다"고 이 시에 대한 해설을 덧붙이고 있다. 그러니 "큰 것을 무서워하지 말고 적은 것을 없수이 여기지 말자."는 김구 선생의 말씀을 기억하자며 동포들에게 애국심을 북돋아 주고 있었다.

2. 〈태평양주보 The Korean Pacific Weekly〉
— 임시정부의 광복군, 대일선전포고하다

1913년 9월 20일 이승만(李承晩)이 하와이에서 시사교양의 증진과 독립된 주권 회복을 도모하기 위하여 발행한 국문으로 된 〈태평양잡지〉를 제호와 체제를 바꾸어 1930년 12월 13일부터 주간으로 발행하였다.

태평양주보

그러던 1942년 1월 21일 하와이에서의 외국어신문의 발행금지조처에 따라 〈태평양 잡지〉가 한때 정간을 당하자 〈국민보〉와 합동으로 〈국민보-태평양주보〉라는 제호로 발간하다가, 1944년 2월 2일 다시 〈국민보〉와 분리하여 『태평양주보』로 제호를 바꾸었다. 8·15광복 전에는 특히 대한민국임시정부의 소식이나 조국의 독립문제 등을 크게 다루었다.

一. 태산 같은 항공모함/ 비행기를 가득 실
고 신비의 길로 둥실둥실/ 태평양 넘나노나

(후렴)
용감하다 정의 용사/ 오늘은 승리 일로 판쳐/
최후 승리를 노래하세/ 내일은 어메릭칸

二. 만리 창공 구름을 차고/ 천지 진동 울려 들어
번개가 치나려 치니/ 폭탄의 비 불바다
三. 황실 군부 적의 마굴/ 동경 신호 나고야
군수 공장 그 심장을/ 깨뜨릴사 적의 멸망
　　— 조선 농부,「동경의 폭격」, 〈태평양주보〉, 1720호, 1942.4.22.

1941년 12월 8일 일본의 하와이 진주만 습격으로 태평양 전쟁이 발발하자 전쟁 중, 주로 미군의 전승기록을 자세히 실었다. 그 뒤에는 교민들의 생활에 필요한 정보와 고국의 소식 등을 보도하였다.

이 시에서도 일본이 홍콩과 필리핀 싱가포르를 공격하고 이어 태평양 까지 점령하자, 이에 맞서 미국이 처음으로 일본 동경을 폭격한 장쾌한 장면을 그리고 있다.

一. 전진 전진 나가자 우리혁명 군사야/ 기다리던 시기 돌아 왔도다.
창검을 빗켜 들고 용맹하게 나가셔/ 대한 독립 자유 위해 싸우자.

(후렴) 밤새도록 접전하던 혈셩/ 대외 걸음이 져벅 져벅 올 때에
휘날리는 깃발은/ 우리 태극 국기가 분명하다.

二. 전진 전진 나가자 우리 혁명 군사야/ 정의의 창검을 휘두를 때에
저 원수의 군새는 낙엽같이 되리라/ 일어나라 동포들아 나가자

三. 전진 전진 나가자 우리 혁명 군사야/ 탄환이 빗발같이 퍼부어도
북소리와 발맞추고 태극기를 따라서/ 최후 일인 일각까지 싸우자
(3.1절 노래의 참고로 바치노라)
　　　　　　　 — 안정송, 「혁명군가」, 〈태평양주보〉 1813호, 1944.2.23.

1940년 임시정부 한국광복군

1940년 중국 충칭에서 열린 한국광복군 창설기념식
(사진에는 한국광복군 총사령부 성립전례식) 직후 열린 오찬장에서 축사를 하는 백범 김구 선생.

앞줄 중앙 – 이범석 장군

　한국광복군은 태평양 전쟁이 발발하자 1941년 12월 9일에는 우리의 광복군들이 정식으로 대일선전을 선언하였다. 1944년 8월 7일 김구 주석이 미국 전략사무국(OSS) 국과 공동으로 추진했던 항일 독수리 작전에 우리의 요원 50명을 선발하여 조국광복을 위해 태평양 전쟁에 참여하기도 하였다.

　위 시의 작자인 안정송 여사의 본명은 이정송(李貞松)인데, 이화학당을 졸업하고 미국으로 건너 가 독립운동가인 남편 안원규와 결혼한 뒤 성을 안(安)씨로 바꾸었다. 1936년 대한부인회 호놀룰루 지방회 대표와 한국독립당원으로 활동한 미주지역 여성 지도자였다. 여기에서 안정송 여사는 '챵검을 빗켜 들고 ~ / 대한 독립 자유 위해' '~ 태극기를 따라서/ 최후 일인 일각까지 싸우자'고 태평양 전쟁에 참여한 광복군들에게 격려의 메시지를 전하고 있다.

7. 하와이 『국민회』 분열과 이승만

−사료 수집가 로버타 장(張), 하와이 부동산 등기 자료 추적−

"이승만, 『국민회』 자금으로 부동산 구입, 담보대출 상환 책임 떠 넘겨

한인들이 준 독립운동 자금, 단 한 번도 전달된 적 없어"

1. 하와이 『국민회』
 − 한일강제병합 후, 독립자금 성금 모집

1903년부터 1905년 사이 7200여명의 한국인들이 갤릭호를 타고 미국 하와이에 도착했다. 하와이 여러 섬에 있는 사탕수수 농장에서 일하기 위한 이 대규모 노동이민은 그 뒤 크게 불어날 미국 한인사회의 시발점이 되었다. 1910년 한일강제병합으로 모국을 잃어버린 하와이 한인들은, 사탕수수농장에서 고된 일을 하면서도 언젠가 올 독립을 바라며 『국민회』에 성금을 냈다. 1912년 네브래스카대에서 군사 공부를 한 독립운동가 박용만을 초청해 『국민회』 임원을 맡기고 소년병학교를 지원했던 것은 당시 한인들의 바람을 잘 보여주는 사례다.

그러나 1913년 『국민회』와 박용만의 초청으로 하와이에 온 이승만은

1909년 대한인국민회 하와이 지방총회 창립

대한인 국민회 하와이 지방총회

미국 사회에 한인 독립운동가로서 자신의 존재를 적극적으로 알린 시기이지만, 하와이 한인들에겐 분열과 반목 그리고 대립으로 점철된 시기였다. 하와이 동포 2세이자 사료 수집가인 로버타 장(80)씨는 "한인사회의 분열은 이승만으로부터 비롯되었다."고 말한다.

『하와이 이민 100년사』를 정리한 책을 펴내기도 했던 장씨는 지난 6월 귀국한 뒤 기자와 인터뷰했고, 이달 초엔 하와이 한인사회의 분열에 대한 자신의 새로운 연구 자료를 〈한겨레〉에 보내왔다. 하와이 한인사회의 분열에 대해서는 법정소송 자료, 당시 한인사회 내부에서 일어난 폭동에 대한 신문기사 등 다양한 기록들이 이미 나와 있다.

또 흔히 무력투쟁을 강조한 박용만파와 외교노선을 강조한 이승만파의 대립이 분열의 중심이었다는 식으로 알려져 있다. 그러나 장씨는 한인사회 분열의 정확한 실체를 보기 위해 『국민회』와 이승만의 부동산 거래 내역을 들여다보았다. 하와이 등기소에서 찾아낸 기록들과 법정 송사기록 등을 보면, 당시 한인사회를 분열로 몰아간 원인이 무엇이었는지 짐작할 수 있다.

1915년은 『국민회』에 커다란 혼란이 있었던 시기로 꼽힌다. 당시 회장이었던 김종학과 박용만 등 주요 간부들은 자금 횡령의 의혹을 받고 습격을 받아 부상을 입었다. 그 뒤 홍한식 목사가 새 회장직을 맡는 등 이승만 지지자들이 『국민회』 주요 간부직을 접수했다. 이승만은 1914

년 7월 16일 여학교 기숙사를 만들기 위해 한인사회에서 거둬들인 자금 2400달러로 부동산을 구입하고, 같은 날 그 부동산을 담보로 연리 8%로 1400달러를 대출받았다. 1년 뒤인 상환 일을 앞둔 상황에서 『국민회』를 장악한 것이다.

2. 이승만, 독립운동 자금 횡령
─ 독립투사들에게 전달된 적 없어

이후 이승만이 임시정부 수반이 되기 위해 상해로 떠났다가 다시 하와이로 돌아와 『국민회』를 해체하고 『교민단』이라는 새로운 한인 단체를 세웠다. 이승만은 1918년에는 자신이 독자적으로 만든 '한인기독학원'에 『국민회』 자산을 끌어들였는데, 재정 감시를 피하기 위해 가짜 임원들로 구성된 이사회로 부동산 매각을 승인한 경우도 있었다고 한다.

이런 패턴에 이승만 지지자들도 결국 문제를 제기하고 나섰다. 새로운 한인촌 개간, 벌목사업 등 여러 가지 사업을 벌이기 위해 이승만이 주도해 만든 '동지식산회사'를 두고 벌어진 폭동이 대표적이라 한다. '동지식산회사'가 잇따른 사업 실패로 파산에 이르자, 여기에 투자했던 이승만 지지자들마저 크고 작은 소송을 제기한 것이 그것이다.

무엇보다도 장씨가 문제로 삼는 것은, 하와이 한인들이 사탕수수 농장에서 힘겨운 노동을 하면서도 선뜻 냈던 자금이 독립운동에 쓰이기는 커녕 출처도 제대로 알 수 없이 쓰였다는 점이다. 장씨는 "중국과 한국의 독립운동 투사들에게 자금 지원을 하려던 것이 『국민회』의 본뜻이었는데, 이승만이 한인사회를 장악한 동안 단 한 번도 그들에게 자금이 전달된 적이 없다"고 말했다.

* 위의 1, 2 글은 〈한겨레〉 신문 최원형 기자의 '1915년 국민회 분열, 이승만 자산 사유화'가 '씨앗'이란 기획기사(2011.7.17.)에서 발췌한 것임.

3. 〈국민보〉- 조선의 부활을 위하여

> 삼천리 반도 금수강산/ 샹제의 동산이라
> 삼천리 반도 금수강산/ 샹제의 동산이라
> 이 동산에 할 일 만아/ 사방에 일꾼을 부르네
> 곧 금일에 일하려고/ 누구가 대답을 할까?
> 일하러 가세/ 일하러가/ 삼천리 반도 위해
> 상제의 명령을 받았으니/ 반도 강산에 일하러 가셰
>
> — 작자 미상, 「애국가」, 〈국민보〉, 1813호, 1944.2.23.

이 시에서 비록 우리가 고국을 떠나 있더라도 '상
제(하나님)의 명을 받았으니' '삼천리 반도 금수강산에
일하러 가자'며 재미한인들에게 애국심을 촉구하고
있다. 같은 날 〈국민보〉에 나란히 발표된 '만송'이란
필명(이기붕)의 「삼분천하」를 보면 "재미한인의 합동
열쇠가 리박사에게 있고, 카이로 성명에 응하여 리박

만송 이기붕

사께서 맹약적 결심하신 줄 확신한다"며 리승만 박사 중심으로 분열된
한인들이 뭉치기를 촉구하고 있었다. 이로 보아 당시 〈국민보〉를 이승
만이 이를 주도하고 있음을 엿볼 수 있다. 그런가 하면

　一. 태산 같은 항공모함/ 비행기를 가득 실고/ 신비의 길로 둥실 둥실/
태평양 넘나노나
　(후렴)-용감00 0의영0/ 오늘은 00려일0판0/ 최후승리 노래할제/ 내
일은 아메리칸
　二. 만리창공 구름을 차고/ 천지진동 울려들어/ 번개같이 내려치니/
폭탄의 비 불바다
　三. 황실군부 적의 마굴/ 동경 신호 나고야/ 군수공장 그 심장을/ 깨뜨

릴 사격의 멸망

— 조선 농부, 「동경의 폭격」, 〈태평양주보〉, 1942.4.22.

1942년 4월 태평양 전쟁(세계제2
차대전) 시 미 공군이 일본 '황실군
부' '적의 마굴' 동경과 나고야 '군
수공장 그 심장'에 사격을 가해 멸
망시키고 있음을 기뻐하고 있다.

동경폭격

4. 국치기념 선언
 — 망국탈상절을 맞이하자

삼십 사년 원수를 갚자.
우리 국민의 원수 8월 29일을 우리국민이 일제히 일어나 힘 있는 자
힘으로 돈 있는 자 돈으로 극단의 피로 이 기회에 이 날의 원수를 갚고
다시 이 날을 기념치 않기로 결심하자. 반만년 역사를 등에 지고 20세기
에 강개처량한 우리민족아 비분한 눈물 생활이 30이오, 또 4년이라. 이
원수의 날을 저 원수에게 도로 주자.
우리는 이 날의 원수를 씻거니와 저 원수는 이 날로부터 더 수치를 입
으리라. 망국일은 물러가고 독립일은 가까운 이 날에 우리가 반드시 한
자리에 모여 앉아 망국탈상절을 지키지 아니할소냐

— 「삼십 사년 원수를 갚자」, 〈국민보〉 사설, 1944.8.23.

1913년 2월. 하와이 호놀룰루 기차역에서 나란히 포즈를 취한 이
승만(왼쪽)과 박용만.
한때 결의형제를 할 만큼 일생의 동지였던 두 사람은 독립운동 방
법론과 국민회기금을 둘러싸고 대립하여 결국 정적이 되고 말았다.

8. 1944년 LA〈독립〉신문
— 임화, 김기림의 시

이 자료들은 1996년 필자가 미국 캘리포니아 U.C 버클리에 객원교수로 가 있을 때 수집하였다. 일제강점기 해외동포들의 망명문학 작품을 수집하여 아직도 취약점으로 남아 있는 한국 근·현대 문학사에 새롭게 조명·편입하고자 함이었다. 여기에 운파, 하은택, 카프(KAPF)의 임화와 김기림의 시도 실려 있다.

1.〈독립〉신문

〈독립〉신문은 1943년 9월 5일에 남가주 라성(LA) '조선민족혁명당' 미주 지부가 창간한 주간 신문이다. 발행인 장기형(이승만 박사 비서)이다. 국문 2페이지와 영문 2페이지를 발행하였는데, 그 논조가 좌경의 편견을 고집하였으며 조국이 해방되고 남북이 갈린 후에는 자유진영을 비난하며 북한의 공산진영을 찬양하였다. 1955년 12월까지 발행하였다가 미국 정부의 주목이 심하여 폐간되었다.

> 공산명월 고요한 밤/ 고향생각이 간절하고나/ 반공중에 밝은 저 달
> 내 고향에도 비추리니/ 맹랑하게도 비추인 저 달/ 이내 눈물을 자아

낸다.

— 운파, 「시곡1」, 〈독립〉, 1944.2.1.

달 밝고 정 깊은/ 밤이 되면/ 그리운 고향 생각 간절하지오.
집 떠난 지 오늘이 몇몇 해련가/ 고향은 달라졌나 고향은 달라졌나
그립습니다. 고향이 그립습니다.

— 운파, 「시곡2」, 〈독립〉, 1944.2.3.

지은이 '운파'가 누구인지는 알 수 없으나, 이 두 편의 시를 통해 광복되기 1년 전 미국에 나가 있는 한인들의 고국에 대한 향수와 그리움을 엿볼 수 있다.

신대한의 남녀야/ 독립전선으로 나아가자
우리의 용맹을 다하여/ 져 원수를 이기고 자유를 찾아
대한의 남녀야
져 원수가 우리 앞을 막아도/ 우리의 피가 식을 때까지
정의의 길로 나가리라/ 이것이 우리의 품은 뜻
대한의 남녀야

신대한의 용사야/ 주림과 죽음이 닥쳐도
용감히 일어나라/ 죽음이 나를 누르면
또 다른 용사가 이을지니/ 싸워라 승전이 올 때까지
대한의 남녀야

용사들아 줄기차게/ 담대하게 나아가라
지름길로 달음질치라/ 승리의 깃발은
너를 기다리고 있나니/ 용맹히 나아가라

대한의 충의 남녀야

　　　— 하은택, 「대한의 남녀야」에서, 〈독립〉, 1944. 10. 11.

　하은택은 1942년 6월에 설립된 조선민족혁명당 미주총지부 감찰위
원 중 한 분이었다. 1937년 중일전쟁 전쟁이 발발하자 1940년 9월 17
일 대한민국 임시정부는 '광복군'(光復軍)을 창설하였다. 태평양 전쟁
(1941년 12월 07일) 발발 때에는 연합군의 일원으로서 일본. 독일을 향해
선전 포고를 하기도 했다.

　1944년 태평양전쟁이 막바지에 이르자 당시 일본군에 징용된 15만의
조선 청년들 일부는 중국 대륙 내에서 일본군을 탈출하여 중국 내의 각
항일 독립부대로 귀환하여 독립운동에 참여하기도 하였다. 그중 일부는
미군 OSS(미국 전략 사무국) 대원으로서 국내로 잠입하여 미군 상륙을 지
원하는 유격부대로 활동하던 분들도 있었고, 일부는 인도와 미얀마 전선
에 파견되었다. 이 시는 당시 한국광복군이나 미군 OSS 대원으로 활약
하던 독립군들에게 부치는 격려의 항일 민족시가가 아닌가 한다.

　2. 임화, 김기림의 시
　　— 1946년, LA에서 발간된 〈독립〉 신문

　LA에서 발간된 〈독립〉 신문에는 많은 애국 인사들의 작품이 실려 있
는데, 그중에는 춘원 이광수의 시조와 카프(KAPF) 계열의 임화 그리고
모더니즘의 선두 주자인 김기림 시인의 작품도 실리고 있어 주목된다.
이광수의 시조는 다음 장에서 다루기로 하고, 임화와 김기림의 시 1편
씩을 먼저 소개한다.

　　손을 잠그면/ 어른거리는 그림자에도
　　어린 마음은 조리었으나/ 죽은 왕자를 위해서가 아니라

산 동포의 자유를 위하여/ 싸움의 뜨거운 씨를 뿌리든

스무 해 전 六월 十일/ 항일전선의 긴 렬로

묵묵히 걸어가든 청년의 가슴속엔/ 조국의 첫여름 하늘이

먼 바다처럼 푸르러/ 아아 죽엄도/ 오히려 황홀한 영광이었든

영원한 六월 十일을 위하여/ 남조선 정부의 용상을 어루만지며

외국관의 늙은 머슴이/ 꿈꾸는 영화를 위해서가 아니라

또다시 노예가 되려는/ 동포의 나태로운 자유를 위하여

젊은 동무여/ 또 한 번 죽어도 오히려 기꺼운

　청년의 6월 10일로 가자

　6월 9일 〈조선인민보〉

　1946년 6월 10일부 발행 소재

　　　　　　　　　　　　　　　— 임화. 「시」, 〈독립〉, 1946.6.26.

〈조선인민보〉는 1945년 서울에서 〈경성일보〉의 좌파 기자들이 국문으로 창간한 일간 신문이다. 임화는 이곳에서 1946년 7월부터 주필을 맡고 있었다. '스무 해 전 6월 10일/ 항일 전선의 긴 열'이란, 1926년 6월 10일, 대한 제국의 마지막 황제인 순종의 장례식 날이다. 이 날 많은 사람들이 서울로 몰려가서 뭉칠 것을 우려한 일본 경찰들이 강제로 사람들을 해산시켰다. 하지만 이에 굴하지 않고 장례식에 참석한 대중들이 항일 만세시위를 전개하였다.

임화 시인(1908-1953)

김기림 시인(1908-?)

이 6.10 만세운동에는 다양한 세력이 참여하였는데　조선공산당 계열이 지휘부를 이끌면서 국내외 민족운동에 커다란 반향을 불러일으켰다. 무엇보다 더욱 큰 의미는 이 6.10만세운동

조선인민보(朝鮮人民報)
서울에서《경성일보》의 좌파 기자들이 국
문으로 1945년에 창간한 일간신문.

이 이념을 초월한 반일민족운동을 전개했
다는 점이다.

　미국 LA에서 발간 된 이 신문의 성격이
전술한 바와 같이 공산당 계열인 '조선민
족혁명당' 미주 지부에서 발간한 신문인
점을 감안하여 볼 때, 광복 후 미군이 주
도한 남한의 단독정부 수립을 '다시 또 외
국의 노예'가 되려는 행위라 여겨 반대하
고 있다. 특히 '남조선 정부의 용상을 어
루만지며/ 외국관의 늙은 머슴이/ 꿈꾸는
영화' 운운은, 1946년 6월 이승만이 남한

만의 단독정부 수립을 주장한데 대한 임화의 신랄한 비판이 아닌가 한
다. 다음은 김기림의 시다.

조선의 마지막 황제 순종의 장례식

순종 황제 장례식날 일어난 6.10만세 운동

바람에 떨리는 수 천 깃발은/ 창공에 쓰는 인민의 가지가지 호소라

소리 소리 외치는 노래와 환호는/ 구름에 사무치는 백성들의 횃불

타다 타다 빛도 없는 8월의 횃불

아스팔트 뒤흔들며 밀려오고 밀려가는/ 발자국의 조수는

어둔 밤 설레는 파도 소리냐/ 다가오는 새 날의 발울림이냐

　　〈현대일보〉 1946년 8월 16일부 발행

　　　— 김기림, 「8월 데모 행렬에서 부치는 노래」, 〈독립〉, 1946.9.18

　광복 후 김기림은 조선문학가 동맹의 조직 활동을 주도하였으나 6.25 대 납북되었다.

9. 이광수의 새로운 시조(時調)
― 미국 L.A 〈독립〉 신문에서 발굴

이 자료는 필자가 1996년 미국 U.C.버클리 대학 동아시아 도서관에 마이크로 필림으로 보관되어 있던 〈독립〉신문에서 수집하여 정리한 것임.

1. U.C.버클리 동아시아 도서관
― 아사미 문고에 휘귀한 국문학서 다량 소장

미국의 여타 대학에 비해 U.C.버클리에는 한국문학과가 설치되어 있을 뿐만 아니라, 특히 그 곳 동아시아 도서관(East Asian Library) 한국관에는 학계에 아직 소개되지 않았던 아사미(Asami) 문고를 비롯한 회귀한 국문학서가 다량 소장되어 있었다. 이 곳에서 1년 간 있으면서 일제강점기 미주 동포들의 문학작품(한글로 발간된)들을 수집하기 시작했다. 샌프란시스코와 하와이에서 발간된 〈신한민보〉(1905-1986), 〈태평양주보〉(1930~) 그리고 소련 블라디보스토크에서 발간된 〈대동공보〉(1908-1910)와 〈선봉〉(1923~1937) 등 30여 종에 달하는 잡지에서 1000여 편에 달하는 항일민족시가를 발굴하게 되었다.

그러던 중 U.C.버클리에 Doe 도서관에 마이크로필름으로 보관되어

있는 〈독립〉이란 신문에 임화와 김
기림 등 카프(KAPF)계열 시인들뿐
만 아니라, 춘원 리광수의 시와 시조
30여 편이 1944년 1월부터 1946년
2월까지(26개월 동안) 발표되고 있어
궁금하였다.

춘원 이광수

임화와 김기림 그리고 춘원(春園)
리광수가 어떤 연유로, 그것도 국내가 아닌 미국의 LA에서 발간된 좌경
신문인 〈독립〉 신문에 수십 편에 달하는 그들의 시와 시조(時調)를 광복
을 전후하여 어떤 연유로 3년에 걸쳐 발표하였을까? 그리고 이러한 그
들의 행적이 이후 그의 납북(拉北?)과 무슨 연관성이 있지 않았을까? 하
는 의구심이 들었다.

〈독립〉은 1943년 9월 5일에 남가주(LA)에서 조선민족 혁명당 미주지
부가 창간(발행인 장기형, 편집인 박상영)한 주간신문이다. 국문 두 페이지
와 영문 두 페이지를 발행하는데 그 논조가 좌경의 편견을 고집하였다.
1944. 5. 24. 〈독립〉 신문에 게재된 〈재로 동포와 우리의 독입 운동〉의
기사를 보면 "세상은 나날이 변한다. 펄 -하버 사건 전과 오늘의 세계는
변한 것을 우리는 배우자. 미국 부통령은 말하였다. 미국이 로셔아에서

춘원 이광수 집과 가족 사진
1. 1944년 춘원이 직접 짓고 허영숙과 거주한 사릉 저택. 딸은 이곳을 춘원 문학관으로 만들고 싶어한다.
2. 서울 효자동에서 병원을 개업할 당시의 허영숙(앞줄 가운데). 한국 최초로 여성이 주관하는 병원을 개업했다.
3. 1943년의 춘원 가족. 왼쪽부터 허영숙 여사, 막내딸 이정화, 장녀 이정란, 아들 이영근.

배워야 한다. 미국은 매 주일 한 번씩 교회에서 설교를 함에 지나지만 로셔야는 매일 생활에서 우리가 한 일 주일에 한 번씩 설교하는 그 이상을 실행한다. 자본주의가 공산주의에게 배워야 된다"(씨아틀 선우학원)며 좌경 성향을 분명하게 드러내고 있다.

2. 춘원 이광수, L.A〈독립〉신문에
― 시조 30여 수 발표하다

1944년부터 춘원은 어떤 배경으로 어째서 1924년《시문사》에 이미 발표했던 그의 대표적인 기행문 '금강산 유긔(遊記)' 작품들을 또다시 LA 〈독립〉 신문에 발표하고 있었을까? 아니면, 이 신문 편집인 중 누군가가 김동환이 발간한 『삼천리』란 책에 다시 발표된(1944년) '금강산 유긔(遊記)'에서 그 일부를 작자(이광수)의 허락도 없이 이곳 〈독립〉 신문에 재수록(도용)한 것인가? 아무튼 궁금한 게 한두 가지가 아니었다. 〈독립〉에 게재된 리광수 시조의 일부(금강산 유긔)가 춘원이 직접 투고한 작품이든 아니든 간에 광복을 전후하여, 그것도 3년에 걸쳐 해외에서 재발표되고 있었다는 점은 이후 그의 사상적 변모 과정과 무관치 않아 보인다.

〈독립〉에 수록된 시조의 내용을 대별해 보면, 금강산 절경을 노래한 자연상찬과 민족의식이 뚜렷한 항일(抗日) 성향의 작품들이다. '바람이 물소린가/ 물소리 바람인가/ 석벽에 달린 노송/ 움추리고 춤을 추니/ 백운이 백운이 허우적거려/ 창천에서 나리더라'(1941.2.21) 하고, 금강산의 절경에 대한 감탄, 그리고 '어디가 살진 땅을 한 만 리나 얻어놓고/ 주리는 저 동포들 다 다려다 주옵고쪼저/ 장천아 말씀하소서/ 새 복지가 어디뇨'(1944.10.18) 하면서 굶주린 동포에 대한 연민과 동포애가 그것이다.

이는 분명 이전의 소설 「무정」에서 보인 친일성향의 세계와는 사뭇 다른 변화이다. 이후 이러한 성향의 작품들이 그의 정신적 변모의 과정에서 어떤 의미를 갖게 되며, 또 왜 이러한 변화가 이 시점에서 일게 되었을까? 이러한 의문점 등이 밝혀져 춘원 문학의 정신사적 맥락을 새롭게 인식하고, 더불어 해외동포문학의 특성을 이해하는 새로운 계기가 되었으면 한다. 〈독립〉에 게재된 리광수의 시조 28수 중 몇 편을 간추려 소개한다.

3. 피 좋겠다 뼈 좋겠다
 — 이보다 좋은 조선, 후손 에게 물려주자

님만 못한 조선 사람이다. 님만 못한 조선이 길래
조선 사람에게까지 미움 받는 조선이다.
미워도 못 떨어질 인연을 가진 조선이로고나

상하 五천년 살아오기 쩌르다 하며
남부 만여리 받은 땅인들 좁다 하리
슬프다 우리 조상님네 사는 법을 몰랐구나

무엇이 못하든가? 피 좋겠다 뼈 좋겠다
정신도 재주도 남만 못지 안하건만
「우리」란 말 한 마디를 잃은 것이 설코나

누이야 오라비야! 빈 터여든 갈아보세
벗은 산 입히고 묻힌 개천 쳐나고서
예보다 나은 조선을 일워보세 일워보자

박차고 나서거라 묵은 허물 훌떡 벗고
일터로 나아가자! 우리! 우리! 군호 마쳐

이 보다 나은 조선을 후손에게 물려주자

— 리광수, 「조선」, 〈독립〉, 1944.4.19.

'피(혈통)도 좋고 뼈(근본)도 좋고', '정신도 재주도 남만 못지않건만' 나라를 잃어 '우리'란 말을 못하고 내선일체 식민지민으로 굴욕스럽게 살아가고 있는 '조선'의 신세를 한탄하고 있다. 이제라도 박차고 일어나 헐벗은 우리의 산을 다시 녹화하고, 묻혀 있는 개천을 다시 일구어 '이보다 나은 조선을 후손에게 물려주자' 일깨워 주고 있다.

알성루 올라서니 만 이천봉 일모인대
백운이 가고오니 경기 또한 만이천봉을
단풍이 석양에 타는 양이 더욱 좋다 하더라

금강산 일웠스니 알성루 없을소냐
알성루 있을진대 시인이 누구누구
루 있고 시인 없으니 그를 앗겨 하노라

영랑봉 비로봉과 상중향 일월출
망군대 지장 백마 상하급수 향토병
차례로 만 이천봉 고대 들어 보더라

— 리광수, 「시」, 〈독립〉, -'금강산 유기(遊記)'에서 -1944.10.25.

이 시의 '알성루'가 아마도 '헐성루(歇惺樓)'의 오기인듯하다. 정조 때 정승 번암 채제공(蔡濟恭:1720-1799) 시의 제목에 「헐성루에서 금강산 만 이천봉을 바라보며(歇惺樓瞰萬二千峯)」가 나오는데, '헐성루'는 '금강산을 구경하라 하늘이 만든 특별한 자리로구나(天備看山別作區)'라는 구절이 나오고 있어 '알성루'가 아니라 '헐성루'의 오기인 듯하다.

10. 1943년 『광복군』 순국열사
─ 영전(靈前)에 바침

아래 자료들은 필자가 1996년 미국 U.C.버클리 동아시아 도서관에 마이크로 필름으로 보관되어 있던 〈독립〉 신문에서 발췌 정리한 것임.

1. 〈독립〉(1943년)
─ 「순국한 광복군 조선열사의 령(靈) 앞에」

〈독립〉은 1943년 9월 5일에 남가주 라성(LA) '조선민족혁명당' 미주지부에서 창간한 주간신문이다. 발행인 장기형(외 박상엽. 리경선. 김강 등)이 국문 2페이지와 영문 2페이지를 발행하였는데, 그 논조가 좌경의 편견을 고집하였으며 조국이 해방되고 남북이 갈린 후에는 자유진영을 비난하며 북선의 공산진영을 찬양하여, 이러한 성향 때문에 1955년 12월 미국 정부의 주목이 심하여 폐간되었다.

친애하는 전우들은 죽었다.
영용한 동지들은 죽었다.
그대들은 중국 반침략 싸움터 위에서 죽었고

그대들은 반 「파시스즘」 투쟁 중에서 죽었다.

그대들의 죽음은 우리의 광영을 증가했고

우리의 조국 – 조선의 광영을 증가했다.

우리는 자유 없는 국토상의 자유 없는 사람이다.

우리의 조국은 이미 이방 사람에게 침범되었고

우리의 부모는 이방 사람의 압박을 받을 대로 다 받아왔고

우리의 재산은 적인의 재산으로 변하였고

우리가 갈고 씨를 심은 밭에서는 적의 식량이 나고

우리의 여아는 적에게 빼앗겨 처첩이 되고

우리의 도로 위에는 적의 말 발굽소리가 진동한다.

　　— 원작 우청/ 번역 철인, 「순국한 조선열사의 령(靈) 앞에」 전반부,

　　　　　　　　　　〈독립〉, 1943.10.27, 미국 라성(LA)

우리의 조국은 이미 이방인들에게 침범되어 자유와 재산과 식량을 모두 빼앗겨 수많은 동지들이 투쟁 중에 순국하였음을 낱낱이 고발하면서, 그분들의 숭고한 죽음이 결코 헛되지 않았음을 위로하고 있다.

그러나 적은 이것만으로서 만족하지 않는다!

그들은 오히려 가죽 회초리로써 우리를 때리고

또 감옥에다 우리를 감금한다.

그럼으로 수없는 용감한 반항자들은 적의 독수 밑에서 죽었다.

우리는 생명을 보전하여 계속해서 조국을 위하야 투쟁하려고 중국에 망명하여 있다.

중국은 조선의 형제이다!

유장한 세월 가운데서 그는 우리와 같이

적의 박해를 받아왔으나

마침내 반침략의 전쟁을 발동하였다.

— 원작 우청/ 번역 철인, 「순국한 조선열사의 령(靈) 앞에」 후반부,
〈독립〉, 1943.10.27, 미국 라성(LA)

광복군 OSS특수부대원

1937년 중일전쟁이 일어나자 중국 각지에 흩어져 독립운동을 하고 있던 우리의 애국단체들이 상해 임시 정부를 중심으로 1940년 9월 17일 중국 충칭(重慶)에서 광복군을 조직했다. 이 시가는 1943년 중일전쟁이 한창이던 시절, 광복군이 중국군과 합세하여 일본군을 상대로 대일전선에서 투쟁하면서 전사한 광복군들의 영전에 바치는 헌시이다.

이를 통해 당시 우리 민족의 비참상이— 국내문학에서는 발표될 수 없는, 해외동포들의 망명문학에선- 여실하게 고발되어 있다. 곧 '우리는 생명을 보전하여 계속해서 조국을 위하야 투쟁하려고 중국에 망명하여 있다./ 중국은 조선의 형제이다!' 등이 그것이다.

길가에 줄 지어 늘어선/ 가을을 모르는 야자수
여기는 내가 살고 있는/ 남국의 서글픈 타향
야자수의 긴 잎 늘어선 사이로/ 해와 달은 몇 번이나 이즈러졌노!
향수에 젖어있는 내 마음/ 눈물 잊을 때 드물러라.
— 김혜란, 「야자수」, 〈독립〉, 1944.2.16.

한국광복군 훈련반

'여기는 내가 살고 있는' '야자수 늘어선' '남국의 타향'으로 보아 〈독립〉신문이 발간된 캘리포니아주 LA(라성)임을 짐작케 한다. 이곳에서 '향수에

젖어 눈물 흘리고 있는' 『대한여자애국단』원이었던 재미 교포 김혜란 여사의 고국에 대한 절절한 그리움을 엿보게 된다.

2. 민충정공의 유서-'이천만 동포에게 고하노라'
 — 살기를 바라는 자는 반드시 죽고, 죽기를 각오한 자는 삶을 얻나니

민영환(1827-1905) 공은 1905년 을사조약이 체결되자 고종 황제에게 거듭 상소를 올리다 구속되었다. 자신의 힘으로는 더 이상 기울어 가는 국운을 돌이킬 수 없음을 깨닫고 집으로 돌아와 '마지막으로 우리 대한 제국이천만 동포에게 고함'이라는 유서를 아래와 같이 써 놓고 11월 30 일 자결하였다.

이때 충정공 민영환 공은 고종 황제에게 3통의 유서를 남기고 자결하였는데, 아래 유서는 그 중 한국인들에게 국가의 패망을 막지 못한 슬픔을 대변, 많은 이들이 이에 울분을 느껴 '죽을 각오로 나라를 지키라고 각성을 촉구'한 내용이다. 그의 자결 소식과 피가 끓는 유서가 〈대한매일신보〉에 실려 항일운동을 격화시키는 동력이 되었다.

대한여자애국단
1919년 미국 캘리포니아주에서 미주 부인회 합동 결의안에 따라 조직된 독립운동 후원 및 국내 한인 구제 목적의 단체.

오호라, 나라의 수치와 백성의 욕됨이 여기까지 이르렀으니, 우리 인민은 장차 생존경쟁 가운데에서 모두 진멸당하려 하는도다. 대저 살기를 바라는 자는 반드시 죽고 죽기를 각오하는 자는 삶을 얻나니, 여러분이 어찌 헤아리지 못하겠는가? 영환은 다만 한 번 죽음으로써 우러러 황은皇恩에 보답하고, 우리 이천만 동포 형제에게 사죄하고자 하노라.

영환은 죽되 죽지 아니하고, 구천에서도 기필코 여러분을 돕기를 기약하니, 바라건대 우리 동포 형제들은 천만 배 더욱 분발하고 기운을 내어 뜻과 기개를 굳건히 하며 학문에 힘쓰고, 마음으로 단결하고 힘을 합쳐서 우리의 자유 독립을 회복한다면, 죽은 자는 마땅히 저 어두운 저승에서나마 기뻐 웃으리로다. 오호라, 조금도 실망하지 말지어다. 우리 대한제국 이천만 동포에게 이별을 고하노라.

— 민충정공, 「경고 한국인민」, 〈대한매일신보〉, 1905.12.1.

민충정공   민영환(민충정공) - 그의 명함에 기록한 이천만 동포에게 남긴 유서

죽음으로써 항거한 대한제국 내부대신 민영환 공의 순국 38주년을 맞아 그의 충절을 추모하는 헌시가 아래와 같이 1943년 LA 〈독립〉 신문에 발표되고 있었다.

공이여 한 번 가시매/ 나라도 백성도/ 갈 곳을 몰라
거치른 빈 땅 위에/ 깊은 한숨 떨리고

피눈물은 아롱져/ 흘린 피 사십 년

아직도 뜨거워/ 뿌려준 그 정신/ 피와 같이 뜨노라

　　　　　　　　— 홍윤식, 「민충정공이 가신 지 38주년을 맞으면서」,

　　　　　　　　　　　　　　　〈독립〉, 1943.11.24.

11. 1945년 조선 문제, 미국과 러시아 합의
— 1945년 11월 28일 〈독립〉 신문에서

〈독립〉 신문은 1943년 9월 미국 캘리포니아주 라성(LA)에서 한인교포들이 발간한 신문이다. 1945년 11월 28일 이 〈독립〉 신문에 '조선의 문제에 관하여 미국과 러시아는 협의 중'이라는 제목의 기사가 실려, 그중 일부를 원안 그대로 게재한다. 이는 동년 12월 모스코바 3상회의에서 한반도 신탁통치안 결정 직전 국내 상황을 엿볼 수 있는 귀중한 자료가 아닌가 한다.

1. 1945년 11월 28일자-LA 〈독립〉 신문
   — 제38도 평행선 북부조선에 있는 일본 군대들은 쏘비엣 군대들에게, 남부조선에 있는 일본 군대들은 북미합중국 군대들에게 항복할 것을 명령

워싱턴, 11월 16일(뉴욕 타임즈)-기사 전문
오늘 미 국무성은 말하기를 미국 정부는 조선 문제에 관하여 쏘비엣 정부와 최근에 합의를 하였는데, 그 결과, '북조선과 남조선 사이의 개인 상업과 자유 출입이 개통되어 조선으로 하여금 한 개의 독립되고 연합된 나라를 결국 만들게 하는 것을 촉진시키게 하기를 미국정부는 희

이승만, 김구, 하지 중장

망하고 있다'고 하였다.

존, 알 하지(John R. Hodge) 육군 중장 밑에 미국 군대들이 지난 9월 8일에 조선에 상륙한 이후로 남조선의 정세에 대하여 미국 국무성은 처음으로 공식 성명을 오늘 발표한 것인데 이 성명을 통하여 국무성은 아래와 같이 말하였다.

조선에 있는 북미 합중국 군대들은 지난 9월 8일에 처음으로 상륙한 이후로 여러 가지 문제에 당면하였었다. 이러한 문제들 가운데 얼마는 예측하였던 것이었으며 또 어떠한 것은 시세의 변함을 따라 예측하지 못하였던 것이다. 일본이 항복하던 당시에 연합군대들이 분배로 인하여 연합국 정부들이 맥아더 대장을 통하여 일본 정부에게 발령하라고 요구한 일반 지령 제1호는, '제38도 평행선 북부조선에 있는 일본 군대들은 쏘비엣 군대들에게 항복할 것과, 제38도 평행선 남부조선에 있는 일본 군대들은 북미 합중국 군대들에게 항복할 것'을 명령하였었다.

— 〈독립〉, 1945. 11. 28, 미국 LA

이와 같은 공작선은 일시적으로 한 것이며 일반 지령의 목적들을 수행시키기를 목적하는 책임을 확정시키는 데만 소용되게 하려는 것이었다. 그러나 이러한 선이 비록 일시적으로 된 것이라고 하되 조선의 근본적 통일을 위험하게 할 영향을 가지고 있다는 것을 인식할 수 있는 것이다. 그러므로 북미합중국 사령관은

이승만 초대 대통령

조선을 부자연하게 분할시킴으로써 일어날 어떠한 지방적 문제는 무엇이나 쏘비엣 사령관과 더불어 해결할 수 있는 완전한 권한을 받았다.

이와 같이 희망하는 목적을 달성하는데 있어서 실제적으로 어려운 일들이 지방적으로 당면하게 되었었던 것이다. 그리하여 이러한 어려운 일들을 극복하기 위하여 북미합중국 정부는 그 문제를 모스크바 쏘비엣 정부와 더불어 상의하였는데 그 어려운 문제들은 지방적 교섭을 통하여 두 점령 사령관들 사이에 혹은 두 정부 사이에 해결하게 하도록 하자는 것을 제의하였었다. 실제적 문제들 가운데는 교통을 연락시키는 것과 조선의 경제적 통일과 같은 문제들이 포함되어 있는 것이니 이러한 실제적 문제들을 해결하는 때에 조선은 건전한 지위에 서게 될 것이다.

다른 문제들이 일어나는 원인은 조선의 지도자들이 과거 35년 동안 일본인들에게 너무나 잔악하게 지배되고 착취되었기 때문에 그들에게는 정치적, 행정적 협조가 필요되고 있다. 조선 안에 있는 북미합중국 군대들을 지휘하기 위하여 맥아더 대장의 임명을 받은 하지 대장은 조선의 수부 서울에 도착하였을 때에 일본인들을 정부로부터 제거시키며, 일본인들의 자리에 조선인 지도자들을 두게 하려는 확고한 프로그램을 가지고 갔었다. 군정부 임시위원회의 위원장으로 시무하고 있는데 그는 대공업들과 대상업을 정부가 관할하여야 할 것을 독촉하였다.(1945년 11월 28일, LA, 〈독립〉)

2. 인민당 대표
─ 신망 받은 려운영(呂運亨)을 선출

서울 조선(위 소씨엣테드 프레스) -기사 전문

11월 12일 저녁에 서울에서 새로운 정당 〈인민당〉이 조직 되었다. 미국 점령 밑에 있는 남조선 기지로부터 모여든 수백 명 대표들 가운데는 일본의 학정 밑에서 피 끓는 애국심을 길러 온 사람들이 다수가

YMCA 건물에서 건국준비위원회 발족식 때 강연하는 여운형

포함되어 있었는데, 이 대표 대회는 이 곳에 있는 어떤 기독교 예배당에서 개최되었다.

이번에 새로이 조직된 '인민당'은 소위 '인민공화당'의 부산물인데 '인민공화당'은 지난 9월에 미국군이 조선에 상륙하기 전에 급하게 조직되었던 것이다. 새 정당은 진보적 정강을 작성하고 오랫동안 조선 사람들에게 숭배받아 오던 지하운동의 거두 려운형(呂運亨)을 두령으로 선거하였다. 려(呂)는 연설하는 가운데 민중의 단합과 미국군 정부와 협력할 것과 여자 동등권을 역설하고 아래와 같이 주장하였다.

1. 소작인들로 하여금 추수의 삼분의 일밖에 가지지 못하게 한 일본인들과 부유한 조선인들의 토지를 정부는 몰수할 것.
2. 특권 계급들과 소수의 부유한 지주들과 공업을 경영하는 가족들을 위한 특권들을 철폐 시킬 것.

려운형 자신도 거의 4년 동안 감옥에 갇혀서 고역을 하며 중역 생활을 하였었던 것이다. 려운형은 일반 조선 사람들의 큰 존경과 신망을 받고 있는 인물로 이 사실을 증명한 것은 일본이 항복한 직후에 조선 총독으로 있던 일본인 〈아베 노부유끼〉 대장이 려(呂)에게 요구하기를, 미국 군대들이 조선에 도착하는 것을 앞두고 일반 민중의 인심을 안정시키어 달라고 하였던 것을 보아서도 알 수 있는 것이다.

3. 려운영 - 이승만을 흠양

려운형은 해외 조선 임시정부의 자칭 대통령인 리승만 박사를 흠양하는 사람이며 또는 그의 친구로서 리(李)가 33년 동안의 망명생활로부터 귀국하여 조선의 여러 당파들을 단합시키려고 시험할 때에 려(呂)는 한 쪽으로 물러서서 보고 있었던 것이다. 려운형을 열정적으로 따르는 사람들은 말하기를 그들은 리의 노력이 성공하기를 정성껏 희망한다고 하였으며 또 다른 사람들은 말하기를 리(李)는 너무나 오랫동안 조선을 떠나 있었다고 하였다. 리는 보다 젊고 보다 자유적 조선 사람들의 활동에 대하여 충분이 주의하지 않는다고 그들은 비평하였다. -생략-

다수의 조선인 지명인사들이 일본인들이 조선을 점령한 결과 자발적으로 혹은 강제적으로 망명생활을 하게 되었으니 그들 가운데 얼마는 북미 합중국에 있었다. 그들은 조선인 지하 운동에 실질적으로 민중의 따름이 있었기 때문에 일본인들은 이런 지하운동을 박멸 시키지 못하였다.

이러한 망명자들은 민주적 리상을 대표하는 것이므로 조선 안에 있는 북미합중국 당국은 할 수 있는 대로 운수의 편의가 허락하는 대로 빨리 그들을 귀국하게 하여서 여러 갈리어진 정치적 분자들을 통일시키는 일에 지방에 있는 조선인 영도자들과 더불어 일할 수 있도록 장려하고 있는 중이다.

모스코바 삼상회의 결과 발표(영국 처칠, 미국 루즈벨트, 소련 스탈린-1945.12.16-26))

압박으로부터 갑자기 해방됨으로 인하여 그에 따라서 여러 정당들은 언론자유에 대한 새로운 기회를 가지게 됨에 대한 기쁨과 새로운 국가가 설립될 때에 예기할 수 있는 것과 생략 머지않아 독립되고 단합된 조선을 ○○○○ 촉진시키게 하기를 북미합중국은 희망하고 있다.(1945년 11월 12일, 〈서울 조선〉)

12. 윤치호 「애국가」, 안창호 「거국가」
— 대한 사람 대한으로/ 기리 보전하세

이 자료는 1996년 필자가 미국 U.C.버클리 도서관에서 '일제강점기 항일민족시가'들을 수집하던 중 캘리포니아 몬트레이에 계시던 김원용 옹을 만나 그 분이 1955년에 집필하셨던 『재미한인 50년사』와 1988년에 발간된 『한인교회 85년사』에서 수집한 시가들이다.

재미한인 50년사 발간자 김원용

1. 초기 하와이 이민 생활의 참상
— 이친척(離親戚) 기분묘(棄墳墓)의/ 슬픔 뒤 알리오.

1905년 4월 6일 이민선을 타던 이홍기씨(후에 호놀룰루 한인감리교회 권사)는 이민선을 타던 전 날 밤의 심경을 다음과 같이 읊었다.

가만히 도모하는 행리(여행)가 밝은 새벽인데
이 밤 등불 앞에 만 가지 생각이 새롭다
조상과 부모를 모시는 인륜을 저버리고
부부의 정마저 끊은 채 홀로 미지의 외국으로 향하려는 나를

조소하는 소리마저 들으면서 눈물을 흘린다

— 이홍기, 『한인교회 85년사』, 1955, P. 27.

그런가 하면 당시 30세로 두 아들을 데리고 남편을 따라 마우이(maui) 섬에 와서 일하던 최용운 여인은 만리타향에서 떠도는 이민자의 슬픔을 아래와 같이 노래하고 있다.

강남에 노든 속에/ 춘풍우선(春風郵船) 만리(萬里)하니
이친척(離親戚) 기분묘(棄墳墓)의/ 슬픔을 뉘 알리오.
새 울어도 눈물 보지 못하고/ 꽃 웃어도 소리 듣지 못하니
좋은 것 뉘가 알고/ 슬픔인들 뉘가 알랴.

— 최용운, 『한인교회 85년사』, 1955, P. 30.

2. 윤치호 「애국가」(1908년)

윤치호(1866-1945)

윤치호는 16세에 신사유람단을 따라 근대화된 일본의 현실을 체험한 후 조국의 근대화가 필요함을 절감하고, 상하이와 미국에서 근대 교육을 받았다. 1905년 을사늑약이 체결되자 관직을 사퇴한 뒤 1906년 장지연·윤효정 등과 『대한자강회』를 조직하였고, 회장으로 추대되어 이후 안창호 등이 주도한 평양 대성학교 교장과 대한기독교청년회 연맹(YMCA)의 이사와 부회장 및 세계 주일학교 한국지회의 회장에 선임되어 기독교 정신에 입각한 구국운동을 전개하였다.

이 곡은 원래 1896년 11월 21일 독립문 정초식 때 불려진 노래다. 그

런데 1908년에 재판 발행한 『찬미가』에 그가 작사한 「애국가」 세 편이 들어 있어 그중 하나가 오늘날 우리가 부르는 「애국가」가 되었다.

> 동해물과 백두산이/ 마르고 닳도록/ 하나님이 보우하사/ 우리 대한 만세
> 무궁화 삼천리/ 화려강산/ 대한사람 대한으로/ 기리 보전하세
> ─ 윤치호, 「애국가」(1908년, 〈찬미가〉 제14장 1절), 『한인교회 85년사』, p. 50.

3. 안창호 「거국가(去國家)」(1910년)
 ─ '훗날 다시 만나보자 나의 사랑 한반도야'

1909년 안중근 의사의 이등박문 사살의 거사가 일어나자 일본 헌병대는 이것이 『신민회』의 짓이라 생각하여 대성학교 교정에 있던 도산 안창호를 즉각 체포하였다. 그를 서울로 호송하여 용산 일본 헌병대에 감금하였다. 몇 달 후에 석방되었으나 한일합방 계획을 앞둔 일본의 탄압이 날로 심해지자 안창호 선생은 앞날의 승리를 약속하면서 1910년 「거국가(去國家)」를 남기고 망명길에 올랐다.

대성학교 : 1908년에 안창호가 평양에 세운 학교로, 건전한 인격의 함양, 투철한 민족 운동가 양성, 실력을 갖춘 인재의 양성, 건강한 체력훈련을 교육 방침으로 삼았다.

간다 간다 나는 간다 너를 두고 나는 간다/ 잠시 뜻을 얻었노라 까불대
는 이 시운이

나의 등을 내밀어서 너를 떠나가게 하니/ 이로부터 여러 해를 너를 보
지 못할지나

그동안에 나는 오직 너를 위해 일할지니/ 나간다고 설워마라 나의 사
랑 한반도야.

간다 간다 나는 간다 너를 두고 나는 간다/ 지금 너와 작별한 후 태평
양과 대서양을

건널 때도 잊을지오 시베리아 만주 뜰로/ 다닐 때도 잊을 지나 나의 몸
은 부평같이

어느 곳에 가 있던지 너를 생각할터이니/ 너도 나를 생각하라 나의 사
랑 한반도야.

간다 간다 나는 간다 지금 이별할 때에는/ 빈 주먹을 들고 가니 이후
성공할 때에는

기를 들고 올 터이니 눈물 흘린 이 이별이/ 기쁜 일이 되리로다 악풍폭
우 심한 이때

부디 부디 잘 있거라 부디 부디 잘 있거라/ 훗날 다시 만나보자 나의
사랑 한반도야

　　　　　　　　　　— 안창호, 「거국가」, 『한인교회 85년사』, 1910. p. 73.

　안창호(1878-1938)는 조국광복을 하려면 먼저 선진국을 보고 배워야
한다는 생각에 1902년에 부인과 함께 샌프란시스코로 건너와 24세에
중학교에 입학, 1904년에는 신학강습소에서 신학을 공부, 1905년에는
『공립협회』를 조직하여 민족독립과 계몽에 힘써 〈공립신문〉을 발행하
기도 하였다. 그러던 1907년 귀국하여 비밀결사인 『신민회』를 조직하

여 투쟁하던 중 체포되었다가 1910년 중국으로 망명하면서 「거국가」를 남겼다.

4. 이홍기의 「광복 산하가」
　─ 조국 분단(38선)을 통탄하며

　광복 후 우리나라가 모스크바 3상회의(미영소)에 의해 신탁통치가 발표되자 좌익과 우익, 남북한이 찬탁과 반탁으로 국론이 분열되었다. 이에 미국의 제안으로 UN 감시하에 총선거를 실시하였다. 그러나 소련측이 UN 위원단의 38선 이북으로 넘어오는 것을 반대하여 결국 남한만의 총선거를 실시, 1948년 8월 15일 이승만을 초대 대통령으

이승만 박사와 프란체스카 여사

로 하는 대한민국 정부를 수립하였다. 이홍기 권사는 당시 남북분단의 슬픔을 아래와 같이 토로하고 있었다.

　　　광복한 산하에 큰 바람이 일어나니
　　　겁먹은 구름은 걷히기를 다하고 해 바퀴가 붉더라.

　　　입법하는 것은 백성이 주체가 되었고
　　　다스리는 권한은 표결로 맡길 영웅을 뽑지.

　　　성심으로 국면을 창립하는 이는 하지 장군이요
　　　반목으로 비방하는 것은 적색 아이들이지.

　　　미국에 있어 분당만을 일삼던 이 모가

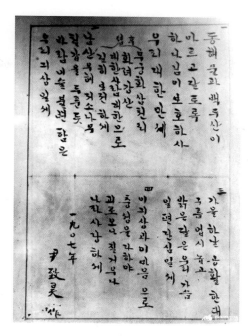

외람되이 공복에 당선되어 내 마음이 차지를 않네.

— 이홍기, 「광복산하」, 『한인교회 85년사』, 1948.8.15.

　　북쪽에서는 이에 앞서 1947년 2월에 이미 북조선인민위원회를 조직하고 있다가 1948년 9월 9일에 김일성을 주석으로 하는 "조선민주주의인민공화국" 수립을 선포했다. 이로 인해 일시적인 경계선에 불과했던 38도선이 이제는 두 정부에 의한 국경선으로 변해 버리고 말았다. 이데올로기를 달리하는 두 정부가 수립됨으로써 우리민족은 해방의 기쁨과 함께 조국 분단이라는 새로운 비극의 역사를 맞이하게 된 것이다.

2부

러시아편

13. 1908년 블라디보스크 〈대동공보〉
─ 안중근의 '코레아 후라'

러시아의 연해주(블라디보스톡) 일대는 우리 민족의 한(恨)과 염원이 서린 땅이다. 경술국치를 전후해서 수많은 애국지사들이 연해주로 망명하여 한민촌(韓民村)을 건설하고 생존권조차도 위협을 받는 고초를 감내한 속에서도 조국광복을 위해 투혼을 다진 곳이다.

이곳으로 의병(義兵)들과 신민회 회원들이 망명하여 독립운동을 전개하였다. 이 과정에서 1908년 〈해조신문〉, 〈대동공보〉, 1912년 〈대한인정교보〉, 〈권업신문〉, 1917년 〈청구신보〉, 〈한인신보〉, 1923년 〈선봉(先鋒)〉 등이 발간되어 한민족 자주독립을 강화시켜주는 구심체가 되었다.

1. 러시아 블라디보스톡 〈대동공보(大東共報)〉
─ 국권회복을 위한 의병들의 소식과 격려

〈대동공보〉는 1908년 11월 18일 연해주에 이주한 한인들에 의해 블라디보스크에서 창간된 교포 신문이다. '본보는 우리의 생명이요 혈맥이라' 하였듯이 〈대동공보〉는 러시아에서 국권회복 운동을 실질적으로 주도하고 실천한 역사적으로 매우 중요한 단체이다. 안중근(安重根) 의사

러시아 연해주 (1908-1910)

와 우덕순을 내세워 이토 히로부미(伊藤博文)을 저격한 사건이 그 예의 하나이다.

연해주에 이주한 한인들이 최초로 발행한 신문은 〈해조신문〉이었지만 일제의 압력에 의하여 1908년 폐간되자, 이 지방의 유지인 유진률(兪鎭律), 문창범(文昌範) 등이 중심이 되어 러시아인 변호사 미하일로프를 편집인으로 내세우면서 1908년 〈대동공보(大東共報)〉를 창간하게 되었다.

1908년 러시아에는 한국인들의 이민이 크게 증가하여 블라디보스토크를 중심으로 연해주 일대의 한국인 수가 4만 5900명에 달하고 있었다. 발행부수는 약 15,000부를 발행하여 러시아에 사는 교민뿐만 아니라, 만주와 국내는 물론 널리 상해와 시베리아·미주·하와이·멕시코 등지에까지 발송되었고, 국내에도 비밀리에 우송되어 읽혔다.

창간 당시 사장에 문양목·차석보, 발행인 미하일로프, 편집인 유진률, 주필 윤필봉·정순만, 기자 이강(李剛) 등이었다. 이강은 일찍이 미국에서 도산 안창호, 정재관(鄭在寬) 선생과 함께 〈공립신보〉의 창간 멤버로 주필을 지내다 1907년 정재관과 함께 이곳에 와서 '신민회 블라디보스톡 지회'를 설립하고 〈대동공보〉를 창간한 인물이다.

1909년 6월 13일자 〈대동공보〉를 보면 '동포의 사상을 개도(開導)하여 문명한 데로 나아가게 하며 국가의 독립을 부흥하여 부강한 데로 나아가게 한다.'고, 이 신문 발간의 취지를 밝히고 있다. 이로 보아 〈대동공보〉는 당시 국내의 〈대한매일신보〉, 샌프란시스코의 〈공립신보〉와 더불어 독립운동의 비밀결사 단체인 '신민회'의 외곽단체로서의 자매지 성격의 신문이었다.

신문은 사설, 전보, 외보, 제국통신(일제의 침략정책 비판과 의병들의 소식을 담은 국내소식), 잡보(러시아 당국의 정책 홍보), 광고, 기서(奇書) 등으로 다양하게 꾸몄다. 기사의 내용을 구분하여 보면

　　○ 국권회복을 위한 의병들의 소식과 격려
　　○ 애국 계몽과 민족의식 고취
　　○ 교민들의 생활개선과 권익보호 등

크게 세 내용으로 나누어 볼 수 있다. 그러나 이러한 반일(反日)노선 때문에 일제의 사주를 받은 러시아에 의하여 1910년 9월 1일 〈대동공보〉는 강제 폐간되었다. 이후 유진률에 의하여 1911년 〈대양보〉(사장 최재형, 주필 신채호), 1912년 〈권업신문〉(발행인 주코프, 주필 신채호)으로 그 정신이 계승되어 발간되었다.

이 시기가 어느 땐가/ 약육강식 고만일세

나라 없는 우리민족/~ / 자유독립 도모하나

애닯도다 대한국이/ 지구상에 친구 없어

환난상구 고사하고/ 원억할 데 없고/ 의론할 곳 바이 없어

울울심사 물 데 있나/ 오매불망 저 협상을/ 전전반측 생각하니

슬프고도 슬픈 것은/ 망국인의 슬픔이라

— 작자 미상, 「불평가」 일부, 〈대동공보〉, 1909년 11.7.

나라 없는 우리민족이 원통하고 억울하나 지구상에 우리를 도와줄 친구도 없고, '나라 없는 우리 민족- 의논할 곳 바이 없어' 울울한 심사 의논할 곳 없는 망국인의 슬픔을 한탄하고 있다.

2. 안중근(安重根) 의거 소식 듣고
  — '어허 이 일 장하도다'

안중근 의사와 단지된 손가락

연해주에서 동의단지회(同義斷指會)를 결성하고 독립운동을 전개하던 안중근은 1909년 10월 〈대동공보〉를 읽고 이토 히로부미(伊藤博文)가 러시아 대장성 대신 코코프체프와 협상을 벌이기 위해 하얼빈에 온다는 소식을 접하였다. 안중근은 동지 우덕순 및 통역 유동하와 10월 22일 하얼빈에 도착한 후 지형을 정찰하고, 하얼빈 역에서 이토 히로부미(伊藤博文)를 기다렸다.

1909년 10월 26일 오전 9시 30분, 안중근은 코코프체프의 안내를 받

안중근 의사가 하얼빈 역에서 이토히로부미를 저격하는 장면을 다룬 기록화(1909.10.26.)

으며 도열한 의장대를 사열하던 이토 히로부미(伊藤博文)에게 권총을 발사하여 그의 가슴과 옆구리와 복부에 명중시켰다. 그리고 큰 소리로 "코레아 후라(대한민국 만세)"를 삼창했다. 안중근 의거는 일제의 한국 침략을 전 세계에 알린 쾌거였으며, 침체되어 있던 항일운동을 다시 일으키는데 결정적인 역할을 하였다.

> 반갑도다 반갑도다/ 어허 이 말 반갑도다/ 장하도다 장하도다/ 어허
> 이 일 장하도다.
> 반갑도다 이 말이여/ 장하도다 이 일이여/ 박낭사중 쓰든 철퇴/ 지금
> 이라 없겠는가?
> 소소한풍 역수상에/장사일거 불반일세/ 애국열성 끓는 피로/ 억만총
> 금 겁이 없이
> 용맹 있게 뛰어들어/ 소리 한 번 크게 치니/ 악독지독 하던 귀신/ 혼비
> 백산 간 곳 없네
> 뇌성같은 큰 소리로/ 세계이목 경성하니/ 동반도에 우리 동포/ 이 천
> 만의 모범일세
>   ― 슈청거색 상인, 「소식 듣고 기운 난다」 일부, 『대동공보』,
>   1909.12.19.

중국 뤼순(旅順)고등법원에서 이토히로부미 피살사건의 공개재판이 열리고 있다.
왼쪽부터 유동하, 조도선, 우덕순, 안중근. (1910.2.14.)

위 시에서 '반갑도다 반갑도다/ 어허 이 말 반갑도다/ 장하도다 장하
도다/ 어허 이 일 장하도다.'라고 기뻐하는 장면은, 10월 26일 하얼빈
역에서, 안중근 의사사 일본제국의 이토 히로부미를 권총으로 사살한
사건을 두고 한 말이다. 그리고 '이 말 반갑도다 이 말이여'에서 '이 말'
이란 안중근 의사가 러시아의 호위병들에게 체포되었을 때 소리 높이
외쳤던 '코레아 후라!!!'(대한민국 만세!!!의 에스페란토어)를 지칭한 말에 다
름 아닌 대한인(大韓人)의 피맺힌 외침이었다.

14. 1912년 러시아 〈대한인정교보〉
— 「망국민의 설움」, 「상부뎐」

〈대한인정교보〉는 1912년 러시아 정교회를 통한 한인(韓人)들의 단결과 계몽을 목적으로 발간한 월간 잡지였으나, 실물의 존재 여부는 확인되지 못하였다. 그러던 1990년 한·러 수교 이후 러시아의 페테르부르크(구 레닌그라드)에 소재한 러시아 국립도서관 분관에 한인들의 신문 6종(대동공보, 대한인정교보, 해조신문, 권업신문, 청구신보, 한인신보)이 소장되어 있었음을 발견하게 되었다. 1937년 스탈린이 연해주에 거주한 한인들을 중앙아시아로 강제 집단 이주시킬 때 그곳으로 옮겨진 것이 아닐까 한다.

1. 〈대한인정교보〉 (1912.1.2.~1914.10)
— 본국 소식과 독립운동관련 소식 전해

〈대한인정교보〉는 1912년 1월 2일 〈대한인국민회 시베리아 총회〉에서 발간한 월간 잡지이다. 일제의 압력과 재정 형편을 고려하여 러시아 정교를 앞세워 치타 교구의 에프럼 부주교에게 청원하여 이강, 정재관 등이 순수한 종교적 목적으로 간행하면서 검열국의 검열을 받는다는 조건으로 창간할 수 있었다. 창간호는 그 취지서에서 본보의 목적은 일체 정치의 간섭이 없고 다만 신도의 신덕과 지식을 배양하며 '정교'를 믿지 않는 자에게 하나님의 진리를 전파하기로 정하여 복음의 진리와 교회의 문학과 기타 인생에 필요한 각 학술과 교회의 통신과 세계의 요문과 동포의 선악을 계재하여 일만 동포의 도덕과 지식을 갖춰 배양할지며

본보의 필법은 유무식을 물론하고 남녀노소 동포의 같이 보기를 위하여 문체의 문채와 질박함을 거리끼지 아니하고 할 수 있는 대로 길고 어려운 문제를 피하였고 쉬운 말로 쓰기를 주의할지니 일만 동포는 본보를 사랑하며 본보를 어엿비 여기며 본보를 지도하며, 본보를 찬성하며, 본보와 더불어 사생고락 같이 하기를 바라나이다.

— 「대한인정교보-취지서」에서, 〈대한인정교보〉 창간호, 1912.1.2.

러시아 정교의 주교를 앞세워 포교를 한다는 명목으로 허가를 받았다. 그러나 '교회의 문학'과 '동포의 선악'이라는 명목하에 종교적인 언급은 갈수록 사라지고 본국 소식과 국외의 한인 소식을 비롯하여 민족의 나아갈 길에 대하여 소개하면서 민족 운동에 관련된 것을 절묘하게 편집 보도하였다.

재정상 월보(잡지) 형태로 발간하였다. 그러나 세계 1차 대전이 발발하자 일제가 동맹국 러시아에 압력을 가하여 〈대한인정교보〉를 폐간하고 주필 이강(李剛)은 투옥되었다. 사장은 안계화, 김인수, 김하일, 부사장은 고성삼, 배상은, 발행인 문윤함, 편집인 박집초, 김엘리사벳다, 주필은 이강(李剛), 춘원 이광수(1914.2-6) 등이었다.

주필을 맡은 이강(李剛)은 이미 미국에서 〈공립신보〉와 연해주에서 〈대동공보〉의 기자를 역임한 바 있었고, 또 초기 〈대한인정

이강(대한인정교보 주필)

독립운동가 정재관 선생(앞줄 왼쪽에서 두번째)은 1912년 〈대한인정교보〉를 주도한 인물일 뿐만 아니라 1908년 스티븐스 암살의거를 촉발시킨 인물이다.

교보보〉에 참여하였다가 〈권업신문〉으로 옮겨 간 정재관도 샌프란시스코에서 발간된 〈공립신보〉의 사장과 주필을 역임하였던 사람이다. 이것으로 보아 연해주 지방의 교포신문이나 잡지들도 미국에서 최초로 교포신문을 발간한 도산 안창호 선생이 주도한 독립운동 사업과도 같은 맥락이 아닌가 한다. 〈대한인정교보〉는 대체로 치타지역에서 농업이나 금광업에 종사하는 토착적인 재력가들이 경영관리를 맡고 있었다.

2. 외배 이광수 – 「망국민의 설음」
— '어차피 못 살 몸이니 보국충혼이나 되리라'

1914년 6월 1일자 〈대한인정교보〉에서 주간을 맡은 춘원 이광수가 후에 주간을 맡으면서 '외배'라는 필명으로 「나라를 떠나는 설음」, 「망국인의 설음」, 「상부전」 세 편을 실었다. '몸은 미국에 있거나 아라사에 있거나/ 꿈을 꾸면 고국산천만 알뜰히도 뵈노라/ 고국아 네 짐작하야 잘 때나 잠깐 잊히렴'(「나라를 떠나는 설음」에서) 하면서, 아래와 같이 연이어 「망국인의 설음」을 실었다.

아무데 가도 못 면할 것은 망국민의 설음이데

청동화로 백탄 숯에 이글이글 철인(印)을 달구어

앞 이마에 둥두렷하게 「망국민」 삼주를 새긴 것은 아니건만

만국 녀석들이 모두 다 임진강 사공의 자식인 양하여

우리를 보면 용하게도 징징 코웃음만 하네

무된 칼로 가슴에 구멍을 데꾼 뚫어 놓고

억욱새 동아줄을 울룩불룩 본때 있게 비어 내어도

한 편에는 항우 서고, 한 편에는 삼손이— 두 놈이

홀그덩 훌쩍 다리는 것은 견딜만 하여도

망국민의 설음은 참말 못 견딜 네데

어차피 못 살 몸이니 보국충혼이나 되리라

　　　　　　— 외배, 「망국민의 설음」, 〈대한인정교보〉, 1914.6.1.

'외배'는 춘원 이광수의 호이다. '어디를 가더라도 못 면할 것은 망국
민의 설움이라', '앞 이마에 「망국민」 석 자를 새긴 것은 아니지만', '만
국 녀석들이 모두다 임진강 사공의 자식인 양하여/ 우리를 보면 용하게
도 징징 코웃음만 치고 있다' 한다. 그래 '어차피 못 살 몸이니 보국충혼
이나 되리라'며 결사보국 의지를 다지고 있다.

오동지 달 눈 뿌릴 제 겹옷 입고 떠나던 임

오는 봄 밭 갈 때엔 단정코 오마더니

한 불 두 불 세 불 김을 다 매도록

늦은 벼 고개 숙고 터밭에 무를 캐어 김치 짠지 담으도록

기다리고 기다리는 우리 님은 아니 오네

일 있어 아니 오심이야 엇더랴마는

품은 뜻 못 이룬가 그를 근심하노라

아이는 아비 없다 울고 나는 님 그리워 울고

빚쟁이는 묵은 빚 내라고 야단가지 부리네

행여 꿈에나 그린 님 뵈려 하야 잔등하에 조잣더니

어디서 심술궂은 기러기는 내 집 위에 우는고

님아 내 고생이야 말해 무엇하랴 마는

천애만리에 내내 평안하시다가

독립기 펄펄 날거든 훌쩍 날아오소서

— 외배, 「상부전」, 〈대한인정교보〉, ㄷㄱ 4247년, 1914.6.1.

대한인정교보(치타간행)

대한인국민회시베리아 지방총회 1차대의회(1913. 8. 1. 신한민보)

1913년 외배(孤舟) 이광수는 중국 상하이로 가서 한 달쯤 떠돌다 마침 신규식이 블라디보스토크의 이종호와 길림성 무릉(穆陵)의 이갑에게 소개장을 써주면서 그리로 가보라고 하여 1914년 1월 초 연해주로 떠났다.(김윤식, 『이광수와 그의 시대1』) 이종호는 그때 블라디보스토크에서 연해주 일대 한인사회의 애국지사들을 규합하여 『권업회勸業會』를 조직하여 항일운동을 벌이고 있었다.

1914년 7월 28일 제1차 세계대전이 발발하자 블라디보스코 일본 영사관에서는 러시아 당국에 『권업회』와 이와 관련 인사들의 추방을 요청, 1914년 8월 7일 『권업회』를 강제 해산 시켰다. 그 무렵 이광수는 그곳에서 『대한국민회』가 파견한 러시아 특사 자격으로 치타에 머물고 있는 이강(李剛)을 만나 그의 집에 9개월 동안 함께하면서 러시아 〈대한인정교보〉를 이강과 함께 만들면서 이 시를 발표하게 되었다. '품은 뜻' 잊지 말고 '독립기 펄펄 날거든 훌쩍 날아오라'며 이국만리 낯설은 타국에 유랑하고 있는 망국민의 설움과 한을 위로하면서 광복의 날을 염원하고 있다.

15. 1912년 연해주 〈권업신문〉
— 신채호의 「이날(是日)」

러시아의 연해주 일대는 우리 민족의 한(恨)과 염원이 서린 땅이다. 일제에게 나라를 빼앗겼던 경술국치를 전후해서 수많은 애국지사들이 이곳으로 망명하여 한민촌(韓民村)을 건설하고 조국광복을 위해 투혼을 다진 곳이다. 1912년 〈권업신문〉과 1917년 〈청구신보〉, 〈한인신보〉 등이 바로 이러한 과정에서 발간된 우리 한민족의 자주·자립의 강인한 숨결이었다.

1. 〈권업신문勸業新聞〉(1912.5.5 - 1914.9.1)
— 국권회복과 민족주의를 가슴에 품고

〈권업신문〉은 1912년 5월 5일 블리디보스톡에 거주하고 있는 한인들로 구성된 『권업회(勸業會)』에서 〈대동공보〉를 이어받은 국문신문이다. 주필 신채호, 총무 한형권, 발행인에 러시아인 쥬코프를 앞세워 1914년 9월 1일까지 매주 1회씩(126호) 발행하였다. 1면- 논설, 2면- 각국 통신과 본국 통신, 잡보, 3면- 독자투고·연재물, 4면- 광고와 『권업회』 관련 사항 등이 게재되었다.

당시의 임원은 의장 이상설, 수총재 유인석, 임원에 정재관, 신채호,

홍범도 등이며 『권업회』는 이곳에 이주한 교포들의 열악한 생활 향상을 위해 경제적으로 권업(勸業)을, 그리고 정치적으로는 국권회복 의식 고취로 조국독립을 기본 명제로 하고 있었다.

> 우리는 나라 없는 백성이라 어디 가던지 천부한 인권은 찾을 곳이 없고, 아모 때라도 제 나라를 찾고야 사람의 구실을 할지니, 고로 우리는 국권회복과 민족주의를 우리 한국 사람마다 가슴에 품으며 이마에 새겨 자나 깨나 이를 실행하야 될 작정을 할지라.
>
> —〈권업신문〉 사설, 1914.5.5.

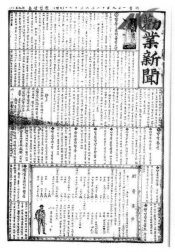

권업신문(1912-1914)

1914년 5월 5일자 사설에 이러한 〈권업신문〉의 정신이 잘 드러나 있다. 명칭을 '권업회'라 한 것은 일제의 의심을 피하고 러시아 당국으로부터 공인을 받기 위해서였다. 계봉우는 '뒤바보'라는 필명으로 〈권업신문〉에 게재한 「아령실기(俄領實記)」에서 "회명을 권업(勸業)이라 함은 왜구의 교섭상 방해를 피하기 위함이요 실제 내용은 광복사업의 대 기관으로 된 것이다" 밝히고 있다.

2. 단재 신채호의 「이날(是日)」
– 슬프다, 동포여, 이 날을 기억하자

단군개국 사천 이백 사십 오년 팔월 이십 구일 이날은 어떠한 날이요. 사천 년 역사가 끊어진 날이요. 삼천리 강토가 없어진 날이요, 이천만 동포가 노예된 날이요, 오백 년 종사가 멸망한 날이요, 세계 만국에 절교(絕交)된 날이요, 천지일월이 무광(無光)한 날이요, 산천초목이 슬퍼한 날이요, 금수어별(禽獸魚鼈)이 눈물 흐린 날이요, 충신열사의 피흘린 날이요, 애국지사가 통곡한 날이요, 우리의 신령한 민족이 망한 날이요, 우리의 신명(身命)이 끊어진 날이요, 우리의 재산을 잃은 날이요, 우리의 신체가 죽은 날이요, 우리의 명예가 없는 날이요. 우리는 입이 있어도 말 못할 날이요, 귀가 있어도 듣지 못할 날이요, 손이 있어도 쓰지 못할 날이요, 발이 있어도 가지 못할 날이요, 우리의 조상은 땅 속에서도 눈을 감지 못할 날이요, 우리가 이 세상에 살아도 희망 없는 날이요, 우리는 살고자 하여도 살 곳이 없는 날이요, 우리가 죽고자 한들 묻을 땅이 없는 날이요,

슬프다, 우리 사랑하는 동포여! 이날 이날을 기억할 날을 기억할 날이요, 지금 삼 년 전 이날에 원수의 임군 옥민가 사내정의(寺內正毅)를 우리 대한에 패손하여 수만 명 왜병을 방방곡곡에 배치하고 매국적 이완용, 송병준 등을 농락하여 합병조약을 체결한 날이요, 이날 이날은 저 조그마한 성중에 있던 하이족(蝦夷族)으로 벌거벗고 금수와 같이 행동하던 저 야만과 원수되던 날이요, 이 민족 저 민족이 합하여 명색이 국가로 수천 년도 못된 저 무도한 왜국에게 우리 사천 년 된 민족이 멸망 받은 날이오.

애통하다. 우리 동포여. 이날 이날에 어떤 참혹한 형편을 당하였나뇨. 우리의 황실은 왜왕의 신첩(臣妾)이 되었고 우리의 민족은 왜인의 노복

(奴僕)이 된 날이오 눈이 있고 귀가 있으면 보고들을 지어다. 우리의 조국을 붙들고자 하다가 대마도에 갇히어 만리고도에 원혼이 된 최면암 선생의 일도 이날이오 우리의 나라 없어지는 날 방성대곡하고 슬픔을 이기지 못하여 한 칼로 목을 찔러 국은을 깊고자 한 민 충정공 공의 일도 이날이오 우리의 국권을 회복코자 하여 만국평화회의에 가서 더운 피를 부려 세계에 빛내게 한 이준씨의 일도 이날이오.

우리의 원수를 할빈 정거장에서 단총(短銃) 일발에 거꾸러뜨리고 여순(旅順) 구에서 영혼을 하느님에게 부탁한 안중근씨의 일도 이날이오, 우리의 국록을 먹고 원수를 돕는 스티븐을 상항(桑港) 정거장에서 더러운 피를 뿌리게 하고 지금 옥중에 있는 장인환씨의 일도 이날이오, 우리의 매국적을 한양 대도(大都) 상에서 형경의 비수가 한 번 번쩍한 결과로 원수의 손에 원통한 혼이 된 이재명 씨의 일도 이날이오.

— 신채호, 「이날(是日)」에서, 〈권업신문〉, 제18호 1912년 8월 16일

단재 신채호 선생은 일제강점기 독립운동가·사학자·언론인으로서 〈황성신문〉, 〈대한매일신보〉 등 민족지에서 활약하며 민족 영웅전과 역사 논문을 발표하여 민족의식 고취에 힘썼던 일제강점기 대표적인 민족주의자였다. 이때 단재 신채호는 이곳 블리디보스톡으로 건너와 〈권업신문〉의 주필을 맡으며 구구절절 민족혼을 불태우고 있었다.

독립운동가 계봉우 선생(1880-1955)

신채호(1880-1936)

외배 이광수(1982-1950)

러시아연해주 〈권업신문〉(1912-1914)

3. 이광수 '독립기 셰운 건국 영웅'에게
― 꽃관을 씌워 주자(〈권업신문〉에)

　　1. 아히들아 산에 가쟈/ 산에 가셔 꽃을 꺽쟈

　　　꽃 꺽어셔 관걸어서/ 건국영웅 씌어주자

　　2. 이꼿으로 결은 관은/ 뉘 머리에 씌어주랴

　　　백두산의 상~봉에/ 독립기를 셰운 영웅

　　3. 이꼿으로 걸은 관은 머리에 씌어주랴

　　　둥그럿한 독립문에 자유종을 울린 영웅

　　　　　― 외배, 「꽃을 꺽어 관을 겻자」 일부, 〈권업신문〉, 1914.8.16.

　　1913년 외배 이광수는 만주와 상하이, 블라디보스토크와 시베리아를 여행한다. 블라디보스토크에 머물면서 〈권업신문〉에 항일민족시가를 위와 같이 발표하고 있었다. '백두산의 상~봉에/ 독립기 세우고', '독립문에 자유종을 울린 영웅'에게 '꽃 꺽어서~머리에 씌어주자'고 한다. 그러나 제1차 세계대전 때문에 유럽을 거쳐 미국으로 가는 길이 막혀버리자 1914년 8월에 서울로 돌아온다.

16. 1917년 러시아 〈청구신보〉, 〈한인신보〉
― 한인동포 일깨우고 민족의식 고취

1914년 제1차 세계대전 발발과 함께 러시아와 일제가 동맹관계로 돌변, 러시아 당국이 한국 독립운동을 탄압하면서 대한 광복의 꿈은 물거품이 되고 말았다. 그러던 1917년 러시아의 2월 혁명은 한인들에게 새로운 희망을 가져다주었다. 이를 열렬히 환영하면서 동년 6월 전로한족대표자회를 개최, 활동을 재개하면서 1917년 니콜스크-우수리스크에서 〈청구신문(靑邱新報)〉과 신한촌(新韓村)에서 〈한인신보(韓人新報)〉가 창간되었다.

1. 〈청구신보(靑邱新報)〉(1917. 6. 22. - 1919년 말경)
― 고국 소식, 러시아 소식

〈청구신보〉는 1917년 시베리아 동단에 있는 니콜라에브스크에서 러시아에 귀화한 고려족 중앙총회에서 발간한 주간신문이다. 김만견, 조완구, 박은식 등이 주필을 하였으며, 제 1면에 논설, 사화(史話), 한시(漢詩), 기행, 시사해설, 2면에는 외신, 고국 소식, 러시아 소식, 3면에 기서(寄書)와 새소식, 4면에 광고 등으로 구성하였다. 논설에는 한인들을 계몽하기 위한 글과 〈청구신보〉의 정치적 입장을 적극적으로 대변하는 내용

〈청구신보〉:1917년 블라디보스토크〉

을 실었다.

전로한족회중앙총회(全露中央韓人總會)는 1918년 〈청구신보〉를 〈한족공보(韓族共報)〉로 개칭하면서 민족교육 강화를 위한 교원 양성을 목적으로 4만 루블을 들여 연해주 우수리스크시에 '조선인사범학교'를 설립하였다. 그러나 이후 전로한족회중앙총회가 북간도 한인회를 포함하는 '대한인국민의회'로 조직을 개편하면서 〈한족공보(韓族共報)〉가 1919년 말경에 폐간되었다.

사는 게 어떤겐고/ 죽는 것도 모르겠다.

인생 백년이/ 먼 듯하나 꿈결이라

아마도 늙기를 재촉함은 사랑인가

　　　　　　— 「사랑인가」, 〈청구신보〉, 1917.10.14.

국화를 심은 뜻은/ 맑은 이슬 받어다가

쓸쓸한 이 천지에 모든 향을 대신코져

지난번 홍~댁 ~ 에/ 이별기 설음을 누가 알어

　　　　　　— 홍인, 「누가 알어」, 〈청구신보〉, 1917.10.14.

홍인(1880-1951)은 재미 작가이자 독립운동가로서 대한국민의회 북미 지방 소속으로 그가 비록 이민자이지만 선비의 지조를 상징하는 국화를 소재로 다수의 시를 발표하고 있다. 그러나 〈청구신보〉에 발표된 여타의 작품들에선 투고자들이 대부분 러시아에 귀화한 고려족이다. 그래서인지 여타 해외동포 작품에 드러나 있는 반일(反日)성향의 민족의식이 결여된 '사랑', '향수' 등 개인적 서정의 세계를 보이고 있다.

2. 〈한인신보韓人新報〉(1917. 7. 8.-1920)
　　- 한인 자치와 권익 옹호, 항일독립운동

블라디보스톡 신한촌(新韓村)에서 1917년 7월 8일 고려족 중앙총회(러시아에 귀화한 한인들)에 맞서 비귀화(非歸化) 한족회(韓族會)에서 발간한 신문이다. '신한촌(新韓村)'은 러시아 연해주 블라디보토크(해삼위) 시가지를 지나 공동묘지도 지나서 북쪽 해안이 내려다 보이는 언덕 바위산에 굴붙듯이 등성이에 다닥 다닥 붙어 있는 한인들의 집단촌이다.

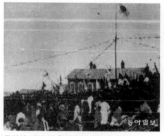

두만강 건너 간 한인들이 세운 신한촌

이곳에서 〈한인신보〉는 한인의 자치와 권익옹호, 항일독립운동의 전면화를 원하면서(러시아에 귀화한 '고려족 중앙총회'인들에 비하여) 러시아 정부에 비판적인 성향을 보이고 있다. 이러한 〈한인신보〉가 시베리아 연흑룡주, 간도 훈춘 지방, 상해 북경 지방, 미국 샌프란시스코, 하와이 등지에 1,400부를 배포하였다.

사장 김병흡, 발행겸 편집인 한용헌, 총무 김구, 인쇄인 주용운, 발행소는 블라디보스토크 신한촌 니콜스카야 21호였다. 1면에 논설(생활향상, 도덕, 애국심 고취), 전보, 2면에 전보, 고국통신, 자보, 시사, 3면에 연재물, 광고, 4면에 광고 등이 게재되었다.

　　장하도다 한인신보/ 권업신문 떠난 뒤에
　　한인 동포 깨우려고/ 뒤를 이어 나왔도다
　　　　　　　　　　— 장성해, 「축사」에서, 〈한인신보〉, 1917.9.23.

　　사랑한다 한인신보여/ 샛별같은 새면목으로
　　이 세상에 나 하나실 때/ 누 아니 기뻤으리오

〈한인신보〉(1917-) 러시아 블라디보스토크 신한촌에서 발간

놀랍도다 한인신보여/ 맑고 높은 큰목소리로

다시는 잠 깨와주시니/ 그 아니 놀랬으리오

희망 많은 한인신보여/ 정성으로 인도하시니

하나님의 은혜 안에서/ 뉘 아니 희망하리오.

네 건강을 비는 동시에/ 넓은 정성 표키 위하야

적은 맘을 드리옵나니/ 바라건네 기° ° 셔

- 000있고 한인로동자 일동 삼가 비나이다 -

— 「축사」에서, 〈한인신보〉, 1917.12.9.

항일민족지 〈권업신문〉의 뒤를 이어 '한인동포 깨우려고', '절망의 굴'에서 '소망의 길'로 '우리민족 인도하려고' '하느님의 인도하에서' 〈한인신보〉가 탄생되었음을 두 편의 「축사」에서 밝히고 있다.

가느니 세월이오 먹는 이 나이인가/ 나도 한 살 더하니 마음도 새롭고나

담대한 일도 많고 안질 것은 ㅇ고다/ 곽심옴 그만이오 희망이며

크고나 망한 것 일으키고/ 잃은 것 차지이만/ 바람을 굳게 띄워나갈
영신을 본받아

사업을 착슈하야 공덕 생취할사/ 아는 대로 힘쓰어 줄 것은 ㅇㅇ 평안
하는데

덕유없이 할 일 ㅇㅇㅇ 특해/ 자유의 해가 오니/ 우리도 평온하자

찾으려면 어렵지 아니 한 져녁 아참/ 타일에 ㅇㅇㅇㅇ우리는 할 말 고다

팔뚝힘 뽐내면 오늘에 ㅇ ㅇ 관/ 장하도다 ○○○○ 우리들의 나갈 길

—「새해의 노래(새사슴)」, 〈한인신보〉, 1918.1.6.

잎이 마르고 줄기가 마르니/ 그림자도 없고 형용도 없다.

다만 남어 있는 속뿌리만/ 산마암 깊이고 몰옴매 있다.

둘러 싸고 나눠 누르는 흙은/ 털이불 두른 듯 따뜻하다

중하고 귀한 저 생명을/ 이가 온 대셔 쉬는도다

날아 붙는 백설은/ 정신없이 흩날리다

날리자 녹아지고/ 녹아지자 또 날린다.

그러나 산굼은 맘을 맞이고/ 숨어 있는 져 뿌리야

사면에 풀난 때 속에서 기다리는 것 오직 봄

— 위법,「숨은 뿌리」, 〈한인신보〉, 1918.1.13.

'날아 붙는 백설은/ 정신없이 날리나' 땅 속에 깊이 '숨어 있는 저 뿌
리' '사면에서 풀 솟아 날 때 그 속에서' 내 년 봄 함께 솟아오르기를 희
망하고 있다. '희망의 봄', '광복의 봄'을 흙 속에 '숨은 뿌리'에 비유하고
있다.

전로한족회중앙총회 개최장소

17. 러시아 연해주 〈선봉〉 · 1
― 12만 고려인의 귀를 열며 눈을 뜨게

이 자료들은 1923년 러시아 블라디보스톡 해삼현 볼세비키당(구 소련 공산당)에서 발간한 〈선봉(先鋒)〉(1923-1937)지에 게재되었던 자료들이다.

I. 러시아편

러시아의 연해주 일대는 우리 민족의 한(恨)과 염원이 서린 땅이다. 일제의 침략으로 나라를 빼앗겼던 경술국치를 전후해서 수많은 애국지사들이 이곳으로 망명하여 한민촌(韓民村)을 건설하고, 생존권조차도 위협을 받는 고초를 감내한 속에서도 조국광복을 위해 투혼을 다진 곳이기도 하다. 〈대동공보(大東共報)〉, 〈해조신문(海潮新聞)〉, 〈대한인정교보〉, 〈권업신문(勸業新聞)〉, 〈청구신보(靑邱新報)〉, 〈한인신보(韓人新報)〉, 〈선봉(先鋒)〉 등이 바로 이러한 과정에서 발간된 우리 한민족의 자주·자립정신의 강인한 숨결이었다.

2. 선봉-1(先鋒: 1923. 3. 1.-1937. 9. 12)
– 고려 인민의 경제·문화 발전과 생활향상을 위해

〈선봉先鋒〉지는 1923년 3월 1일부터 소련의 블라디보스톡 해삼현 볼세비키당에서 발행한 한인 교포신문이다. 창간 당시의 명칭는 '3월 1일'이었으며 석판에 등사한 '벽신문' 형태였다. '12만 고려 주민의 귀를 열며 눈을 뜨게'를 창간 목표로 하고, 공산주의자로서의 소양 교육, 당의 소수민족 정책 홍보, 고려인민의 경제·문화발전과 생활향상을 위한 후원, 각국 혁명 소식 전달 등이었고, 발행 부수는 2,000-3,000부 정도였다.

편집은 3·1운동과 진보적 이념으로 일제에 쫓겨 만주로 망명하여 볼세비키 당원이 된 이백초, 함북 종성 출생으로 이루쿠츠쿠파 고려 공산당 대표적 인물이었던 이성, 그리고 1886년 명천 출신으로 '간민회'라는 민족계몽단체 조직으로 탄압을 피해 이곳에 와서 벌목장 인부로 일하며 공산당원이 되어 항일 지하운동을 벌였던 오성묵, 이르쿠츠 고려 공산당 중앙감사위원이었던 이괄, 김홍집 등이 확인되고 있다.

1919년 3.1운동 이후 블라디보스톡에 는 무장을 하고 항일(抗日) 운동을 벌이고 있던 한인사회당원들이 많이 있었다. 이들은 한인(韓人)들의 입지를 강화하기 위하여 소비에트 정부에서 새로운 세력권으로 등장한 볼세비키당과 연대 하여 1920년 1월 22일 이르쿠츠크 러시아공산당 한족부(韓族部)를 결성하였다.

이러한 때에 소비에트 정권은 이곳 연해주 지역에 정착한 한인들에게 공산주의적 교양과 그들의 새로운 책홍보 및 법령을 주지시킬 목적으로 그리고 우리 교민들은 소수민족으로서 경제와 문화발전을 꾀하면서 공산체제에 속히 적응하여 생활의 안정을 도모코자 발행한 신문이라 하겠다. 신문 구성 내용에서 이러한 당시의 사정들이 잘 드러나 있다.

1면 : 사설. 조국내에서의 사회주의 활동기사

2면 : 국제정치, 사회·문화면

3면 : 당 사업 보고 강령, 지시, 연설문

4면 : 정치, 경제학 강의, 노동법 해설 등

러시아 연해주 해삼현 〈선봉〉(1923-1937)

1925년 4월부터 '〈선봉〉은 노동자 농민의 신문이다.' 라는 구호 아래 사설을 점차 줄이고 '당생활', '농촌과 농민'란을 강화하면서 1925년부터는 신문에 '문예란'이 마련되기도 하였다. 1923년 연해주 조선인수는 106,876명(전체인구의 17%)인데 이중 32%는 러시아 국적을 취득했고 그 나머지는 조선 국적을 그대로 지니고 있었다.

우리 교민들은 주로 집단농장 체제에 참여하여 토지와 시민권을 얻고자 노력하였으며 이러한 과정에서 살아남기 위한 한인 이민사의 명암, 그리고 당시 주변국(일제)과 자국의 정치적 역학관계에 의한 시대상이 이 〈선봉〉지에 여실하게 반영되어 있다.

예컨대, 1920년대에 보이던 국내의 3·1운동과 6·10 만세 사건 등, 항일 애국지사들이 30년대에 와서는 소비에트 당국에 대한 일제의 끊임없는 회유와 압력에 의해 거의 사라지고 말았던 점들, 그리고 그들 (소비에트)의 정치력 강화를 위한 볼세비키 공산당의 정책 홍보가 두드러지게 나타나 있는 점들이 그 예라 하겠다. 아무튼 〈선봉〉지는 1920-30년대 소련의 블라디보스톡에서 조선인들이 어렵게 살아갔던 이민사의 궤적과 그 정신세계를 엿볼 수 있는 귀중한 자료임에 틀림이 없다.

3. 「짓밟힌 고려」, 「봄은 오건만」
  - 그놈들은 공장과 상점과 광산과 토지를 모조리 삼켜

일본 제국주의 일본 제국주의 무지한 발이
고려의 땅을 짓밟지도 벌써 오래이다.
그놈들은 군대와 경찰과 법률과 감옥으로
온 고려의 땅을 얽어놓았다 칭칭 얽어놓았다
- 온 고려 대중의/ 입을 눈을 귀를 손과 발을

그리고 그놈들은 공장과 상점과

1913년 연길에서 조직된 북간도 거주 한국인 자치단체(간민회)

1928년 7월 30일 원동고려교원강습회
출처 : 서울대학교 아시아연구소 중앙아센터

출처 : http://blog.naver.com/darkn

광산과 토지를 모조리 삼키며

노예와 노예의 매를 몰아 채쭉질 아래에

피와 살을 사정없이 갉어먹었다

보라! 농촌에는 땅을 잃고 밭을 잃은 무리가

북으로 북으로 남으로 남으로 나날이 몰리어 가지 않은가

　　　　　　— 해삼위에서, 「짓밟힌 고려」에서, 〈선봉〉, 1928.11.

　일제강점기 러시아 연해주로 이민 간 해외동포들이 일컫는 '고려'란 우리의 조국 한국을 일컫는 말로서, 삼국유사에서부터 우리의 조상들은 예부터 한국을, 특히 중국이나 러시아에서는 우리 한민족을 고구려와 동의어인 '고려인(高麗人)'이라 불렀다. 이러한 우리의 조국 고려 강토를 삼키며 우리를 일본의 노예로 내몰아 채찍질하고 있음을 통탄하고 있다.

은파가 잔잔한/ 저녁마다 우르르

봄바람 맞아서/ 떠나가는 흰 돛대

곱기도 하여라/ 배사랑 노래와

닷 감는 소리가/ 물결 위로 흩어질 때

외로운 나그네/ 창자를 끊는다.

뭇 노니 사공아 !/ 너 가는 곳 어데냐?

동해 바다 가는 배면……/ 이 넋이나 실어가렴.

　　　　　　— 해인(海人) 作, 「바다가에서」, 〈선봉〉, 1928.4.20.

고요한 봄님이/ 아지랑이 타고서

먼 산을 넘어오네/ 자취 없는 님이여!

너 찾는 것 무엇이냐?/ 따스한 봄빛이냐?

눈물겨운 봄비냐?/ 또렷한 새싹이냐?

꽃봉오리 찾아드는 나비야!/ 구름 마음 헤매이는 종달새야!

너의 꿈은 좋겠건만……/ 요 내 맘만 외로와라.

　　　　　— 해인(海人) 作, 「봄은 오건만」, 〈선봉〉, 1928.4.20.

　'해인(海人)'이 누구인지는 모르지만, 이곳 연해주에서도 여전히 가명을 쓰고 있다. 이 작품에서도 망명인사들의 고국에 대한 향수와 외로움이 절절하게 드러나 있다. '사공아!/ 너 가는 곳 어데냐?/ 동해바다 가는 배면……/ 이 넋이나 실어가렴'이란 구절이 그것이다.

18. 1924년 러시아 연해주 〈선봉〉·2
― 「국문타령」과 「나무 줍는 아낙네」

이 자료들은 1920년대 러시아 블라디보스톡에서 발간한 〈선봉先鋒〉(1923-1937)지에 게재되었던 작품들로 1996년 필자가 미국 U.C. Berkeley 동아시아 도서관에서 수집해 온 자료들이다.

1. 「국문타령」(〈선봉-2〉)
― '아주동방 한반도야/ 어서어서 자유 찾아'

1920년대 소련의 연해주 블라디보스톡에서 발간된 〈선봉〉지에는 그곳으로 이주해 온 고려인(조선인)들에게 공산주의자로서의 소양 교육과 한민족으로서의 정체성과 조국 광복을 위한 후원 등의 소식을 싣고 있었다.

    1.
    가가거겨 가자가자 어서 가자/ 걸음 맞춰 떼를 지어
    고교구규 고통없는 그 나라로/ 구속 없이 살아갈 제 용진무퇴를 영화
    하여 보자.

(후렴)

에엥 에엥 에엥이오 에화 지화자 정 좋구나.

붉은 기를 높이 들고서 세계 혁명에 에화 나아가나 봅시다.

2.

나냐 너녀 나만가도 아니 되고/ 너만 가도 아니 된다

노뇨누뉴 노예 속박 받는 자는/ 누구든지 그 앞에 가서 우리목적을 에화 도달합시다.

3.

다댜더뎌 다일하고 다 잘먹자/ 더 잘 먹고 노는 놈은

도됴두듀 도덕놈이 분명하니/ 두 손묶어 몸잡을 제 용서 없이 에화 실행을 합시다

4.

라랴러려 나발 불고 행진하는/ 레닌군의 그 대열이

로료루류 로농민이 단결하여/ 러시아는 든든하니 세계혁명 이 에화 기초로구나

5.

마먀며며 마중가자 동무들아/ 머슴살이 벗겠거든

모묘무뮤 모도모도 일어나서/ 무산혁명 마중갈 제 산을 넘고 에화 바다 들립시다

6.

바뱌버벼 바다물에 파도같이/ 버금버금 일어나서

보뵤부뷰 보수하는 혁명전에/ 부자 놈을 박멸함은 우리 총칼에 에화 답이었구나

7.

사샤서셔 사형받은 자본가는/ 저저 떨고 앉었단다

소쇼수슈 소수 가고 좋던 세상/ 수많은 자 차자하야 불평들을 에화 없이하자

8.

아야어여 아주동방 한반도야/ 어서어서 자유 찾아

오요우유 오랜 제도 타파하고/ 우리들이 즐겨 놀자 한반도는 에화 락원이되리로다

9.

자쟈저져 자유종을 치는 소리/ 저 산 넘고 이 물 건너

조죠주쥬 조그마한 산골까지/ 주적주적 들어가니 세계평화가 에화 멀지 안코나

10.

차챠처쳐 자자크는 새 사회가/ 처음에는 반달이나

초초추츄 초영들이 지난 뒷면/ 추련만월 할 것이니 창명천지가 에화 그 아닌가

11.

카캬커켜 카르맑스 제자등이/ 커져가는 그 앞에서

코료쿠큐 코큰 세계 불 수 아는/ 쿠린 냄새 나게 되니 우리 손으로 에화 영결합시다

12.

타탸터텨 타고 가는 우리 말이/ 터벅터벅 잘 갈 시는

토툐투튜 토공산 업는 갓고/ 투쟁사업 끝이 나면 무긔를 마사 에화 호미를 맨듭시다

13.

파퍄퍼펴 파괴건설 다 지나면/ 퍼붓듯이 생산되고

포표푸퓨 포악한 놈 없으리니/ 프로 계급 선봉되여 새사회를 에화 속히 만듭시다

14.

하햐허혀 하하허허 웃으면서/ 허위 없이 살아갈 제

호효후휴 호상간에 친목하여/ 후정으로 지날 때면 세계 인류가 에화형

先鋒 **Авангард.** 세계무산자는단합하라

선봉

Орган Владивостокского
Окружкома ВКП (б)

발행긔관: 전동연공산당해삼현간부

Ред. газ. „АВАНГАРД"
ГОРОД ВЛАДИВОСТОК
ЛЕНИНСКАЯ 43

一九二七년五월三일 火曜日 № 201 ● 3-го Мая 1927г.

우리신문!

로동자농민은 자긔의정치신문을 유지해여있다

선봉 二百호를 축하한다

국제공산당집행부 비서부에서

고려인 강제 이주

제 되겠네

　　　— 로동학원 고려반 예비학생 김준, 「국문타령」, 〈선봉〉, 1928.4.6.

　소련군의 '붉은 기를 들고서 세계의 혁명 대열'에 발맞추어 나아가면서도, '노예의 '아주 동방 한반도야/ 어서 어서 자유 찾아 영원 낙원 이루어 보자' 다짐하면서 조국광복 의지를 다지고 있다. 특히 이 시는 우리에게 이미 익숙한 한글 '가나다체'의 타령에 가사를 얹어 한민족의 정체성과 민족혼을 고취시켜 주고 있다는 점이 이채롭다.

2. 「나무 줍는 아낙네」(散文詩)
　— '엄마! 밥으! 제마! 배고픔에! 배고픔에!

　一. 가을바람이 비명하는 어느 날 아침이었다. 나는 중국사람 물질꾼이 물길질하는 것을 보고 있을 때 빈한(貧寒)에 쫓기우는 두 부인이 나무 뽑으러 나온 것을 보았다.
　二. 해어진 치마 까맣게 때 묻은 저고리 -겨울에 입은 솜옷 그대로 땀내가 코를 찌르는 지긋지긋한 -ㅇ로 몸을 가리우고 얼굴에는 졸음이 업ㅇ흐르는 -가련한 곯은 얼굴! 깜지 못한 머리칼같은 헝크린한음에 엉키인 구름덩이처럼 -바람에 휘날려엇드럿다. 아아 그들은 白衣大衆의 現狀을 그대로 그려놓은. 참담ㅇ의 산그림목과도 같게보였다

三. 집에서 나오기 전에 그들의 참혹한 처지.-그들의 마음은 톱으로 박박켜는 것 같으엇을 것이다.-어린애들이 「엄마! 밥으! 제마! 배고픔에! 배고픔에! 설사가 작고 나는 거. 이거 어떠개」하는 입으로 지지는-마음을 칼로 긁어내는 소리를……나의 귀에 울니어 오는듯.

四. 어린 것들도 살리고 자기 자신도 살려고 나무 뿌리. 마른 풀 가지를 주어 모으는 이 두 부인의 정상, 나는 그것을 볼 때에 자신이 당하는 듯! -그네들이 나를 보고 붓그러운 표정을 하는 것은 o情이라고 수긍은 했지만 「나도 당신네들과 똑같은 사람이웨다」하고 싶었다.

五. ○○마 당 에 특히 밥이 떠 러 진 것 을 본 이 두 부인 들 - 감 정 이 끌 어 오 르 는 청춘들이. 그의 애인을 만나는 때의 반가움보다도 더 반갑게 - 특히 밥이 있는 곳에 가서 황금을 줍는 듯한 기쁨의 느낌을 녹이면서 치마앞자락에 주어 모은다

六. 저 는 가 져 가 지 도 않 지 만 . 심 술 궂 은 물 질 군 . 담 배 연 기 를 두 코 구 녁 으 로 내

여 불며. 「임보! 가라! 장바닥」 잔뜩 홀기는 말로 냉정스럽게 웨친다. 하지 만 애원하는 이 두 부인 -아직까지 아모에게도 그렇게 애원해 보지 못한 울듯한 목소리로 「장구재. 소소듸」하는 그녀들은 억지로 좋은 낮을 지어가지고 물질군의 마음을 살리려고 웃는다. 「승마소소되 가하는」 물질

우슈토베의 고려인 초기 정착지를 알리는 비석

즐오르다로 이주 후 졸업한 고려인들
출처 : 서울대학교 아시아연구소 중앙아시아센터

꾼 망치를 들 고 때 리 려 고 쫓 으 려 고 나 간 다 .-생략-

七. 강변에 앉아 그들의 두 분을 눈감고 묵상하는 나의 눈에도 아지못

할 처량한 , 쏟아진 뜨거운 두 줄기 눈물이…… , 아! 죽엄의 선상에 선

(立) 二千萬 白衣大衆아! 앞에 닥쳐오는 이 기막힌 .가슴이 터지는 生의

공포를 어찌하려느냐?

— 김시순, 「나무 줍는 안악네」, 시집 『눈물의 순례』에서, 〈선봉〉,

1928.5.23.

굶주림과 가난으로 땔감을 하러 다니다 현지인들에게 쫓기는 '조선

족' 두 부인의 참혹한 모습들이 사실적으로 여실하게 그려져 당시 연해

주 동포들의 궁핍한 삶의 모습을 본 듯하다.

19. 1924년 러시아 연해주 〈선봉〉·3
― 고국을 이별하고 「강동륙십년」

1923년도에 발간한 러시아 〈선봉先鋒〉(1924-1926)지는 고국을 등지고 연해주로 이주한 한인들이 발간한 신문이다. 이는 모국어 사용을 통한 민족적 결속으로 한민족의 자유와 해방 그리고 사회주의 체제의 일원이 되기 위한 담론의 장이 되었다.

1.「강동륙십년」
― '두만강 건너/ 저 산 어디에 터를 닦고 살림 차릴 제'

* 편자(編者)의 말(1928년 5월 〈선봉〉)
이 작품은 작자 동지가 미정고(未定稿)를 그냥 보내준 것이기 때문에 그 가형(歌形)을 7.5조로 한 것으로는 구(句)의 자(字)가 음절에 맞지 않는 부분이 적지 아니하였습니다. 그래서 본 말뜻을 상처내지 않는 한도에서 미정(未定)한대로 자수(字數)를 가감한 바 있습니다.
그 이유는 노래타령 경연대회 같은 기회가 앞에 늘 있을 터이매, 이런 작 품이 그 경쟁에까지 출연되었으면 하고 바라는 바가 있는 까닭입니 다. 작자 동지는 양해하여 주시오. 그리고 이 노래를 「세계일주(世界一週)」곡으로 하기보담 좀더 본현농민단(本懸農民團)이 속론화(俗論化)된 곡

조를 취하기 위해서는 「대동강변 부벽루하 산보하는」 곡에 맞추는 편이
오히려 좋지 않을까 합니다.

고국을 이별하고 두만강 건너/ 저 산 어디에 터를 닦고 살림 차릴 제
두 사람의 개척자는 그 누구던가/ 최온보 ○○○이 그 사람이다
갑자년 첫 봄눈이 녹을락 말락/ 전등나무 찍고서 밭을 갈았다
이 때에 연추 바닷가 역에서는/ 중국사람 해삼잡이 있었을 따름
러시아의 군대는 국경 지키며/ 조선사람 이사를 용납하였다
삼단 같은 머리태 가진 부인을/ 욕심낸 군인에게 항거하다가
한 집의 식솔 중에 아홉 사람이/ 군인들에 모조리 원혼되었다
아-저런 분함을 둘 곳 어디냐/ 못 가는 우리들의 암담한 역사
조잡한 살림살이 시산한 중에/ 기사경 오른 풍년을 또 만났었다
살란들 어찌 살라 먹을 것 없고/ 상식이란 것이 그때엔 정말
○○에 잠기려고 서로 다투던/ 며느리와 시어미도 있었더란다.
늙은 부모를 두고 도망간 아들/ 젊은 남편 버리고 나가는 아내
이 때에 모커우와 연추길에는/ 죽엄이 늘어지어 베개되었다.
- 중략 -
소창령 넓은 벌판 토굴 속에서/ 돌벼개를 이고서 개척을 할 때
아모농장이 없어 굶주리면서/ 등쳐먹는 토호들의 착취 받았다
이때에 七십여호 위몰고 나와/ 총개토를 건너서 사 만리에로
먼길에 늙은이는 지팡이 짚고/ 아이 업은 젊은 부인 허덕거리며
천신만고 겪으며 향하는 곳은/ 한정 없이 깊은 산 산림 속으로
이상타 암흑 밤에 뇌성벽력은/ 별것듯한 나무를 설거지 했다
쉽게 밭을 갈아서 씨를 뿌리고/ 그 해의 추수로서 계량은 했다
여기저기 흩어져 터를 잡고서/ 수십 년 간 조선이 풍속을 했다
중리엔 풍장이오 사에는 로야/ 작의파에 대야와 색풍명 반수
버드라치므등의 착취도 착취/ 관동사의 압박도 이상하였고

뭉우적의 침로와 붐림에 들어/ 겹겹으로 덮쳐오는 생활상 위력
개척자의 제일인 최은보 그도/ 뭉우적의 목기에 맞어 죽었다
— 해항에서, 대은(大隱), 「강동륙십년」에서-세계일주가, 〈선봉〉,
1928.5.23.

이 시에 등장하고 있는 연추(煙秋: 노보키에프스키)지역은 해삼위(海蔘威)
(블라디보스톡) 등지와 같이 이주 한인(韓人)들은 노국에 귀화했거나(원호:元
戶, 原戶) 귀화하지 않았거나(유호:流戶)간에 조국의 위기 상황을 전해 듣고
자신들의 권익 보호와 조국의 국권회복을 위한 민족의식이 팽배하여 갔
던 구국운동 근거지역이었다. '고국을 이별하고 두만강 건너 산 속에 터
를 닦고' '전등나무를 찍어 —밭을 갈아 씨를 뿌리며 살아갔던' 그러나
'아모농장이 없어 굶주리면서/ 등쳐먹는 토호들의 착취 받았던' 이민자
들의 눈물겨운 고난사가 그대로 드러나 있다.

조선 서울 갑오0이 정변 때에는/ 러시야의 세력이 막 터졌었다
로국학교 중학교만 마치고 나면/ 큰 학자로 행세가 여간 아니었다
소학교에 교사가 큰 어른이요/ 상점 물품판매원이 생금판이다
세도로는 관통사가 제일이었고/ 음음한 뜻으로는 정당풍이다

「권업회」, 1911-블라디보스톡 독립운동단체
(이동휘, 홍범도, 이상설, 이종호, 최재형, 이범윤, 정재관, 신채호 등이 앞장 서 블라디보스톡 신한촌의 본부와 1개 자지회, 8579명의
회원을 둔 최초의 고려인 자치 조직 권업회)

1911, 연해주 지역 독립운동 기지, 권업회(勸業會)

렵도역장과 포대 건국일에는/ 용답동 사내들이 돈을 모았다

해상 위에 벽돌집 지어 놓고서/ 서양식 생활로서 거들거렸다

그러나 그 많은 돈 건사 잘못해/ 장츠방 투전장에 날러갔었다

그렇다 떼어 먹은 로동자 박전/ 오래가지 못하고 없어지었다

갑진 년 아일전쟁 뒤로 품어서/부자 중에 최봉문 크게 되었다

- 생략- 헤이그 평화 회의 가던 이준 선생도/ 장부 한 번 가노라고 읊어 주었다.

하르빈 정거장의 단총 소리는/ 이등을 거꾸러뜨린 안중근이다.

권업회를 계획 있게 설립하고서/ 각 곳에 지부 두어 관리하였다.

— 대은(大隱), 「강동륙십년(속)」에서, 〈선봉〉, 1928.5.27.

1911, 연해주 지역 독립운동 기지, 권업회(勸業會)

이 시에서 일컫는 '갑진년 아일전쟁'은 '1904년 러일전쟁'을 일컫는 말이다. '갑오정변 때~ 막 터진 러시아 세력'운운은 1894-1896 사이, 일본이 개

혁(갑오경장)을 앞세워 대한제국을 억압하고 명성황후를 시해하자, 고종이 러시아 공사관으로 아관파천을 한 당시, 러시아의 위세를 말한 게 아닌가 한다. 헤이그 이준 열사와 하얼빈 역의 안중근 의사 그리고 '권업회(勸業會)'가 '각 곳에 지부를 두어 관리하였다' 밝히고 있다. 이를 통해, 일제의 의심을 피하기 위해 명칭은 '권업회'였지만, '권업회'의 실체는 조국독립을 목표로 민족혼을 불태우고 있었다.

2. 간도에서 피해오는 수천의 무장대
― 노령의 의병대와 합세를 하니

二十 년 간도에서 큰 토벌 만나/ 피해오는 수 千명의 무장대들이
노령의 의병대와 합세를 하니/ 커다란 혁명전선 위엄 있었다
一九二二년 흰눈이 휘날리는 날/ 반공에 붉은 깃발 높이 날렸다
이만에서 의용군 五十 여명은/ 백파와 싸우다가 함몰되었고
수천의 의병대들 우렁찬 마음/ 마감까지 계속함 장쾌하였다
붉은 주권 믿는 곳에 로력 군중들/ 기뻐 뛰며 새 세상을 맞으려할 때
로동자는 공장을 농민은 토지/ 주권은 우리에게 쏘베트 건설
눌리엇던 무리의 진정한 해방/ 머심군들 자신이 잘 알고 있다
—「강동륙십년(三)」에서, 〈선봉〉,1928.6.9.

1920년 러시아 내전 시 일본군에게 끌려가는 조선 독립군과 소비에트 빨치산

연해주 지방에서 발간된 신문들을 미국 하버드 대학 엔칭도서관에서 입수하여 그걸 다시 캘리포니아 U.C.버클리대학 동아사아도서관에서 다운 받아 수집·정리한 자료들이다. 오래된 자료이다 보니 본문 해독에 어려움이 많다. 하지만, 1920년대 간도와 이만(다네레첸스크)지역에서 조선의 독립군들이 러시아 빨치산들과 합세하여 일본군과 러시아 백파와 맞서 싸우다 '함몰'된 우리의 독립군들이 많았음을 〈선봉〉지는 기록하고 있다. 이로써 1920년대 이곳 연해주에서 독립군들이 소베트 빨치산들과 연합하여 항일무장투쟁을 했던 역사적 사실을 증언하고 있다.

20. 러시아, 〈선봉〉·4
— 「종」, 「영광의 죽음」

이 자료들은 1920-30년대 러시아 연해주에서 살던 고려인들이 발간한 『先鋒』 (1923.3-1937.9)지에 게재되었던 작품들로 1996년 필자가 미국 U.C.버클리 동아시아 도서관에서 수집해온 자료들이다.

1. 러시아 연해주에서
— '울지 않은 종(鐘)이 어디 있으랴!'

분하고 또 분하야 윗 장대에 닿아 올라/ 다른 나무를 안고 힘껏 흔들어 보았네
그러나 움직도 않는 것은/ 아마도 내 힘이 어리구나 내 팔이 약하구나

요지간은 아픔이 쓸쓸도 하여라/ 오늘도 나는 자고 일어나니
그 하늘 그 땅 그 사람이 그냥 있네

어이 어이 외이며 거리로 지나는 상념/ 저 속에는 하고 싶은 일 다 못 하고 죽은 이

여북 설웠으랴 여북 분했으랴/ 내 일 같아서 두 주먹 쥐고 마음짐쳤네

울지 않은 종이야 어디 있으랴/ 언제나 한 번은 이 종도 울고야 말걸
그렇게 믿고 오늘도 나는 정성껏 종을 때리네
— 임 망명인, 「종」, 〈선봉〉, 1929.3.1.

1911, 연해주 지역 독립운동 기지, 권업회(勸業會)

아무리 '나무를 안고 흔들어 보아도' '움직도 않는 것은/ 아마도 내 힘이 어리구나 내 팔이 약하구나' 하고 자신의 미약한 신세를 한탄하고 있다. 그러면서도 '울지 않은 종이야 어디 있으랴/ 언제나 한번은 이 종도 울고야 말걸/ 그렇게 믿고 오늘도 나는 정성껏 종을 때리네' 하면서 일제의 감시를 피해 실명(實名)을 감춘 '임 망명인'이 광복의 종(鍾)이 울릴 그 날을 고대하고 있다.

나의 동생 어엽븐/ 십월(十月) 아기일세
십월 아기 그 얼굴/ 보름달 같고
깜짝이는 눈동자는/ 새벽 별 같다

도리도리 짝짝꿍/ 재롱부릴 때
너풀거리는 검은 머리 / 희바람치고
두드리는 손 장구/ 피아노 소리.

장미 같은 붉은 땀/ 포동거리며

무장투쟁을 하던 대한독립군

항일대한독립군

고살(고사리) 같은 두 주먹/ 촉촉할 적에
어머니는 귀업다고/ 키쓰를 한다.

앵도 같은 그 입술/ 방긋거리고
포동포동 두 다리/ 가다 펼 때에
금붕어의 뛰음보다/ 이상이로세

나의 동생 십월 아기/ 어서 자라라
네 놈 손 꼭 쥐여잡고/ 학교에 가서
맑쓰주의 레닌주의/ 배우려한다.

— 그애 형, 「십월 아기」, 〈선봉〉, 1930.1.8.

1921년 블라디보스톡의 구소련 붉은 군대 12연대. 저들의 목적은 러시아 백군 잔당 토벌이지만 이미 백군은 와해된 상태였다. 저들이 대한독립군단을 몰살시킨 부대 중 하나였다.

1930년대 러시아령으로 이민 가 있던 한인들이 현지 공산체제에 동화되어 안착하고자 하는 마음이 위 시에서 여실하게 잘 드러나 있다. '어여쁜 누이'(너풀거리는 머리, 앵도 같은 입술) '손 꼭 쥐여 잡고/ 학교'에 보내 '맑스·레닌주의'를 하루속히 배워 오기를 고대하는 마음이 그것이다. 그러나 이 시에서도 여전히 가명(그애 형)을 쓰고 있어 이곳에까지 일제의 감시가 뒤따르고 있음을 보여주고 있다.

2. 흑룡강 홍개호 물가에
 — 영원히 못 잊으리라— 의로운 죽음을

영원히 못 잊으오리라 의로은 죽엄을/ 만주리 평야와 흥개호 산독에서
흑용 강변과 흥개호 물가에서/ 무산자 조국에 숨 밟힌 그들을

남경과 봉천의 피 마시는 장군들은/ 머리를 숙이었다 그들의 용감에
런던과 와싱턴 『평화의 창조자』들/ 가만히 부서졌다 그들의 함성에

계급투쟁에 용기 없는 자들아!/ 전율하여라 거룩한 희생 앞에서
경제개조에 믿음 적은 자들아!/ 자복하여라 위대한 승리 앞에서

백만대 뜨락또로 벌판에서 울 때/ 수천 척의 비행기 공중에 날 때
새 화환이 춤을 추리라 그들 무덤에/ 세 동상이 우뚝하리라 쏘베트 땅에

고별의 데포소리는 매치엇다-/ 비린내 가득한 자본세계의 공간을
추도의 음악소리는 두드렸다-/ 의분이 넘치는 혁명아들의 고막을
쏘베트 나라의 따뜻한 품속에서/ 사랑하는 아들들은 아주 떠나갔다
그러나 도덕대중의 건전한 뇌속에서/ 무너 아니지는 기념탑이 되어있다.

* 1930년 6월 상성(?)에서 순망한 동무들의 무덤을 방문하고서

— 자강, 「영광의 죽엄」, 〈선봉〉, 1930.1.18.

　지은이 자강이 누구인지는 알 수 없다. 그러나 이 시의 배경지로 드러
나 있는 홍개호는 북만주 길림성에 있는 한국 독립군들의 근거지였다.
이 홍개호 지역의 한인촌인 한흥동(韓興洞)은 1908년 경북 성주 출생인
이상설, 이승희 독립운동가 블라디보스크로 망명하여 안중근, 류인석,
이상설씨 등과 만나 독립운동을 하다가, 1909년 김림성 홍개호 변 밀
산부 봉밀산 밑에 독립기지인 한흥동을 건설하였다. 황무지를 개간하여
한인 유랑인 100여 가구를 이곳에 이주시켜 이 곳에 〈한민학교〉라 명명

1910년대 이상설, 이승희 선생 등에 의해 북만주 밀산 홍개호 주변에 건립된 한국독립운동의 전초기지

하고 교민교화에 힘썼다. 이후 이곳이 독립군 기지가 되어 1920년 임시정부는 이곳 홍개호 밀산에서 「대한독립군」을 조직하였다.

> 천 리에 격한 조선/ 보이지는 않아도/ 우리는 듣는다 때때로/ 조선의 울음소리를
> 조선의 피 끓는 소리를/ 조선의 불타는 소리를/ 오-칼 잡은 민중아!
>
> 일본의 군벌 앞에서/ 더욱히 최근의 죽엄/ 이런 죽음이 역사에 몇 번이냐?!
> 삼천 명 학생의 총살된 시체를/ 슬며시 밟은 민중아, 학생아!
> 폭풍을 주라 번개불을 주자/ 비린내 나는 조선에/ 도살하는 교육에-
>
> 벌판에서 일어나는 폭풍아!/ 눈에서 쏟아지는 번개불아!/ 막 휘둘러 베어라!
> 막 베어 바러사!/ 저 흰빛의 칼과 창을 뿌리까지/ 조선의 넓이로 길이를 잃는 데로……
>
> 우리는 아츰 해 등에 지고/ 망치를 더 높이 든다/ "뜨락똘" 압에 더 힘 있게 모인다
> 이것으로 응원의 팔을 버린다/ 인연의 귀를 기울인다/ 천리에 격한 조선에서
> 칼 잡은 민중에게/ 총살된 학생들에게
> * 조선 학생들을 총살한 소식을 듣고서
> ― 로동학원 김준, 「조선에 준다」, 〈선봉〉, 1930.1.21.

'천 리에 격한 조선/ 보이지는 않아도/ 우리는 듣는다 때때로' ~ '일본의 군벌 앞에서' 죽어가는 '삼천 명 학생의 총살된 시체' '조선의 울음소

리를' 그 '피끓는 소리를/ 조선의 불타는 소리를' 들으며 연해주 추신으로 〈선봉〉에 「국문타령」 외 많은 글을 발표했던 김준은 '오, 조선의 민중아! 칼을 잡으라' 외치고 있다.

> 살자 살자 암만해도 못 살겠구나/ 요놈의 세월 못 살 세월 0나기래서
> 쏘베트엔 회장 녀석 보호리더바/ 우경으로 둘러대는 당원에게나
> 청을 들어 클라크나 면해나 볼까/ 안 됩니다. 아부지 쓸데없어요
> 계급분열 그리되니 어띠 합니까?
>   — 해삼시에서 옥평, 「꿀라크 수심가」, 〈선봉〉, 1930.2.8.

21. 러시아, 〈선봉〉·5
─ '쎈티엔탈리즘' 달콤한 꿈을 좋아하는 '불쌍한 사람들'

이 자료들은 1930년대 러시아 연해주(블라디보스토크)에서 발간한 『先鋒』지에 게재되었던 작품들이다.

1. 연해주 고려인들
─ 노국에 귀화한 원호인(原戶人)과 귀화 하지 않은 여호인(餘乎人)으로 나뉘어

구한말부터 일제의 수탈을 피해 혹은 독립운동을 위해 시작된 만주와 연해주 지역으로의 이주한 초기이민자들은 경술국치를 전후하여 1920년대까지는 일제의 침략에 강렬한 항일의지를 불태우고 있었다. 그러나 30년대 들어 러시아 혁명이

러시아 해삼위(海參崴: 블라디보스토크를 한자음) 이주 초기 고려인 마을 모습

진행되는 과정에서 노국에 귀화하는 원호인(原戶人)들이 늘어났다. 이러한 과정에서 한인들의 작품세계가 점차 러시아 혁명대열에 동참을 권유하거나 개인적 서정의 경향을 보이고 있어, 〈선봉〉에서는 이들의 유약한 감상성을 비판하고 있다. 시(詩) 하단 '【평】'은 당시 신문사 편집진에서 응모작(봄노래, 동요)에 대한 평(評)을 그대로 실은 것인데, 이를 통해 당시 〈선봉〉지 편집진들의 정신세계를 엿볼 수 있다.

[봄노래]

갔다 갔다 겨울은 갔다/ 찬 바람 타고 겨울은 갔다

왔다 왔다 봄이 왔다/ 회색구름 타고 봄이 왔다

화풍 불어 나무에 스치니/ 스치는 나무에 봄이 왔다

아지랑이 피어 강가에 흐르니/ 흐르는 강가에 봄이 왔다

종달이 떠서 두던에 우니/ 우는 두던에 봄이 왔다

가자가자 어서가자/ 봄동산으로 꽃 꺾으러

봄아, 꽃아, 새야, 나비야/ 불쌍한 사람을 즐기어라

【평】 노력과 사회를 떠난 『고독한 자연』에서 『연애』한 것이니 이 노래는 순정주의(쎈티엔탈리즘)의 달콤한 꿈을 좋아하는 '불쌍한 사람들'에게 환영을 받으라.

　　　　　　　　　　　　— 씬두힌까- 김단, 「봄동산」, 〈선봉〉, 1930.5.30.

오련다 오련다 봄이 오련다/ 눈보라 날리던 겨울 속에서

　대지의 푸른 빛 덮으려 하는/ 생명의 봄님이 가까워 온다//(제 이 절은 생략)

　눈 속에 묻혔던 벌레 무리가/ 사랑의 봄날을 찾으려 하니

　추위에 잠자던 우리 인간도/ 오리는 봄날을 마중을 하자

【평】 잠자던 인간이 사랑의 봄날을 활용하자니 할 수 없이 날 수밖엔.
                    — 이만 칠년제 학교- 허길헌, 「봄마중」, 〈선봉〉, 1930.5.30.

높고 낮은 저 산 위에 이르러 보면/ 나의 동생 어린 누나 바구니 들고
넷 마을 뒤뜰에서 춤을 추면서/ 삼천리 강산으로 봄 나러 가네
높고 낮은 저 산 위에 봄바람 불면/ 우리 집 어린 누나 풀피리 들고
생명의 찬물에 발 적시면서/ 락원의 꽃밭에 새 노래 듣네
인생의 첫 마당에 봄이 오면은/ 나는야 누님과 손목을 잡고
청춘의 꿈을 따라 헤매이다가/ 골호즈 넓은 들로 봄 따러 가네

【평】 쎈티맨탈의 진술을 마시고 비틀거리는 기분으로 보아서 제일편-
김단 동무의 "…새야, 나비야, 불상한 사람을…"과 촌수가 멀지 않다. 그
리고 노력과 떨어(멀어)진 봄의 자연을 합방하야(골호즈 근방에 가깝게
간 것을 불구하고) 어린 학생들의 춘계 원족을 연상하게 만든 00으로 보
아 제오절-이만학교 허길헌 동무의 "봄마중"과 한 바리에 실을만하다
                    — 해삼위 구년제학교-리재인, 「봄이 오면」, 〈선봉〉, 1930.5.30.

연해주(블라디보스토크)에 정착한 고려인

문학과 예술은 지도적 전위들이 이끄는 급진적 프롤레타리아 혁명에
복무해야 한다는 변증법적 유물론에 입각한 프롤레타리아 리얼리즘 문
학론을 펼치면서 개인적 서정의 감상성을 자본주의자들의 유약한 '순정
주의(쎈티엔탈리즘)'라 비판하고 있다.

동무들!/ 일본 제국주의의/ 새빨간 피 묻은 손이/ 조선의 기름진 땅을
움키어 쥔지도/ 금년 오늘이 벌서/ 스물 한 돌이 되었다. -(생략)-
어린 아기 팔목을 끌며/ 눈물과 한숨으로/ 거리에 쫓기어난/ 저들의
참상을 보라!
저들의 갈 길이 어디냐?/ 죽음의 길이 아니면/ 혁명의 길이다.
그러므로 나날이 봉화처럼 일어나는/ 조선 각지에 동맹파장, 소작쟁
의, 동맹휴학-
이것은 다 혁명의 불꽃에서/ 큰 불이 어느 때든지/ 세차게 일어날 것이다.
— 김주형, 「합병의 날-8월 29일에」에서, 〈선봉〉, 1931.9.2.

경술국치 한일합병일이 1910년 8월 29일이다. 이 치욕의 한일합병
스물한 돌을 맞이하여 조선 각지, 각처에서 독립 혁명의 불꽃이 봉화처
럼 일어나기를 고대하고 있다.

2. 동요 「금폭단 은폭단」, 「귀뚜라미」
   — '귀뜨라미 가느다란 소리∞달님도 치워서 파랗습니다'

팔뚝 같은 옥수수/ 뚝뚝 따서 삶었네/ 다닥다닥 금싸락/ 쫀득쫀득 맛
이야
주먹 같은 감자를/ 푹푹 파서 삶었네/ 폴싹폴싹 은가루/ 돌신 돌신 맛
이야
오른 손에 옥수수/ 매고서니 금대포/ 왼 손에 감자를/ 쥐고 보니 은폭탄

【평】

금대포, 은폭탄, 금싸락 은가루– 이 말들은 어린 이들에게 몹시 겨운은 말들입니다. 이동요에는 어린이보다 자란이의 기분이 더 많은 것이니 동요 읽는 어린이에게 전략(戰略) 전술(戰術)을 베픈 감이 있다는 것입니다. 동요는 말, 동작 — 모든 것이 실로 자연스러운 어린이의 것으로 되어야 합니다. 실례로 아래에 소개되는 동요들을 봅시다:

— 冰山 김락선, 「금대포와 은폭탄(동요)」에서, 〈선봉〉, 1931.9.18.

귀뜨라미 귀뜨르르/ 가느다란 소리/ 달님도 치워서/ 파랗습니다.

울 밑에 박꽃이/ 네 밤만 지면 / 눈 오는 겨울이/ 찾아온다고

귀뜨라미 귀뜨르르/ 가는다란 소리/ 달밤에 나무잎이/ 떨어집니다.

—「귀뜨람이」, 〈선봉〉, 1931.9.18.

【평】

동요 작가가 많이 나오기를 갈망하는 동시에 이 동요들은 그들에게 도움을 주는 일이므로 소개합니다.

동토의 땅 블리디보톡에 한 맺힌 한인의 역사 - 신한촌 마을 사람들

22. 러시아, 〈선봉〉·6
— '공산사회 건설의 — 깃발을 휘날리며'

이 자료들은 1930년대 블라디보스톡에서 발간한 〈선봉先鋒〉지에 게재되었던 작품들로 소련에 거주하던 한인들은 이념적으로 사회주의자들이었고 이들이 발간한 〈선봉〉의 기조도 사회주의를 지지하는 내용들로 구성되었다.

1. 우리의 힘으로 위대한 사회주의 건설을
— 쏘베트 국가에서 우리 청년아

20C 초 러시아에서 일어난 볼세비키 혁명은 모든 토지와 은행을 국유화하고 개인 금융 계좌와 교회 재산은 전액 국가가 몰수했다. 노동자 임금을 인상하고 노동시간은 8시간으로 줄였다. 사적 소유를 없애고 생산수단을 국유화한 뒤 중앙 계획 경제체제를 가동했다. 모든 권력은 노동자, 농민, 군인의 대표자로 구성된 소비에트에 귀속된다고 선언했다. 이러한 과정에서 아래와 같은 한인들의 작품이 〈선봉〉지에 발표되었다.

일본,영국,불란서,독일,미국/ 어리석은/ 중국군벌이/ 우리에게 총을
겨누었다//

그러나 우리는/ 두렵지 않았다/ 붉은 군인의/ 몸 밟힌 싸움은/ 위대한 승리를

가지어 왔다// 모든 반동들이/ 우리의 주권을/ 시험하였다/ 우경! 좌경!

그리고 구로시아의 잔당들이// 그러나 끊을 수 없었다/ 그는 정복되었다

우리 볼세비이들의/ 용감한 투쟁에 / 맞서지 못할 것이다/ 튼튼한/ 쏘베트 주권을!

원수의 대포가/ 힘껏 울릴지나!/ 침략가들의 창검이/ 힘껏 번떡일지나!//-중략-

우리는 굳게 손잡았다 / 로동자와 빈농민 중농민/ 그리고 끝까지 공격한다 -중략- // 그때 엔/ 쏘베트 국가는/ 튼튼하여지리라/ 철벽 같이!/ 태산 같이!

— 소왕령에서 황병호, 「우리의 힘」에서, 〈선봉〉, 1930.2.16.

세계 1차 대전 이후 러시아에서는 볼세비키 혁명이 일어나고, 내전 (1917-1922)이 일어나자, 이때 협상국(영국, 프랑스, 미국, 일본)과 동맹국 (독일제국, 오스만제국)은 교전 중이었음에도 볼세비키 공산 정부를 전복시키기 위해 양쪽 모두 '하얀 군대'(제정 러시아)를 지원하거나 군대를 파견하여 돕기도 했다. 그러나 이는 오히려 '붉은 군대'가 제정 러시아 '하얀 군대'를 '외세의 꼭두각시'로 선전할 수 있는 구실이 되어 '붉은 군대'의 지지도도 높아져서 오히려 내전에서 승리할 수 있는 계기가 되었다.

자라라, 피어라, 힘을 돋구어라/ 쏘베트 국가에서 우리 청년아!/ 지구는 모두 네 것이다./ 우등불을 잘 내워 큰 불을 일으켜라/ 그것이 네게 주는 우리의 선물이다/ 자라라……/ 우리 몫은 투쟁 속에서 죽음이오,/ 내 몫은 공산사회에 들어섰이다./ 자라라, 피어라, 힘을 돋구어라/ 쏘베트 국가에서 우리 청년아!

— 말라스젠, 「청년」, 〈선봉〉, 1930.3.10.

2. 제국주의 모순과 국제혁명운동의 장성을 위해
—〈선봉〉 신문에 '노래 모집'

오월 일일 노래 모집

제목: 오월 일일

내용: 자본-제국주의 모순과 국제혁명운동의 장성, 쏘베트 동맹의 방
위와 사회주의 건설의 발전, 단합회와 계급투쟁……

형식:1) 시위하는 군중이 행진하는 걸음에 맞추어 합창하기에 적당한
노래 가락.

2) 반듯이 후렴이 있을 것.

3) 행의 자수와 절의 행수는 수의로 할 것이나 세 절로 불러 다섯
절에 넘지 말게 할 것.

4) 곡조는 수의로 할 것이나 애조, 비곡은 거절

기록: 원고에 반듯이 노래 곡조를 분명히 기록할 것 - 이때 있는 노래
곡조에 맞는 것이면 어느 노래 곡조와 같은 것이라고 기록하고 새로 만
든 것이면 보표(좀 곤란한 문제입니다마는)를 기록할 것. 그리고 작자 동무
의 주소 성명을 기록할 것

기한: 오월 일일 전으로 원고가 본사에 도착되도록 할 것.

발표: 좋은 작품으로 실용에 취장될 만한 것은 간단한 비평을 부치어
〈선봉〉 신문에 발표하고 약간의 증답례물을 드림. - 선봉 편집부에서 -

— 〈선봉〉, 1930.4.6.

응모된 오월 일일 노래들

《《작품이 편집부에 들어오는 순서대로 우선 지상에 발표하고
편집부의 비평 의견은 나중에 종합하여 발표하련다 -편집부- 》》

I. 「스빠스크수 농촌」

[곡조는 삼일혁명가 "이천만의 동포 일어나거라" 같이]
일천 구백 십 칠(1917)년의 붉은 주권은/ 대승리의 깃발을 휘날리면서
실팔 억의 사람 사는 땅덩이 위에/ 공산사회 건설하는 로동자 농민
장하다 장하다 로동자 농민들/ 무신자 독재를 힘써 붙들자
거리에서 시위하는 무산군중아/ 국제적 대기념일 오월 일일에
혁명의 력량을 더욱 튼튼히/ 무장으로 준비하라 국방을 위해
장하다 장하다 우리의 국가는/ 전 세계 혁명의 근거지로다/-중략-
나날이 썩어가는 자본사회는/ 박멸을 당할 날이 눈앞에 있다
장하다 장하다 혁명의 파도는/ 륙대주 곳곳에 끓어 넘친다
　　　　　　　— 홍우삼, 「스빠스크수농촌」에서, 〈선봉〉, 1930.4.23.

　　1917년 러시아 볼세비키(사회민주노동당의 다수파인 레닌주의를 일컫는 말)
혁명 이후 세력을 얻어 소비에트 공산국가를 건설해 가는 과정에서 현
지에 적응해 가는 재러한인 동포들의 모습을 엿보게 한다.

연해주(블라디보톡) 한인의 모습

서양인의 눈에 비친 연해주 고려인의 삶

II. 「하바름스크 시내」

(보표는 후렴 No1을 채용하게 될 때에는 병식행보가 '장하도다
우리학도 병식행보가 '와 같이, 후렴 No2를 채용하게 될 때에는
전진가 뒤에 일은 생각 말고 앞만 향하야 '와 같이 할 것)

돌아 왔네 돌아 왔네 세계만방에/ 무산혁명 열병날이 돌아왔도다
우렁차게 웨치는 고함소리는/ 온 세상의 로력자들 단합하란다
국제가를 높이하며 행진 할 때에/ 억지 세상 낡은 토대 음즉거리고
낫과 망치 함께 들고 개가 부를 때/ 약탈자와 파시스트 통곡하리라
히고 붉고 검고 누른 피압박 민중/ 붉은 오월 마중가자 걸음 맞춰라
맑쓰주의 레닌주의 가르친 길로/ 제 손으로 저를 해방 하려나가자
　　　　— 고려학교에서-원일, 「하바름스크 시내」, 〈선봉〉, 1930.5.1.

서양인의 눈에 비친 연해주 고려인의 삶

연해주 한인 노동자들이 작업하기에 앞서 한자리에 모여 사진을 찍었다.

23. 일본군과 맞서 싸운 빨치산 홍범도
― 간도와 블라디보스크를 중심으로

1. 대한독립군 총사령관 홍범도(洪範圖) 장군
― '호랑이에게 쫓기지 말고 우리가 먼저 기습하여 잡자'

홍범도(洪範圖:1868~1943) 장군은 평안도 평양에서 태어나 머슴, 건설 현장·종이공장·광산 노동자, 사냥꾼 등, 어려운 생활을 하였다. 1895년 경부터 의병에 뛰어들어 함경북도 갑산, 무산 등지 일대를 중심으로 활동하기 시작하였다.

1907년 11월 갑산에서 산포수 의병부대를 조직, 삼수갑산 등지에서 유격전을 펼치다가 만주로 건너가서 독립군을 양성하였다. 그러나 그 무렵 일제 잔혹한 고문으로 부인을 잃고, 장남은 전사했다. 이때 홍범도가 이끄는 의병부대가 일본군을 연속해 섬멸하자 평안도 지역 주민들은 기뻐하여 다음과 같은 노래를 지어 불렀다.

> 홍대장 가는 길에는 일월이 명랑한데
> 왜적 군대 가는 길에는 눈과 비가 내린다.
> 에헹야 에헹야 에헹야
> 왜적 군대 막 쓰러진다

오연발 탄환에는 군불이 들고
화승대 구심에는 내 굴이 돈다
에헹야 에헹야 에헹야
왜적 군대 막 쓰러진다

홍범도 대장님은 동산리에서
왜적 순사 열한 놈 몰살시켰소
에헹야 에헹야 에헹야
왜적 군대 막 쓰러진다

왜적 놈이 게다짝을 물에 버리고
동래부산 넘어가는 날은 언제나 될까
에헹야 에헹야 에헹야
왜적 군대 막 쓰러진다

구한말 의병들의 사진

1910년 한일병합 후 홍범도는 만주로 망명하여 독립군 양성에 힘썼다. 1919년 간도국민회의 대한독립군 사령관이 되어 국내로 들어와서 일본군을 습격하면서 독립군의 통합 운동을 벌여 대한독립군단을 조직하였다. 1920년 일본군이 봉오동을 공격해 오자 홍범도 장군이 "청산리 부근의 유리한 지대를 이용하여 적의 선두 부대를 기습 공격하자. 호랑이에게 쫓기지 말고 우리가 먼저 호랑리를 잡자"고 제안하여 봉오동 전투에서 120명

봉오동전투의 홍범도 장군(좌) 청산리전투의 북로군정서(우) (사진출처: 우리역사넷)

을 사살하며 최대의 전과를 올렸다. 이어 청산리 대첩에서 김좌진의 북로군정서군과 함께 일본군을 대파하였다.

이후 간도 참변과 자유시 참변을 겪은 그는 가족들이 모두 죽고 없었는지라, 연해주에 머물다가 1927년 볼셰비키당에 입당하였으나, 1937년 스탈린의 한인 강제이주에 의해 연해주에서 카자흐스키탄으로 끌려갔다. 이러한 장군이 그의 치열한 항일투쟁에도 불구하고 상대적으로 소홀히 취급받는 이유는 남한에 그를 기릴 만한 후손이 없으며, 불행하게도 장군이 1937년 연해주에서 중앙아시아 카자흐스탄으로 쫓겨 가서 고국의 독립을 보지 못한 채 1943년(75세) 머나 먼 이국땅에서 서거했기 때문이다.

2. 저명한 조선 빨치산 대장
– 머슴 출신의 독립운동가

빨치산(partisan)은 비정규전에 종사하는 게릴라와 비슷한 개념이다. 일제강점기 항일 독립운동가들 중에는 중국 동북지역과 러시아 해삼위(블라디보스토크) 지역에서 빨치산 투쟁으로 일제와 싸운 이들이 많이 있었다. 일본군이 만주와 연해주에 거주하고 있는 한인들을 무참하게 살육하는 만행을 저지르자 세력이 약한 독립군들은 러시아 볼세비키 적군(赤軍)과 영합하여 일본군과, 그들의 후원을 받고 있는 백계(白系 왕당파) 러시아군과 맞서 싸웠다. 이때 홍범도 장군은 일본군과도 맞서 싸운 빨치산의 주역이었다.

이때 의병과 독립투쟁에 몸을 던진 사람들은 대부분 사회로부터 차별과 수탈을 강요당했던 계층이었다. 홍범도 장군도 아버지처럼 머슴이었는데도 그는 스스로 의병이 되어 간도와 극동 러시아의 춥고 험준한 산악지대를 넘나들면서 빨치산 대장으로서 일본군을 토벌하고, 독립군 부대를 조직하여, 일제강점기 3대 대첩 중 봉오동 전투와 청산리 전투를 그의 주도로 승리할 수 있었다.

일제가 가장 겁냈던 의병장, 부하들과 주민들이 가장 아끼고 따르던 대한의용군 사령관, 비록 대한제국 무관학교를 거친 정통 무관 출신이 아닌 산포수 출신의 의병장이지만, 누구보다 우수한 지략과 민첩한 전술로 일제와 싸웠던 빨치산 대장은 일제강점기 이역만리 카자흐스탄에서 메아리조차 없는 망향가 속에 묻혀 있었다.(*김상웅 著《홍범도 평전》 참조)

그러던 2021년 8월 15일, 대한민국 정부가 광복절을 맞아 홍범도 장군의 유해를 순국 78년 만에 국내로 봉환하여 현충원에 안장하였다.

1922년 러시아령 블라고베셴스크에서 찍은 홍범도(1868~1943) 장군 부부 사진.

1920년대 초 부하 독립군 병사들과 함께한 홍범도

3. 「창의가(倡義歌)」

1895년 명성황후 시해와 갑오년 단발령에 분개해 등장한 의병이 본격적으로 항쟁에 돌입했다. 구한말 의병의 구심점은 '위정척사(衛正斥邪)'를 내건 유생들이었다. 그들은 유교국가의 정통성을 지키기 위해 외세를 이단으로 규정하고 배척했다. 급기야 국모가 침략자의 사주에 의해 잔인하게 살해되고, 친일내각이 단발령으로 한민족의 정신을 말살하려 하자 경기도, 강원도, 충청도, 경상도, 전라도에서 '을미의병(乙未義兵)'이 일어났다. 의병에 몰려드는 병력은 이름 없는 아무개들이었다. 이때 의병들은 물론 민간에서도 아래 「창의가」가 널리 불리었다.

대한광무 갑오년에 왜적이 침범하여/ 옛 법을 모두 고쳐 개화하기 시작하여

관제도 모두 고쳐 의복도 모두 고쳐/ 이리저리 몇 년 만에 인심은 산란하고

이 會 저 회 무슨 회가 그렇게도 많은지

청년회도 일어나고 동양회도 일어나고/ 자강회도 일어나고 황국회도

일어나고

　교육회도 일어나고 설교회도 일어나고/ 일진회도 일어났네

　보국안민 버려두고 난국난민 웬 말이냐

　세상이 이러하니 팔도 의병 났네/ 무슨 일 먼저 할까 난신적자 목을
잘라

　왜적 퇴송 연후에 보국안민하여 보세/ 대소인민 물론하고 동심동력 일
어나면

　의병 두 자 높은 이름 천하에 내놔 보라

　조야가 일심하면 무엇일들 못 할손가/ 돌아오라 돌아오라 창의소로 들
어오라

부인 이인복 여사, 손녀 예카테리나와 함께한 홍범도 장군

만일 만일 오지 않고 왜적에 종사하여/ 불행히도 죽게 되면 황천에 돌아가서

무슨 면목 가지고서 선왕 선조 뵈올소냐

　　　— 「창의가」 일부 (박성수, '1907-10년간의 의병 전쟁에 대하여'에서)

2021년 8월 15일 홍범도 장군 유해 귀환

3부

중국편

24. 광복군 선언문과 『광복의 메아리』·1

이 시가들은 국권을 상실한 1910년을 전후하여 중국, 만주, 러시아 등에서 의병과 우국지사들 그리고 독립군과 광복군들이 불렀던 군가들을 독립군가보존회에서 발굴, 수집해 1982년 『광복의 메아리』라는 이름으로 제작한 독립군가들이다.

1. 『광복의 메아리』(1910년 전후)

1910년 국권을 탈취한 일제는 병력을 대폭 증강하여 의병 소탕과 애국지사들을 대거 투옥하면서 우리의 독립정신과 민족정기를 말살하기 시작했다. 이때를 전후하여 의병들과 우국지사들은 중국, 만주, 러시아 등지로 망명하여 독립군을 길러내는 무관학교를 세우면서 구국운동을 전개하였다. 때로는 중국군에, 2차 세계대전 때에는 연합군에 가담하여 민족정기를 드높이며 국제무대에서 우리의 독립의지를 널리 떨쳤다.

'의병-독립군-광복군'이란 이름으로 800만명이 동원되었고, 60만명이 희생되었다. 이런 과정에서 군가로 불리워진 노래 238편을 1982년 8월 15일 '독립군가보존회'가 수집하여 『광복의 메아리』란 책으로 엮어 세상에 내놓았다. 그 내용을 요약하면

신흥무관학교 교사(校舍)와 재학생들의 사진

　　1) 독립군의 노래 - 독립군과 생사고락을 같이 하면서 부른 노래

　　2) 항일 민족의 노래 - 민족정신 고취, 실력배양, 절망과 실의 그리고 방랑의 쓰라림 위로.

　　3) 애국지사들의 시문, 어록 등이다.

2. 광복군 선언문

　　한국광복군(韓國光復軍)은 1940년 9월 17일 중화민국 충칭에서 조직된 대한민국 임시정부의 정규 국군이다. 1939년 1월 창립된 한국독립당 당군(黨軍)과 기타 독립군 및 지청천, 이범석 등이 이끌고 온 만주독립군과 연합하여 1940년 9월 17일 결성되었다. 광복군을 실질적으로 통솔하였던 사람은 지청천과 그의 참모장인 이범석이었다

한국광복군 선언문

　　대한민국 임시 정부는 대한민국 원년(1919년)에 정부가 공포한 군사 조직법에 의거하여 중화민국 총통 장개석 원수의 특별 허락으로 중화민국 영토 내에서 광복군을 조직하고 대한민국 22년(1940) 9월 17일 한국 광복군 총사령부를 창설함을 자에 선언한다.

한국광복군은 중화민국 국민과 합작하여 우리 두 나라의 독립을 회복하고저 공동의 적인 일본 제국주의자들을 타도하기 위하여 연합군의 일원으로 항전을 계속한다.

과거 30여 년간 일본이 우리 조국을 병합 통치하는 동안 우리 민족의 확고한 독립 정신은 불명예스러운 노예 생활에서 벗어나기 위하여 무자비한 압박자에 대한 영웅적 항쟁을 계속하여 왔다. 영광스러운 중화민족의 항전이 4개년에 도달한 이 때 우리는 큰 희망을 갖고 우리 조국의 독립을 위하여 우리의 전투력을 강화할 시기가 왔다고 확신한다.

우리는 중화민국 최고 영수 장개석 원수의 한국 민족에 대한 원대한 정책을 채택함을 기뻐하며 감사의 찬사(讚辭)를 보내는 바이다.

우리 국가의 해방 운동과 특히 우리들의 압박자 왜적에 대한 무장 항쟁의 준비는 그의 도의적 지원으로 크게 고무되는 바이다. 우리들은 한·중 연합 전선에서 우리 스스로의 계속 부단한 투쟁을 감행하여 극동 및 아시아 인민 중에서 자유 평등을 쟁취할 것을 약속하는 바이다.

대한민국 22년 9월 15일

대한민국 임시정부 주석 겸 한국광복군 창설 위원회 위원장 김구

— 독립운동사편찬위원회(이은상), 『독립운동사-제4권』,
고려도서무역출판사, 1975년, p.886.

신흥무관학교 교사(校舍)와 학생들의 영농 장면(1915) –산 아래 학교가 희미하게 보임

3. 동학 혁명군 추모가
― '외국군 때문에 좌절된 그 혁명~ 혁명은 꺾여도 겨레는 살았네'

1. 보국안민 제폭구민 갑오동학혁명/ 우러-러 보이-고 머리 숙여지네
2. 겨레-의 새길-을 열어준 그 혁명/ 혁명-은 꺾여-도 겨레는 살았네
3. 외국-군 때문-에 좌절된 그 혁명/ 상처-는 깊어-도 동학은 자랐네
(후렴)
세상을 위해 목숨 바친 거룩한 님이여/ 우리-들 앞날-을 열어-주소서

　　　　　― 「동학혁명군 추모가」, 『광복의 메아리』, 독립군가 보존회,

　　　　　　　　　　　　　　　　　　　　　　　1982, p. 81.

◎ 1894년 3월 21일 전북 고부(정읍)에서 혁명의 깃발을 들고 일어난 동학 혁명은 전봉준 장군을 중심으로 반봉건. 반침략. 반외세의 혁신적인 민족운동으로 전개되었으나 관군과 왜군의 총칼 앞에 희생된 수많은 혁명군의 영령을 추모하는 노래 (천도교 제공)

한국광복군 성립 전례식 기념사진

1. 무쇠 팔뚝 돌 주먹 소년 남아야/ 애국의 정신을 분발하여라

2. 충열사의 끓는 피 순환 잘 되고/ 쾌남아의 팔 다리 민활하도다

3. 일편단심 씩씩한 소년 남아야/ 조국의 정신을 잊지 말아라

4. 벽-력과 부월이 당전하여도/ 우리는 조금도 두렵지 않네

(후렴)

다달았네 다달았네 우리 나라에/ 소년의 활동 시대 다-달았네

만인 대적 연습하여 후일 전공 세우세 / 절세 영웅 대사업이 우리 목적

아닌가

— 안창호, 「소년 행진가」, 『광복의 메아리』, 독립군가보존회,

1982, p. 81.

◎ 1900년대 학생들과 의병들이 부른 노래. 그후 만주 독립 진영에서 「무쇠팔뚝 돌주먹」을 「무쇠 골격 돌 근육」으로 「쾌남아의 팔다리」를 「독립군의 팔다리」로 고쳐 불렀음.

1. 장하도다 우리학교 병식 행보가/ 나포레옹 군대보다 질 것 없겠네

   알프스 산 넘어 뛰어 사막을 건너/ 구주천지 정복하던 그 정신으로

2. 맨-발로 뛰어가는 경보의 걸음/ 사-막을 걸어가는 낙타의 인내

   씩-씩한 우리들의 병식 행보가/ 현-해탄 뛰어넘는 발걸음일세

— 안창호, 「병식행보가(兵式行步歌)」, 『광복의 메아리』,

독립군가보존회, 1982, p. 42.

◎ 1908년 안창호가 설립한 평양 대성학교에서 교련시 부른 노래로써 점차 퍼져서 국내는 물론 만주 독립진영의 각 학교에서 교련 때 불러졌음.(장리욱 증언)

한국광복군 성립 전례식 기념사진

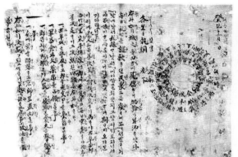

농민 봉기에 함께할 사람을 모으는데 쓰인 사발통문

25. 1910년대『광복의 메아리』·2
— 의병(義兵)들의 우국시

이 시가들은 중국, 만주, 러시아 등에서 의병과 우국지사들이 일제와 맞서 싸우는 과정에서 불리워진 독립군가들을 독립군가보존회에서『광복의 메아리』라는 이름으로 자료를 수집하여 만든 노래집이다.

1. 독립군가 -「용진가」
— '나가세 전쟁장으로 나가세 전쟁장으로'

1. 요동 만주 넓은 뜰을 쳐서 파하고 여진국을 토멸하고 개국하옵신
   동명왕과 이지란의 용진법대로 우리들도 그와 같이 원수쳐 보세

의병장 정환직(1854-1907)

부자 의병장 정환직 정용기외

2. 한산도의 왜-적을 쳐서 파하고 청천강 수(隋) 수병 백만 몰살하옵신
   이순신과 을지공의 용진법대로 우리들도 그와 같이 원수쳐 보세
3. 배를 갈라 만국회에 피를 뿌리고 육혈포로 만군중에 원수 쏴 죽인
   이준공과 안중근의 용진법대로 우리들도 그와 같이 원수쳐 보세
   (후렴)
나가세 전쟁장으로 나가세 전쟁장으로 검수도산 무릅쓰고 나아갈 때에
독립군아 용감력을 더욱 분발해 삼천만 번 죽더라도 나아갑시다.
　　　　— 「용진가」에서, 『광복의 메아리』, 독립군가보존회, 1982. p. 44.

◎ 1910년대 독립군의 대표적인 노래. 선열들의 전공을 본받아 원수를 소멸하자는 군가.

1. 이천만 동포야 일어 나거라/ 일어나서 총을 메고 칼을 잡아라
   잃었던 내 조국과 너의 자유를/원수의 손에서 피로 찾아라
2. 한산의 우로받은 송백까지도/ 무덤속- 누어있는 혼령까지도
   노소를 막론하고 남이 나여라/ 어린아이까지라도 일어나거라
3. 끓는 피로 청산을 고루 적시고/ 흘린 피로 강수를- 붉게 하여라
   섬나라 원수들을 쓸어버리고/ 평화의 종소리가 울릴 때까지
　　　　— 「봉기가」, 『광복의 메아리』, 독립군가보존회, 1982. p. 46.

◎ 1910년대 나라를 빼앗긴 겨레의 총궐기를 부르짖는 노래로서 만주와 노령의 독립진영에서 많이 부른 군가.

1. 장하고도 장하다 우리 소년아/ 새 나라의 주인공된 우리들이다
   우리들도 끓는 피를 식히지 말고/ 원수들의 땅으로 - 어서 쳐 가자
2. 소-년군 동무들 낙심 말아라/ 제국주의 최후 계단 원수 놈들은
   제놈끼리 물고 뜯고 아우성치며/ 죽을 자리 찾노라고 헤매이리라

광복군가

3. 애국자의 더운 피 가슴에 끓고/ 열사들의 팔 다리는 민활하도다
원수들의 총 - 칼이 앞을 막아도/ 우리들은 조금도 - 두려움 없네

— 「소년군가」, 『광복의 메아리』, 독립군가보존회, 1982. p. 43.

◎ 1910년대 독립군 진영의 젊은 용사들이 부른 노래. (전호인 제공)

독립 군가

(작자미상)

1910년대 독립군의 대표적 노래.
조국을 건질 젊은이들의 굴하지
않는필승의 신념을 다짐한 노래.

가사랑 악보보기

1. 신 대-한의 애국 청-년 끓는-피가 뜨-거-워/ 일심-으로 분발하-여
혈성-대를 조직코

　조상나라 붙들기-로 굳게-맹약하-였-네

2. 두려-마라 부모국-아 원수-비록 강-하-되/ 담력-있고 용맹있-는
혈성-대의 청년들

　부모-국을 지키려-고 굳게-파수 섰-고-나/

3. 혈성-대의 애국정-신 뇌수-속에 박-혔-네/ 산은-능히 뽑더라-도
우리-정신 못뽑아

　장할-지라 굳세고-나 우리-청년 혈-성-내

4. 대포-소리 부딪치-며 칼이-앞을 막-으-되/ 적진-향한 혈성대-는
승승-장구 돌격해
　　통쾌-하다 높은 함-성 혈성-대의 승-전-가
　　　　— 안창호, 「혈성대가(血誠隊歌)」, 『광복의 메아리』, 독립군가보존회,
　　　　　　　　　　　　　　　　　　　　　　　1982. p. 41.

◎ 1900년대 혈성대는 돌격대와 같은 뜻. 항일전선에서 싸우는 의병
들의 용감성을 찬양한 노래.

1. 쾌하다 장-검을 비껴 들었네 오늘날 우리 손에 잡은 칼은
　요동 만주에 크게 활동하던 동명왕의 그 칼이 방불하고나
2. 한반도의-용감한 쾌남아를 그 어느 누구가 대적할소냐
　청천강의 수병을 격파하던 을지공의 그 칼이 오늘날 다시
3. 우리의 칼이 한 번 빛나는 곳에 악마의 여러 머리 추풍 낙엽
　한산도의 왜적을 격파하던 충무공의 그 칼이 완연하고나
　(후렴)
　번쩍 번쩍 번개같이 번쩍 번쩍 번쩍 번개같이 번쩍
　날랜 칼이 우리 손에 빛을 내어 독립의 위-력을 떨치는 고나
　　— 안창호, 「장검가」, 『광복의 메아리』, 독립군가보존회, 1982. p. 40.

◎ 1900년대 초기 의병들과 독립군이 부른 노래

2. 의병들의 우국시(憂國詩)
　— 정환직, 이은찬, 최익현

　신망신불변(身亡心不變)　　몸은 없으나 마음마저 변할소냐
　의중사유경(義重死猶輕)　　대의는 무겁고 죽음은 가볍도다

후사빙수탁(後事憑誰託)   나머지 뒷일을 누구에게 맡기랴

뭉런좌오경(無言坐五更)   말없이 앉았으니 오경이 되었구나

— 정환직, 「의병장 우국시」, 『광복의 메아리』, 독립군가보존회, 1982.

p. 46.

※ 을사보호조약 후 경북 영천(永川)에서 의병. 의흥, 흥해, 분덕, 청하 등지에서 승전. 동대산 전투에서 패전, 체포당한 후 영천에서 총살 순국 (1854-1907)

일지이수작위선(一枝李樹作爲船)   오얏나무 한가지로 배를 만들어

욕제창생박해변(欲濟蒼生泊海邊)   창생을 건지고자 바다로 떠났으나

미득촌공신선익(未得寸功身先溺)   아무 공 못 세우고 이몸 먼저 침몰 하니

수산동양락만년(誰算東洋樂晚年)   그 누가 동양평화 이룩하리오

— 이은찬, 「의병장우국시」, 『광복의 메아리』, 독립군가보존회, 1982.

p. 43.

◎ 1907년 총대장 이인영과 더불어 서울 동대문까지 진출했다가 패퇴. 1909年 간도로 가서 의병 재기를 꾀하다가 밀정의 함정에 빠져 피검되어 순국.(1878-1909)

호수분견묘(皓首奮畎묘)   백발을 휘날리며 밭이랑서 뛰는 것은

초여원충심(草野願忠心)   초야의 충성심을 바치려 함이로다

난족안개토(亂賊人皆討)   왜적을 치는 것은 사람마다 해야 할 일

하수문고금(何須問古今)   고금이 다를소냐 물어 무엇하리요

— 최익현, 「의병장 우국시」, 『광복의 메아리』, 독립군가보존회, 1982.

p. 41.

※ 최익현 선생(1833-1906)은 1875年 대일통상(對日通商) 반대로 귀
양.1894년 단발령 반대로 투옥. 1905年 태인에서 의병. 순창에서 패전.
대마도로 유배, 왜놈의 음식 거절, 단식으로 순사.

26. 1910년대 『광복의 메아리』·3

― 의병들의 독립군가와 우국시

1. 의병(義兵)들의 독립군가
― '계림의 견마가 될지라 해도 일본의 칭신은 못하겠노라'

오라 오라 돌아 오라 창의소로 돌아 오라/ 만일 여기 오지 않고 왜적에
게 굴복하여

불행히도 죽게되면 황천으로 돌아가서/ 무슨 면목 가지고서 선황선조
뵈올소냐

세-상이 이러하니 팔-도에 의병 났네/ 무슨 일 먼저 할까 난신적자 목
을 잘라

왜적퇴치 연후에야 보국안민 하여 보세
― 「의병창의가(義兵倡義歌)」에서, 『광복의 메아리』, 독립군가보존회,

1982.

◎ 1900년대 위정척사의 깃발 아래 왜적 퇴치를 외치는 의병의 노래.

1. 추-풍이 소슬하니 영-웅의 득의시라/ 장-사가 없을소냐 구름같이
모여든다

어화 우리 장사들아 격중가나 불러 보세

2. 한양성중 바라보니 원수놈이 왜놈이요/ 원수놈이 간신이라 삼-천 리 우리 강산

오-백년 우리 종사 무너지면 어찌할까

3. 의병들아 일어나서 왜놈들을 쫓아내고/ 간신들을 타살하여 우리 금상 봉안하고

우리 백성 보전하여 태평세월 맞이하세

4. 어화 우리 장사들아 원수들을 쳐물리고/ 삼각산이 숫돌되고 한-강수 띄되도록

즐-기고 노래하세 우리 대한 만만세라

— 「의병 격중가(義兵激衆歌)」, 『광복의 메아리』, 독립군가보존회, 1982.

◎ 1900년대 도탄에 빠진 나라를 구하고 왜적을 물리치기 위해서 총궐기를 부르짖는 초기 의병의 노래.

1. 동해물과 백두산이 마르고 닳도록/ 하느님이 보우-하사 우리나라 만세

구한말 의병들, 대부분 농사군, 포수, 유생들

2. 남산 위에 저-소나무 철갑을 두른 듯/ 바람서리 불변함은 우리 기상 일세

3. 가을 하늘 공활한데 높고 구름 없이/ 밝은 달은 우리 가슴 일편단심 일세

4. 이 기상과 이 맘으로 충성을 다하여/ 괴로우나 즐거우나 나라 사랑 하세

(후렴)

무-궁 화 삼천리 화려 강산/ 대한 사람 대한으로 길이 보전하세

— 윤지호, 「애국가」, 안익태 작곡, 『광복의 메아리』, 독립군가보존회,

1982.

◎ 1919년 4월 상해에서 대한민국 임시정부가 수립된 후 불려진 국가. 윤치호가 지은 애국가의 후렴을 그대로 두고 안창호가 가사를 고쳐 지은 것으로 추정됨. (장리욱·이광수·주요한 증언)스코틀랜드 민요곡 Auld Lang Syne 곡에 붙여 부르다가 1937년 안익태가 "빈"에서 작곡한 〈코리아 환상곡〉에 붙인 지금의 곡을 1940년대부터 임시정부와 광복군에서 부르게 되었고 1948년 8월 대한민국 수립 후 국가로 채택되었음.

1. 계림의 견마가 될지라 해도 일본의 칭신은 못하겠노라
   일-사를 결-심한 박제상 충성 우리들은 모범으로 삼아야겠다
2. 일-본의 ×-×를 종으로 삼고 일본의 ×-×를 하녀로 삼아
   부-리고 만-다던 석우로 맹세 우리들은 모범으로 삼아야겠다
3. 육군보다 신-사라 한산 적칠 때 적수공권 적병들을 오살해버린
   조-종봉 칠백의사 큰-담략을 우리들은 모범으로 삼아야겠다
4. 한산도의 영-등포 거북선 타고 일본배를 모-조리 무찔러버린
   이-순신 장-군의 용맹한 전략 우리들은 모범으로 삼아야겠다
5. 홍의 천강 대-장군 좌충우돌로 쥐-새끼 같은 왜적 도처에서 친

곽재우의 씩-씩한 그 용맹함을 우리들은 모범으로 삼아야겠다.
　　　— 「영웅의 모범」에서, 『광복의 메아리』, 독립군가보존회, 1982.

◎ 1910년대 항일 영웅들의 의기를 모범으로 삼아 적개심을 고취하는 노래. 의병 및 독립군 진영에서 불려졌음.

　　1. 이천만의 백의동포 우리 소년아/ 국 - 가의 수 - 치는 네가 아느냐
　　　천부의 자유권 - 차별 없거늘/ 우리 민족 무삼 죄로 욕을 받는가
　　2. 나라 사랑하는 자는 적지 않지만/ 모험 맹진 하 - 는 자 몇이 되느냐
　　　깰지라 소년들아 험한 마당에/ 잠시라도 지체 말고 달려나가세
　　3. 침략자의 원수들은 많다 하지만/ 의혈 충국 소년들아 한데 뭉쳐서
　　　태극기 앞세우고 맹진 할 때에/ 원수머리 낙엽같이 떨어지리라
　　　　— 「소년모험 맹진가」, 『광복의 메아리』, 독립군가보존회, 1982.

◎ 1910년 국치이후 국내와 만주 독립 진영에서 불려진 노래.

2. 의병장(義兵將)들의 우국시(憂國詩)
　　- '설악산 돌을 날라 독립기초 다져놓고'

운강 이강년(1861-1908)

탄환이 너무나 무정함이여(丸子太無情)
발목을 상하여 더 나갈 수 없구나(臥傷足不行)
차라리 심장에나 맞았더라면(若中心腹喪)
욕보지 않고 요경에 갔을 것을(母辱到瑤京)
　　— 운강 이강년, 「의병장 우국시」, 『광복의 메아리』,
　　　　　　　　　　　독립군가보존회, 1982.

※ 이강년 선생(1861-1908)은 동학혁명 때 개경의 동학군을 지휘.

구한말의 의병들

1894年 을미사변 후 의병. 강원. 경상 각지에서 왜병 격파. 만주로 건너
가 활약하다가 환국, 단양에서 재기의. 3도 14읍(三道十四邑)에서 전전(轉
戰). 청풍 금강산에서 피검, 경성 감옥에서 순국.

　　설악산 돌을 날라 독립기초 다져놓고
　　청초호 自由水를 嶺너머로 실어 넘겨
　　민주의 자유강산을 이루어놓고 보리라
　　　— 남궁억, 「독립지사 우국시」, 『광복의 메아리』, 독립군가보존회,
　　　　　　　　　　　　　　　　　　　　　　　　　　　1982

　　※ 남궁억 선생(1863-1939)은 1895年 서재필 박사가 조직한 독립협
회에서 활동. 1906年 황성신문사 사장. 〈삼천리 반도 금수강산 하나님
주신 동산〉 제목 〈일하러 가세〉란 송가를 지은 죄로 옥고를 당했으며
3.1 운동후 신문화운동을 통하여 애국사상 고취에 공헌이 컸음.

　　함차가 서행하니 해는 이미 기울고(函車西出日己暮)
　　독립문만이 홀로 우뚝 서 있네(惟惟屹然獨立門)
　　스무해의 지난 일을 가슴에 안고(二十餘年過去事)

추억은 있으되 말은 하지 못하겠구나(也憶有向固不言)

— 월남 이상재, 「독립지사 우국시」, 『광복의 메아리』,

독립군가보존회, 1982.

월남 이상재(1850-1927)

※ 이상재 선생(1850-1927)은 1896년 독립협회 가담. 개혁당 혐의로 옥고. 조선일보사 사장, 신간회 사장. 이 詩는 피감되어 법정으로 갈 때 구치감차(拘置監車)안에서 읊은 것.

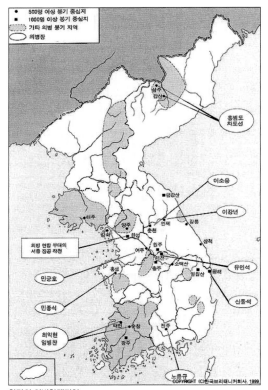

한말의 의병항쟁지역

27. 1910년대 『광복의 메아리』·4
— '가슴을 치면서 통곡 하여라/ 갈수록 종 설움 더욱 아프다'

1. 신흥무관학교
— 1919년 만주(간도) 지방에 설립되었던 독립군 양성학교

신흥무관학교는 1910년 항일 결사 단체인 신민회를 주도한 이회영, 이시영 형제와 이동녕을 비롯한 독립운동가들이 1919년 5월 3일 개교하여 1920년 폐교할 때까지 독립군 양성에 크게 기여한 독립군 양성학교였다.

　1. 또또따따 기상나팔 그 얼마나 새롭던가/ 조국의 얼 맞아드려 절치부심 칼을 갈며
　　광복대업 달성코자 형아 아우야 금란결맹(金蘭結盟)/ 우리단의 단결일세
　2. 우렁차다 군가소리 산봉지석 하였어라/ 한번 뛰어 강을 건너 한번 쳐서 왜적토평
　　그 기세 장할세라 월탕답화(越湯踏火) 그 기상은/ 우리단의 기백일세
　3. 시베리아 요동천리 거침없이 편답(遍踏)할제/ 야수마적 다 만나고 만주벌판 설한풍에
　　갖은 고초 다 겪어도 일편단심 나라회복/ 우리단의 정신일세

― 「신흥학우단가」에서, 『광복의 메아리』, 독립군가보존회, 1982.

◎ 1910년대 신흥무관 학교 졸업생으로 조직된 학우단의 노래.(신동열 제공)

   1. 서북으로 흑룡대원 남의 영절에/ 여러만만 헌헌자손 업어 기르고
     동해 섬 중 어린 것들 품에다 품고/ 젖 먹여 기-른 이 뉘뇨
   2. 장백산 밑 비단 같은 만리낙원은/ 반만년래 피로 지킨 옛집이어늘
     남의 자식 놀이터로 내어 맡기고/ 종 설움 받-는 이 뉘뇨
          ― 「신흥 무관학교 교가」에서, 『광복의 메아리』, 독립군가보존회, 1982.

◎ 1910년대 이회영 형제와 이상룡, 김동삼등이 세운 신흥강습소가 신흥무관 학교로 발전하여 3,500여명의 독립군 간부를 길러낸 학교의 교가.

   1. 경술년 추팔월이 이십 구일은/ 조국의 운명이 떠난 날이니
     가슴을 치면서 통곡 하여라/ 갈수록 종 설움 더욱 아프다

신흥무관학교 교사(校舍)와 재학생들의 사진

2. 조상의 피로써 지킨 옛집은/ 백주에 남에게 빼앗기고서
   처량히 사방에 표랑 하노니/ 눈물을 뿌려서 조상하여라
3. 어디를 가던 지 세상 사람은/ 우리를 가리켜 망국노라네
   천고에 치욕이 예서 더할까/ 후손을 위하여 눈물 뿌려라
   — 「국치추념가」에서, 『광복의 메아리』, 독립군가보존회, 1982.

◎ 1910년 8월 29일 나라를 잃은 치욕을 추념하는 노래.

1. 신 대한국 독립군의 백만 용사야 조-국의 부르심을 네가 아느냐
   삼천리 삼천만의 우리 동포들 건질 이 너와 나로다
2. 원수들이 강하다고 겁을 낼 건가 우리들이 약하다고 낙심할 건가
   정의의 날센 칼이 비끼는 곳에 이길 이 너와 나로다
3. 너 살거든 독립군의 용사가 되고 나 죽으면 독립군의 혼령이 됨이
   동지야 너와 나의 소원 아니냐 빛낼 이 너와 나로다
4. 압록강과 두만강을 뛰어 건너라 악-독한 원수 무리 쓸어 몰아라
   잃었던 조국 강산 회복하는 날 만세를 불-러 보세
   — 「독립군가」에서, 『광복의 메아리』, 독립군가보존회, 1982.

◎ 1910년대 대표적인 독립군가로 필승의 신념을 고취하는 노래.

1. 오 우리 국민군 소년 자제 건강한 용사들 다 나와 한 목소리로 국민
군가 부르세
2. 산 넘어 물 건너 백만 적병 한 칼에 베일 제 승전고 크게 울려라 국
민군가 부르세
3. 흑룡강 맑은 물 남북 만주 높은 산 넓은 들 우리말 안장 벗겨라 국민
군가 부르세
(후렴)

1910년 소년병학교 군복을 입은 박용만.

부르세 국민군가 지르세 우리 목소리 잠든 자 깨고 죽은 자 일어나도록 우리 국민군가 부르세
　　　— 박용만, 「국민군가」, 『광복의 메아리』,
　　　　　　　　　　독립군가보존회. 1982.

◎ 1914년 미국 하와이에서 국민군 군영 낙성식 때 부른 노래. 국민군은 군단장 박용만이 지휘한 독립군 부대임.

전 민족이 일어나 피로 싸운 삼일절 전 민족이 일어나 피로 싸운 삼일절

　높이 깃발을 들어라 크게 북소리를 울리고 우리들은 뒤를 이어 힘차게 나가자
　걸은 걸음 피를 밟아온 우리 겨레 함께 뭉쳤다
　높이 깃발을 들어라 크게 북소리를 울리고 우리들은 뒤를 이어 힘차게 나가자
　　　— 「3.1행진곡」, 『광복의 메아리』, 독립군가보존회. 1982.

◎ 1919년 3.1 운동 직후 남북 만주와 중국 독립 진영에서 부른 노래 (김기식 제공)

2. 의병장들의 우국시(憂國詩)
　― 선비가 무슨 일로 갑옷 입었나

　　대장부 죽음을 아끼리오만(丈夫非愛死)
　　스스로 죽기란 가장 어려워(自死最難爲)

이 거사 같이 할 이 몇 사람 될고(幾人同此事)

열렬한 한 사나이 여기에 있네(列烈一男兒)

— 복암 이설(李偰), 『광복의 메아리』, 독립군가보존회, 1982.

※ 1894年 명성황후 살해 후 관직에서 물러나 거병, 1905年 을사보호 조약 후 매국 5적의 처형을 상소하다 체포, 이 詩는 안병찬(安炳瓚)의 병장을 읊은 것.(1850-1911)

선비가 무슨 일로 갑옷을 입었나(書生何事着戎衣)

먹은 뜻 다 틀어지니 한숨만 나오네(太息如今素志遠)

조정에서 날뛰는 놈의 꼴 통곡만 나오고(通哭朝延至作孽)

해외에서 밀려온 도둑 말도 다 못하겠네(忍論海外賊侵圍)

— 해산 김수용, 『광복의 메아리』, 독립군가보존회, 1982.

※ 1907年 군대해산 후 남원에서 거병. 전라도 전역에서 항쟁. 왜군

1914년 6월 10일 독립군 양성 부대인 국민군단 요원들이 하와이 아후마누 농장에서 훈련 도중 휴식하는 모습(국사편찬위원회 제공)

의 三南 대토벌로 왜헌병(倭憲兵)에 체포된 후 순국. 대구 옥 중에서 읊은
시.(1868-1909)

다락(樓)에 오른 나그네 갈길을 잊고서
落木이 가로놓인 단조(檀組)의 터전을 한탄하노라
二十七 남아가 이룬 일 그 무엇인고
추풍에 비껴 있노라니 감개만 일어나 *(原文은 밝히지 못했음)
　　　　　　— 신돌석, 『광복의 메아리』, 독립군가보존회, 1982.

최초의 평민 의병장 신돌석 장군

※ 1906年 평해(平海)에서 거병, 영남지방의 의
병 중 가장 큰 전공을 세웠음. 뒤에 현상금에 눈
이 뒤집힌 그의 고종집에 초청되어 독주(毒酒)를
마시고 그들에게 도끼에 찍혀 살해되었음. 이
詩는 그가 27세 때 평해의 월송정에 올라 읊은
것.(1879-19090)

28. 1920년대 『광복의 메아리』·5
시베리아 가을 달, 만주 벌판에서

1. 독립군들의 노래
─ 독립군의 벽력같은 고함소리에 부사(후지)산 솟은 봉이 무너지노라

1. 나아가세 독립군아 어서 나가세 기다리던 독립 전쟁 돌아 왔다네
   이때를 기다리던 십 년 동안에 갈았던 날랜 칼을 시험할 날이
2. 나아가세 대한민국 독립군사야 자유 독립 광복 할 날 오늘이로다
   정의의 태극 깃발 날리는 곳에 적의 군세 낙엽같이 쓰러지리라
3. 보느냐 반만년 피로 지킨 땅 오랑캐 말발굽에 밟히는 모양
   들느냐 이천만 단군의 자손 원수의 칼 아래서 우짖는 소리
   ─ 「독립군 행진곡」에서, 『광복의 메아리』, 독립군가보존회, 1982.

◎ 1919년 3.1운동이 일어난 후 남북 만주의 독립군은 상해 임시정부 산하로 통합되어 북만에서는 북로군정서 남만에서는 서로군정서로 정비되고 독립전쟁을 준비 할 때에 불려진 노래.(1920년 2월 17일 상해 임시정부 기관지 「독립신문」에 발표)

1. 동포들아 대를 지어 나아가자 우리 국권 회복 할 날 오늘 아닌가

활발하고 용감한 우리들 앞에 독립의 깃발은 휘날린다

2. 피를 흘려 우리 국권 되찾기 위해 씩씩하게 앞으로만 전진할 때에

빛나는 태극기를 펄펄 날리며 우렁차게 자유 종을 쾅쾅 울려라

3. 초연 탄우 무릅쓰고 나가는 곳에 뜨거운 피가 끓고 정성 묻힌 곳

끝까지 쉬지 않고 나아갈 때에 자유와 독립은 오고 말리라

(후렴)

만세 만세 함께 부르고 독립 독립 높이 외치자

이천만 한데 뭉쳐 나가는 곳에 최후의 승리가 오고 말리라

— 「작대가(作隊歌)」, 『광복의 메아리』, 독립군가보존회, 1982.

◎ 만주 독립군 진영에서 불려진 노래,(1919년 6월 24일 봉천성 통화현 반랍배(半拉背), 우문관(友文館) 발행의 문헌에서 발췌)

1. 압록 두만 흥안령에 발해의 달에 길이 길이 밟았던 그 때 그리워

거센 바람 높은 소리 큰 발자취로 거침없이 위 아래로 달려가누나

2. 잘-즈믄* 익힌 힘줄 벌떡거리며 절절끓는 젊은 피는 넘치려누나

한밝뫼재* 비낀 달에 칼을 뽑을 제 바위라도 한 번 치면 부서지리라

을사조약 체결 당시 대한문 앞 일본군

상해 임시정부 독립신문(1919. 8-1926. 11)

3. 하늘 아래 모든데서 악을 부리며 조수같이 밀려 온들 그 무엇이랴

　　생긋 웃고 무쇠 팔뚝 번쩍 일때에 구름속의 선녀들도 손뼉치더라

　(후렴)

　　나가라 싸워라 대승리 월계관 내게로 오도록 나가 싸우라

　　— 김좌진, 「승리행진곡」, 『광복의 메아리』, 독립군가보존회, 1982.

◎ 1920년 김좌진 장군이 지휘하는 북만주 독립군이 청산리 전쟁을 전후해서 불려진 독립군가. 「잘즈믄」은 억천번, 「한밝뫼재」는 백두산봉이라는 뜻.

김좌진 장군(1889-1930)   이범석 장군(1900-1972)

   1. 단군자손 우리소년 국치민욕 네 아느냐/ 부모 장사 지낼 곳 없고 자손까지 종 되었네

   천지 넓고 넓다지만 의지할 곳 어데메냐/ 간데 마다 천대받고 까닭 없이 구축 되야

   잊었느냐 우리 원수의 합병 수치 네 잊었느냐

   2. 자유 독립 다시 찾음 우리 몸에 달려 있고/ 나라 없는 우리 동포 살아있기 부끄럽다

   땀 흘리고 피를 뿌려 나라 수치 씻어놓고/ 뼈와 살은 거름되어 논과 밭에 유익 되네

   우리 목적 이것이니 잊지 말고 나아가세

   3. 부모친척 다 버리고 외국 나온 소년들아/ 원수 무리 누구더냐 이를 갈고 분발하여

   백두산에 칼을 갈고 두만강에 말을 먹여/ 앞으로 갓 높은 구령에 승전고를 울려보세

   두둥 두둥 만세 만세 만세 만세 만 만세라

               — 「복수가」, 『광복의 메아리』, 독립군가보존회, 1982.

◎ 1920년 2월 17일 상해 임시정부 발행 〈독립신문〉에 발표, 독립군 진영에서 부른 노래.

1. 아름다운 삼천리 정든 내 고향 예로부터 내려온 선조의 터를
   속절없이 버리고 떠나왔으니 몽매에도 잊으랴 그리웁고나
2. 백두 금강 태백에 슬픔을 끼고 두만 압록 물결에 눈물 뿌리며
   남부여대 쫓겨온 백의 동포를 북간도의 눈보라 울리지 말라
3. 시베리아 가을 달 만주 벌판에 몇 번이나 고향을 꿈에 갔드뇨
   항소주(杭蘇州)의 봄날과 만주의 겨울 우리 님의 생각이 몇 번이던가
4. 상해 거리 등불에 안개 가리고 황포강의 밀물이 부닥쳐 올 때
   만리장천 떠나는 기적의 소리는 잠든 나를 깨워서 고향 가라네
5. 일크스크 찬바람 살을 에이고 바이칼 호수에 달이 비칠 때
   묵묵히 앉아있는 나의 심사를 날아가는 기러기야 너는 알리라
   (후렴)
   굽이 굽이 험악한 고향길이라 돌아가지 못하는 내 몸이로다
   ── 이범석, 「망향곡(望鄕曲)」에서, 『광복의 메아리』, 독립군가보존회,
                                                          1982.

◎ 1920년대 남북 만주와 시베리아 중국 대륙을 동분서주하는 독립
지사들이 고향에 계신 부모 생각과 나라 생각에 애태우며 부르던 노래.

2. 의병장 우국시(1910~1920)
─ 살아서 성공 못하면 죽어서 돌아오지 않으려니

남아가 뜻을 세워 고향을 떠나니(男兒有志出鄕關)
죽어서 어찌 뼈를 선영 아래 묻으리요(埋骨豈其先墓下)
살아서 성공 못하면 죽어서 돌아오지 않으려니(生不成功死不還)
인간 이르는 곳마다 모두 청산일세(人間到處有靑山)
          ── 안중근, 『광복의 메아리』, 독립군가보존회, 1982.

여순 감옥 옥중의 안중근 의사 (1879-1910)

※ 1909年 10月 26日 의군참모총장 안의사(安義士:(1879-1910)는 우리 나라 침략의 괴수인 이등방문을 만주 하얼빈 역에서 사살하여 한국 남아의 기개를 세계만방에 떨치고 왜 헌병에 연행된 후 여순감옥에서 순국. 향년 32세. 이 시는 고국을 떠날 때 읊은 것.

> 지사는 어려운 환경을 앚지 않고(志士不忘在溝壑)
> 용사는 목숨 바칠 것 잊지 않네(勇士不忘喪其元)
> 차라리 머리 없는 귀신 될망정(寧作斷鬼頭)
> 머리 깎은 사람은 아니 되련다(不爲剃髮人)
>
> — 규당 안병찬, 『광복의 메아리』, 독립군가보존회, 1982.

※ 규당 안병찬은 충남 청양 출신으로 1894年 갑오경장 때 단발령이 내리자 이설(李偰:1854-1921) 등과 함께 기의(起義). 중원 지방에서 의병장으로 활동하다가 피검. 이 시는 옥중에서 자결을 꾀하였으나 소생한 후 목에서 흐르는 피를 찍어 쓴 혈시.

29. 1920년대 『광복의 메아리』·6

'독립군의 깃발 펄펄 날릴 제, 신호나팔 크게 울려 퍼지며'

1. 1920년대 독립군들의 노래
- 오늘은 북간도, 내일은 몽고 땅

지청천(池靑天:1888-1957), 일명 이청천(李靑天)이라고도 한다.

1920년대 간도와 만주지방에서는 독립군 단체가 형성되어 일제에 대항하여 독립전쟁을 시작하였다. 이곳은 국내와 가까워 이미 한인들이 많이 건너가 살고 있기 때문에 비교적 독립군 근거지를 쉽게 구축할 수 있었다. 이청천 장군의 본명은 지대형(池大亨)인데, 독립운동을 하면서 지청천으로 이름을 바꾸고, 또 외가의 성씨(李)를 따 일명 이청천(李靑天)이라고도 한다,

1. 광야를 헤치며 달리는 사나이 오늘은 북간도 내일은 몽고 땅
   흐르고 흘러 부평초 같은 몸, 고향 땅 떠난 지 그 몇 해이련가
   석양 하늘 등에 지고 달려가는 독립군아, 남아 일생 가는 길은 미련
  이 없어라
2. 백마를 타고서 달리는 사나이 흑룡강 찬바람 가슴에 안고서

여기가 싸움터 웃음띤 그 얼굴 날리는 수염에 고드름 달렸네

북풍한설 헤쳐가며 달려가는 독립군아 풍찬노숙 고생길도 후회가

없어라

        — 이청천, 「광야를 달리던 독립군」, 『광복의 메아리』,

                     독립군가보존회, 1982.

◎ 위 군가는 1920년 이청천 장군이 신흥무관학교 생도 300명을 인솔하고 북만주로 이동 당시 부르던 노래. (신영순 제공) – 곡은 푸른 다늅강의 왈츠 –

1. 이곳은 우리나라 아닌 것만은 무엇을 바라고 여기 왔는가

  배달의 거름될 우리 독립군 설 땅은 없지만은 희망은 있네

2. 두만강 건너편을 살펴보니 금수강산은 빛을 잃었고

  신성한 단군 자손 우리 동포는 왜놈의 철망에 걸려 있고나

3. 조국을 건지려고 숨진 영혼들 하늘에서 우리들을 지켜보리니

  한사코 원수무리 소멸시키고 한반도 강산을 회복하리라

     — 「독립군은 거름」, 『광복의 메아리』, 독립군가보존회, 1982.

◎ 1920년대 임정산하 북로군정서 독립군의 노래. (민충식 제공)

육군무관학교
1895년 1월 훈련대가 폐지되면서 장교 양성 기능은 1896년 11월 11일에 육군무관학교로 넘어갔다. 학도는 18세에서 27세 사이의 청년을 천거(추천)로 선발했다.

1. 최후의 결전을 맞으려가자 생사적 운명의 판갈이로

　나가자 나가자 굳게 뭉치어 원수를 소탕하러 나가자

2. 무거운 쇠줄을 풀어헤치고 뼈 속에 사무친 분을 풀자

　삼천만 동포여 모두 뭉치자 승리는 우리를 재촉한다

— 윤세휘 작사, 「최후의 접전」에서, 『광복의 메아리』,

독립군가보존회, 1982.

◎ 1920년대 남만주와 노령의 독립군 진영에서 왜적과의 결전을 다짐하면서 불려진 노래. 현재 북한은 자신들의 군가인 것처럼 부르고 있음.

1. 철모르고 연약한 어린 이 몸이 정 깊은 고향을 등져 버리고

　급행열차 한구석에 몸을 실은 지 어언간 십여 년이 지나갔구나

2. 정거장에 기차는 떠나려 할 제 사랑하신 어머님은 눈물 흘리며

　네가 이제 떠나가면 언제 오려나 눈물 섞인 그 말씀을 못잊겠구나

3. 오동추야 저 달은 반공에 솟고 짝을 잃은 외기러기 못 가에 앉아

　쓸쓸한 이국 땅에 홀로 새우며 어머님을 그려본지 몇 번이드냐

4. 이 내 몸이 돌아갈 날 언제 이런가 이천만 우리 동포 손목을 잡고

　무궁화 삼천리 넓은 강토에 태극기 휘날릴 날 그때이로다

— 「이향가(離鄕歌)」, 『광복의 메아리』, 독립군가보존회, 1982.

신규식(1880-1922)

박은식(1859-1925)

◎ 1920년대 만주 독립군 진영에서 널리 불려진 노래.(백학천. 안경세 제공)

1. 독립군의 깃발 펄펄 날릴 제 신호나팔 크게 울려 퍼지며
   일기당천 용사 때는 왔으니 보무당당 힘차게 나아갑시다
2. 침략주의 원수 비록 강하나 뒤질세라 오직 앞만 보고서
   검수 도산 뚫고 돌격 할 때에 악마 같은 무리들 쓸어 지리라
   ― 김광현, 「전진가」에서, 『광복의 메아리』, 독립군가보존회, 1982

◎ 1920년대 만주 독립군 진영에서 부른 노래. (윤원 제공)

1. 잘 가시오. 정다운 형제여. 이제 가면 언제 오리 눈물만 흐르네
   나라 위해 떠나가는 가시밭 험한 길 북풍한설 낯설은 땅 편안히 가
   시오
2. 잘 계시오. 잘 계시오. 정다운 형제여, 아름다운 고향산천 떠나서 가
   지만
   어디간들 잊으리오 내 조국 내 동포 다시 만날 그때까지 안녕히 계시오.
   ― 「작별의 노래」, 『광복의 메아리』, 독립군가보존회, 1982.

◎ 1920년대 만주지역 교포사회에서 불려진 노래.(문상영 제공)

영국 청년 Bethell
나는 죽지만 한국 동포를 살리시오! 한국을 사랑
한 남자 어니스트 토머스 베델, 한국명 배설

1. 동방에 달이 솟아 창에 비치니 어언간 깊이 든 잠 놀라 깨었네
　다시 잠을 이루려고 무한 애쓰나 꿈으로 뵈든 고향산천 간 곳이 없구나
2. 낯서른 이국 땅의 외론 나그네 달뜨는 밤이 오면 처량하여라
　올 봄도 피었으리 붉은 진달래 정든 고향 그리워라 꿈엔들 잊으랴
　　　　― 「사향곡(思鄕曲)」, 『광복의 메아리』, 독립군가보존회, 1982.

◎ 1920년대 애국지사들이 고향을 등지고 타국에 와서 그리운 부모 형제가 그리워 향수에 몸부림치며 부르던 노래.(김순애 제공)

2. 우국지사들의 우국시
― '독립만세 세 번 부르니 우리 조국 살아났네'-?

　　푸른 하늘 대낮에 벽력소리 진동하니(白日靑天霹靂聲)
　　육대주의 많은 사람들 혼담이 놀랐으리(六州諸子魂膽驚)
　　영웅 한 번 성내자 간웅이 거꾸러지고(英雄一怒奸雄斃)
　　독립만세 세 번 부르니 우리 조국 살아났네(獨立三呼祖國生)
　　　　― 신규식(申圭植), 『광복의 메아리』, 독립군가보존회, 1982.

※ 육군무관학교 졸업 후 군복무. 1911年 동제사(同濟社)를 창립하여 독립운동을 전개. 1919년 상해 임시정부 수립에 공이 크며, 법무총장, 국무총리겸 외무총장을 역임. 중국 호법 정부로부터 임시정부 승인을 얻었음. 이 詩는 안중근 의사 장거의 쾌보를 듣고 신규식 선생(1880-1922)이 기쁨에 넘쳐 지은 즉흥시.

　　하늘이 보낸 공을 다시 모셔가니(天遣公來又脫公)
　　서양의 의론 피가 동방에 뿌렸네(歐州義血灑溟東)
　　공의 신문이 삼천리에 나부껴서(翩翩壹紙三千里)

신흥무관학교교가

그 꽃다운 이름이 길이 남으리라(留持芳名照不窮)

— 박은식, 「태만배설공泰輓裵說公」, 『광복의 메아리』,

독립군가보존회, 1982.

※ 박은식 선생(1859-1925)은 황성신문사 주필, 사학가. 상해임시정부 국무총리. 대통령. 이 시는 대한매일신문을 창립한 영국인 Ernest T. Bethell (韓國名 裵說=1905년 8월 광무 8년 옥고 1909. 5. 사망)의 서거에 대한 만시(輓詩). 1909. 5. 5 황성신문 게재.

30. 지청천(池靑天) 장군
― 한국광복군 총사령관

"나라의 흥하고 망함은 국민 모두의 책임이다. 남녀노소를 막론하고 국민된 자 모두 힘을 모아 우리의 생존을 침해하는 적과 맞서 싸워야 한다. 독립은 남이 주는 것이 아니고, 스스로 싸워 찾아야 하는 것이니, 힘을 모으자 살길은 하나다."(지청천 장군)

1. 고려혁명군관학교 교장으로 취임
― 일본군에서 탈출하여

백산(白山) 지청천 장군은 1888년 서울에서 출생, 한 때는 외가의 성씨 이(李)를 따라 이청천(李靑天) 장군으로 불리기도 했다. 1906년 배재학당, 1908년 당시 대한제국의 육군무관학교 졸업, 1910년 일본 동경의 육군유년학교 졸업, 1912년에는 일본 육군사관학교를 졸업했다.

지청천 장군

한국광복군

　이후 일본군 육군 장교로 복무하다 청도(靑島) 전투에 참전도 하였으나, 1919년 조국에서 3·1운동이 일어났다. 이 사건은 백산에게 중대한 전환기가 됐다. 일본군 장교로 있다가 일본군을 탈출해 만주 봉천성으로 망명, 이때부터 그는 본격적으로 독립운동의 대열에 합류했다. 대형(大亨)이라는 본명을 청천(靑天)으로 개명한 것도 이 무렵이었다. '푸른 하늘을 되찾겠다'는 의미의 '청천'이란 이름에는 일제의 탄압에서 벗어나 조국의 독립을 되찾겠다는 의지가 담겼다.

　일본 육사에서 정규 교육을 받은 백산은 만주에 설립돼 있던 신흥무관학교 교장으로 취임해 독립군 양성에 힘을 쏟았다. 당시 "조국 광복을 위해 싸웁시다. 싸우다, 싸우다 힘이 부족할 때에는 이 넓은 만주벌판을 베개 삼아 죽을 것을 맹세합시다."라는 그의 독립 의지를 담은 개교식 연설은 독립군들 사이에 두고두고 회자되기도 했다.

　1920년 말 청산리 독립전쟁 후에는 대한독립군, 대한국민회, 의군부, 혈성단 등, 독립운동 단체들이 연합하여 대한독립군단을 조직하게 되자 부사령관에 임명되었다. 이어 1921년에는 일르크치크 시에 주둔했던 독립군이 소련 정부의 협조를 받아 고려혁명군관학교를 설립하자, 교장에 취임해서 독립군 간부를 양성하게 되었다.

2. 자유시(自有市) 참변으로 체포되다

자유시 참변(일명 黑河事變)이란, 1921년 러시아 자유시(알렉세예프스크)에서 독립군 부대와 러시아 적군이 교전한 사건이다. 1920년 일본이 간도의 독립군을 토벌하기 위해 조작한 훈춘사건 이후 세력이 크게 약화된 독립군은 연해주로 이동하기로 결정, 이후 연해주의 자유시에 도착한 독립군은 군사훈련을 재정비하고 러시아 정부와 협정을 맺어 무기를 공급받는 등 다시금 일어설 준비를 했다.

1945년 4월 25일, 광복군 제2 지대원 5명이 적 후방으로 출전하기에 앞서 가진 출정식에서 오른팔을 들고 선서하고 있다. 1940년 9월 17일 대한민국 임시정부 정규군으로 창설된 한국 광복군은 총사령부 아래 4개 지대를 편성해 활동하다 광복 후 미 군정에 의해 1946년 6월 해산됐다. 이후 광복군 요원들은 국방경비대에 참여했다.

이를 알게 된 일본은 러시아와의 외교를 통해 조선인 독립군들의 무장해제를 요구하였다. 이에 러시아는 독립군의 이용 가치가 줄어들자 그들의 요구를 받아들여 독립군(고려혁명군)의 무장해제를 지시하였다. 이에 저항한 지청천 장군이 체포되자 수백 명의 독립군들이 연이어 희생되어 다시 만주로 돌아오게 되었다. 그러자 대한민국 임시정부에서 러시아 정부에 강력하게 항의하여 가까스로 지청천 장군이 만주로 다시 돌아오게 되었다.

1923년 1월 상해에서 열린 국민대표 회의에 장군이 고려혁명군 대표로 참석하고, 1924년에는 신숙, 김규식 선생 등과 국민위원회를 조직하고 군사위원으로 선임되었다. 그러다 1925년 다시 만주로 돌아 와 길림 민주회, 의성단, 광정단, 통의부 등, 독립운동 단체들을 통합하여 정의 부(正義府)를 조직하고 군사위원장 겸 사령관에 취임하였다. 뿐만 아니라 고려혁명당을 창당하고 그 위원에도 선출되었다.

3. 지청천 장군 한국독립군 총사령관
  - 김좌진 장군 암살 이후

1930년 독립군 지휘자였던 김좌진 장군이 해림에서 암살되자 지청 천 장군은 한족자치연합회를 기반으로 한국독립당을 창당하고, 한국독 립군을 조직해서 총사령관에 취임하여 '한-중연합군'을 조직, 무장항일 투쟁을 전개하였다. 그러던 1932년 일본군 대 부대와 계속 전투를 벌여 아성현, 상성보, 재전자령 전투에서 크게 승리를 거두었다.

그러나 일제가 만주를 점령하여 만주국을 세우게 되자 1933년 임시 정부의 명령으로 하남성 낙양분교에 한인특별반을 창설하여 군사훈련 을 시켰다. 1934년에는 남경에서 대일전선통일동맹 조직, 1935년 민족 혁명당 창당, 1938년에는 장사(長沙)에서 임시정부 군무부의 군사학편 수위원으로 임명되어 김규식 등과 군사학을 정리하였다.

1939년 10월에는 사천성(泗川省) 기강에서 열린 의정원 정기총회에서 국무회의 군무장(軍務長)으로 선임되어 입법, 행정, 군사에 대한 제반사 항을 정리하는 중책을 맡았다.

4. 광복군 총사령관에 임명
  - 1940년 9월 17일

임시정부에서는 중국 국민정부와 협정을 체결하고, 1940년 9월 17일 광복군 총사령부를 중경에 두고 이때 지청천 장군을 광복군 총사령관

1947년 4월 백산 지청천(가운데) 광복군 총사령관이 미국 순방을 마치고 돌아오는 이승만 (오른쪽) 박사와 함께 귀국해 김구(왼쪽) 전 임정 주석의 환영을 받고 있다.

으로 임명하고, 참모장 이범석, 부관장에 황학수 등을 임명하였다. 이어 1940년 11월에는 총사령부를 서안(西安)으로 옮기고 총사령관 대리에 황학수, 참모장 대리에 김학규 등을 임명하고, 간부 200명과 함께 섬서성 서안으로 가서 구체적인 공작을 진행하도록 추진하였다.

장군의 딸 지청천 장군의 딸이자 독립운동가인 지복영 여사가 1940년 창설된 광복군에서 활동할 당시의 모습.

1941년에는 각지에 요원을 파견 하여 사병모집과 훈련, 선전과 정보 수집, 적정 정찰, 유격전 등의 여러 임무를 수행토록 했다. 제1지대장 이준식은 산서성에서, 제2지대장 공 진원은 수원성(綏遠省)에서, 제3지대 장 김학규는 안휘성 주양에서, 제 5 지대장 나일환은 서안에서 각각 활 동하도록 하여 큰 성과를 올렸다.

평생을 나라와 민족을 위해 침략 자들과 싸웠던 장군은, 광복 후 국 내로 환국해서 대동청년단을 창설, 1948년에는 대한민국 국회의원으로 활동하다 1957년 70세의 나이로 별세하셨다.
백강 조경환 선생이 함께 활동하셨던 장군이
별세하시자 다음과 같은 추모시를 남겼다.

백강 조경환

지백산(青天) 장군을 곡함

지리한 풍우가 아직도 어두컴컴한데
간성 인물이 나날이 드물어지네
지금에 또 장군을 울어 보내니
국가 안보가 완전치 못한 이때에 어떻게 하여야 될는지요
이십 시절에 글과 검을 모두 배워 이룩하셨고
호기가 일찍 백만 군사에 뛰어 나셨지요
첩첩한 공을 손꼽으면 대전자 대첩을 제일 치는데
날씨가 흐린 때에는 왜놈의 죽은 귀신들이 슬피 울며 지꺼린다고 하지요
백 번 싸운 위엄과 이름이 만주를 진동했지만
광복되기까지 몸을 바쳐 쌓은 고로에 눈빛이 머리에 가득하네
나라를 중건하는 도상에 도리어 험하고 막힌 것이 많으니
비장한 한은 아마도 지하에서도 쉴 새 없으시리다.
당과 정부와 군사 행동에 시종 같이 수고로웠는데
당시 참담한 경영은 지금 생각해도 이뿌리가 시근 댈 지경이네
예나 이제나 공이나 사가 모두 설움뿐이어서
가슴에 뭉친 불덩어리로 변화되어 천 근 무게나 되옴 즉 하외다.

— 백강 조경환

31. 독립군가 『창가집』·1

이 독립군가 시가들은 1914년 중국 북간도 광성중학교 음악교재(『창가집』)에 실렸던 창가들로서 일제침략에 맞선 한민족의 저항의지와 국권회복에 대한 염원이 절절하게 드러나 당시 우리 민족의 실상을 엿볼 수 있다.

1. 『최신 창가집』(1914)

1914년 7월 북간도 소재 광성중학교(光成中學校)에서 사용하던 음악 교재. 구한말부터 1914년까지 한민족이 국내외에서 널리 애창했던 창가(唱歌)들을 만주에 설립되었던 한민족 학교인 광성중학교에서 수집하여 1914년 등사본으로 발행한 창가집(唱歌集)인데, 1996년 국가보훈처가 이 자료들을 모아 다시 발행하였다. 여기에는 152편에 달하는 항일 민족시가 노랫말(창가 가사)이 수록되어 있다.

창가는 1876년 새문안 교회 교인들이 서양곡에 맞춰 부른 것이 시초인데, 1910년 나라가 망하게 되자 애국애족 사상이 확산되면서 이 창가가 널리 불려지게 되었다. 그러자 창가에 대한 일제의 탄압으로 노래는 물론 자료마저 철저하게 압수되어 그 흔적을 찾기가 어려웠는데, 이 자

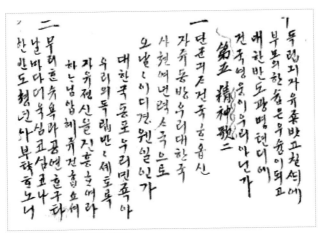

손승용 목사가 수첩에 필사한 창가집

료집으로 인해서 당시 우리 민족이 겪고 있는 고통과 그 고통을 어떻게 극복해가면서 소망의 세계를 노래하며 살아왔던가를 여실하게 엿볼 수 있는 귀중한 자료라 하겠다.

손승용 수집본 창가집

1. 태산이 무너지며 바다가 변하여도/ 우리 소년의 굳은 마음 변할 때
가 없도다

지구가 제 궤도를 어길 때가 있으되/ 소년의 기개 견고하고 견고하다

(후렴) 견고하고 견고하다 견고하고 견고하다 / 대한 소년의 기개

2. 해와 달은 빛을 변할 때가 있으되/ 우리 소년의 굳은 마음 변할 때
가 없도다

겨울에 초목은 낙엽들이 되어도/ 대한 소년의 기개

3. 겨울에 비 오고 여름에 눈이 오나/ 우리 소년의 굳은 마음 변할 때
가 없도다

샘에서 불이 나고 불에서 샘이 솟되/ 대한 소년의 기개

— 「대한소년 기개- 백절불굴가」, 『최신 창가집-1914』,

국가보훈처, 1996.

반복 강조하고 있는 '대한 소년의 기개', 그것은 언제 어디서고 꺾이지
않는 대한 소년들의 조국광복에 대한 불굴의 염원과 기개였으리라.

一. 화려한 강산 우리 대한은/ 삼천리 범위 적지 않도다

백두산으로 한라산까지/ 자연한 경개 그려냈도다

1996년 보훈처에서 발간한 『최신 창가집』

손승용 목사

(후렴) 선조가 이미 여기 묻혔고/ 우리도 대한혼이 되리니

　　　사천년 조국 대한 강토를/ 내 집을 내가 보호하겠네

　二. 언어와 의복 같은 동족이/ 한 맘 한 뜻은 하고나

　　　원수가 비록 산해 같으되/ 자유의 정신 꺾지 못하네

　三. 귀하고 빛난 우리 태극기/ 우리 혼을 모두 드러내

　　　강한 맘과 굳은 단체로/ 동족을 서로 도아 주리라

　四. 용감한 우리 청년 학도야/ 조국의 정신을 잊지 말고서

　　　우리 힘과 정성 다하여/ 국민의 의무를 감당합시다

　五. 충군과 애민은 우리 직무요/ 보국과 헌신은 우리 의무

　　　내 나라 위하야 적은 이 몸을/ 공공(共公)한 사업에 드리리로다

　　　　— 「대한혼(大韓魂)」에서, 『최신 창가집-1914』, 국가보훈처, 1996.

　언어와 의복이 같은 우리 동족이 한 마음 한 뜻으로 서로 도와 충군(忠君) 애민(愛民)의 헌신으로 태극기에 어려 있는 우리 한민족의 대한혼(大韓魂)을 드러내자 외치고 있다.

　一. 사랑하는 우리청년들 오늘 날 서로 만나보니

　　　반가운 뜻이 많은 중에 나라생각 더욱 많구나

　　　언제나 언제나 광복년에 다시 만날가/ 언제나 언제나 독립년에 다

시 만날가

　二. 청년들아 참 분하고나 저 원수가 참 분하고나

　　　저 원수를 몰아내고서 소평천하 소원이로다/ 언제나 언제나 개선가

를 높이 부를가

　三. 청년들이 참 괴롭구나 남의 속박 참 괴롭고나

　　　이 속박을 벗어 버리고 국광선양 소원이로세/ 언제나 언제나 自由

鐘을 크게 울릴가

　四. 청년들아 참 슬프구나 무국민이 참 슬프구나

우리국권 회복하고나 국위진동 소원이로세/ 언제나 언제나 독립기를 높이 날릴가

　五. 청년들아 조상나라를 망케함도 내 직책이오

　　흥케함도 내 직분이라 낙심 말고 분발합시다/ 소원을 소원을 성취할 날 멀지 않네

　　　　　　　　　—「만나 생각」, 『최신 창가집-1914』, 국가보훈처, 1996.

'청년들아 슬프구나. 나라 없는 국민들이 참 슬프구나'. 그러기에 언제나 언제나 우리의 소원은 '저 원수를 몰아내고 독립년에 다시 만나 자유의 종(鐘)을 높이 울리는 날'이라며 그 날이 어서 오기를 염원하고 있다.

2. 「죽어도 못 놓아」
　― '에라 놓아라 못 놓겠구나. 삼천리 강산을 못 놓겠구나'

　一. 아세아 동편에 동글한 반도 단군이 풍부한 복지로구나

　　에라 놓아라 못 놓겠구나 삼천리 강산을 못 놓겠구나

　二. 품질도 튼튼 의지도 많은 단군의 혈족이 우리로고나

　　에라 노아라 못 놓겠구나 이천만 동포를 못 놓겠구나

　三. 하나님 하나님 우리 내실 제 자유와 독립을 안 주셨나요

　　에라 노아라 못 놓겠구나 대한의 국권을 못 놓겠구나

　四. 청년아 청년아 말 물어보자 만권의 사서가 어디로 갔나

　　에라 노아라 못 놓겠구나 연줄과 서책을 못 놓겠고나

　五. 삼척의 장검을 빗겨들고서 져 원슈 머리를 베이자구나

　　에라 노아라 못 놓겠구나 저 깍장 모가지를 못 놓겠고나

　　　　　　　　　—「죽어도 못 놓아」, 『최신 창가집-1914』, 국가보훈처, 1996.

자유와 독립을 우리에가 안 주신 하나님을 원망하고 있다. '왜, 우리를

내실 제 자유와 독립을 안 주셨느냐?'고, 그러기에 '죽어도 대한의 국권을 못 놓겠다'며 장검을 빗겨 들고 저 원수의 머리를 베어내자 독립의지를 다지고 있다.

　一. 동해에 돌출한 나의 한반도야 너 난 나의 조상 나라이니
　　　나의 사랑함이 오직 너뿐일세 한반도야
　二. 은택이 깊고나 나의 한반도야 내 선조와 모든 민족들이
　　　너를 의탁하야 생장하였고나 한반도야
　三. 산천이 수려한 나의 한반도야 물은 맑고 산이 웅장한데
　　　너를 향한 충성 더욱 깊어진다 한반도야
　四. 역사가 오래된 나의 한반도야 선조들의 유적을 볼 때에
　　　너를 사모함이 더욱 깊어진다 나의 한반도야
　五. 일월같이 빛난 나의 한반도야 둥근 달이 반공에 밝을 때
　　　너를 생각함이 더욱 간절하다 한반도야
　　　　　　— 「한반도」에서, 『최신 창가집-1914』, 국가보훈처, 1996.

　너와 나의 조상이 함께 살아 오래된 나의 한반도, 산천 수려하고 물 맑은 너, 한반도를 향한 충성심이 더욱 깊어져 너를 지키고자 다짐하는 작가의 결의가 뜨겁다.

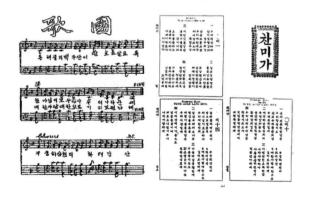

32. 독립군가 『창가집』·2

통감부는 1909년 10월부터 전국의 학교에 '부적당한 창가'를 일체 엄금시키는 훈령을 내려 각 연회의 공연장에서 음악행위를 금지시켰다. 초대 총독인 테라우치 마사타케는 이 창가들을 '조선독립을 고취하고 일본제국을 반대하는 불량 창가이자 위험한 노래'라면서 보안법으로 철저히 단속하였다.

1. 한반도의 용감한 쾌남아들아
- '승전고 울리며 독립만세 부르자'

一. 쾌(快)하다 장검을 빗겨 들었네 오늘 오늘 우리 손에 잡은 칼은
　　요동 만주에 크게 활동하던 동명왕의 칼이 방불하고나
　　(후렴)
　　번적 번적 번개 같이 번적 번적 번적 번개 같이 번적
　　쾌한 칼이 우리 손에 빛나네 제국의 위엄을 떨치는구나
二. 한반도에 용감한 쾌남아를 어느 누가 능히 대적할소냐
　　청천강의 수병(隋兵)을 격파하던 을지공(乙支公)의 칼이 오늘 날 다시
三. 우리의 칼이 한번 빛나는 곳에 악마의 여러 머리 추풍낙엽

조선 독립군들의 모습

한산도에 왜적을 격파하던 충무공의 칼이 오늘 날 다시
四. 오늘 날 우리 손에 잡은 칼은 누구를 위하야 연습함인가
바다를 버히고 산을 버린 후 승전고 울리며 독립만세
— 「격검(擊劍)」,『창가집-1914』, 국가보훈처, 1996.

장검을 빗겨 들고 요동벌과 만주벌을 누볐던 동명왕과, 청천강(살수)에
서 수나라 백만 대군을 물리쳤던 을지문덕, 그리고 한산도에서 왜군을
무찌른 충무공 이순신 장군의 용맹을 본받아 '우리도 승전고를 울리며
독립만세를 부르자' 외치고 있다.

一. 산곡간에 흐르는 맑은 물가에 저기 앉은 저 표의(漂衣: 빨래)방망이
들고
이웃 저웃 발 때에 하도 바쁘다. 해는 어이 멀리서 서산을 넘네
二. 물에 잠가들 달여 얼른 헹구고 다시 한 번 쥐어 짜 널어 말릴 제
나무 가지에 걸고 뜰 밖에 폈다 볕은 어이 옅어서 더디 마르네
三. 멀리 보이는 산 언덕 희기도 희다 종일토록 옷이 다 말랐으니
주섬주섬 걷어 가지고 간다 애는 어이 철 없이 배고파 우네
四. 서리오고 바람찬 장장추야(長長秋夜)에 옷 다듬는 져 소리 이집 저
집서

장단 맞춰 음하니 듣기도 좋다 달은 어이 다정 지창에 비추네
— 「표의漂衣:빨래」, 『창가집-1914』, 국가보훈처, 1996.

독립군들이 풍천노숙을 하며 산곡간으로 이리저리 쫓겨 다니면서도
때때로 냇가에 나가 옷가지를 빨아 말리는 과정과 그 곁에서 배고파 우
는 어린애들의 처참한 궁핍상이 구체적으로 묘사되어 있다.

　一. 강의(剛毅), 용감, 희망, 광명, 네 가지 덕을 가진 우리 아름다운 청
년들아

　　대승리에 월계관을 네가 받으려 활발하고 공명하게 나가 싸우라.
　　높고 밝은 우리 양심 장관 삼아서 그 명령에 일진일퇴하고만 보면
　　우리 정신 가장 높이 향상될지매 아름다운 큰 승리도 내 것 되리라
　二. 나아가고 물러가는 걸음새에도 신성하고 또 장한 네 가지 덕을
　　호흡하며 ○○하는 동안에도 신성하고 또 고샹한 네 가지 덕을
　　언제든지 생각하고 잊지 말아 우리 정신 가장 높이 향상시키며
　　우리 선조대황조의 높으신 이상 젊은 우리 자손들이 발현합시다

연해주 일대에서 항일 무쟁을 벌인 한창걸 부대

三. 살아가기 경쟁하는 오늘 이 날에 우리 자유 우리복락 안보하라면
　　강의 용감 희망 광명 네 가지 덕을 갑옷삼아 우리 몸에 굳건히 입고
　　가장 높이 끝에까지 향상한 정신 칼을 삼아 우리 손에 빗겨 들고서
　　나아가세 나아가세 고함 소리로 문명역에 나아감에 있을 뿐일세
四. 우리 선조대황조의 크신 이상은 오늘 우리 자손들의 자유복락은
　　이 자유와 복락나무 뿌리 밝은 땅 이 땅 청구니는 바로 내 생명인겨
　　우리 뼈와 우리 살이 가루되어도 심장 속에 끓는 피를 뿜어서라도
　　우리 청구 우리 민족 장기 보전은 젊은 우리 학생들이 할 일 아닌가
　　　　　　　　—「운동(運動)」, 『창가집-1914』, 국가보훈처, 1996.

　　우리 청년들이 어떠한 상황에 처하더라고 굳세고 강하여 굽힘이 없는
강의(剛毅), 용감, 희망, 광명, 이 네 가지 덕을 높은 이상으로 삼아 우리
의 뼈와 살이 가루가 되어도, 한민족의 정기를 끝까지 보전하여 자자손
손 자유복락을 누리게 하자 외치고 있다.

2. 하나님께 비올 것은 대한제국 우리나라
— '독립부강하게 하고 영생복락 주옵소서'

一. 아주동방 화려반도는 개국된 지 사천 년여의 국일세
二. 단군기자 조선국으로 계계승승 독립이 완연하도다
三. 샴쳔리 조선 강토는 이천 만 우리의 유업이로세
四. 금수강산 명승지 지닌 자유국민 혈성이 가득하도다
五. 혈성충의 힘을 다하면 국가회복 하기난 비란(非難)이로세
六. 규진무퇴 결사함으로 혈누용담 가지고 나아가보세
七. 갈충보국(竭忠報國)우리 짐이니 간신적자 되는 자 없이해보세
　　　　　　　—「독립(獨立)」에서, 『창가집-1914』, 국가보훈처, 1996.

一. 대한제국 삼천리에 국민동포 이천만아

　　대한이자(二字) 잊지 말고 국민의무 지켜보세

(후렴) 대한강토 화려강산 제국동포 충애국민(忠愛國民)

　　태극기를 높이 달고 영원무궁 지내보세

二. 우리 맘을 단결하여 임군에게 충성하고

　　우리 힘을 합하여서 동포들을 사랑하세

三. 태백상봉 백설같이 우리 정신 희게하고

　　한수(漢水) 맑은 물결같이 우리 정신 맑게 하세

四. 황상폐하(皇上陛下) 애민성덕(愛民聖德) 황해만리무극(黃海萬里無極)이오

　　우리들의 자강력(自强力)은 금강천봉(金剛千峰) 울리리라

五. 삼각산에 포장(抱場)하난 태극기에 밝은 빛은

　　오대주(五大洲)에 이어 대지 일월(日月)같이 빛나도다

六. 군민들아 ― 항상 깨어 있음으로

　　자녀교육 의무 삼고 청년배양 열심하세

고종 황제

데라우치 마사타케

七. 청년들아 — 덕의(德義) 이자(二字) 중심 삼고

　　주야불철 근공(勤功)하야 직분담임(職分擔任) 예비하세

八. 하나님께 비올 것은 대한제국 우리나라

　　독립부강하게 하고 영생복락 주옵소서

九. 만세, 만세요 대황제각하 만세, 황태자 전하만세 대한제국 억만세라

　　　　　　　　— 「애국(愛國)」, 『창가집-1914』, 국가보훈처, 1996.

　황상폐하에게 충성을 다하여 나라의 은혜에 보답하고, 자녀들을 교육시켜 독립부강 시킬 인재를 길러내는 것 또한 애국의 길임을 강조하고 있다.

33. 독립군가 『창가집』·3

이 시가들은 1914년 중국 북간도 광성중학교 음악교재(『창가집』)에 실렸던 창가로서 일제침략에 대한 한민족의 저항의지와 국권회복에 대한 염원이 잘 드러나 있다.

1. 날고 기는 금수들도 몸 담을 곳 다 있건만
― '무슨 죄로 우리민족 이 지경에 빠졌는가'

　一. 단군기자 건국하신 우리대한국 산은 높고 물은 맑은 명승지로세
　　　말도 같고 의복 같은 우리 동족이　한 마음 한 뜻일세
　　　후렴: 만세만세 이천만 동포 만세만세 삼천리 강토 우리들의 힘으로
영세에 무강(無疆)컷네
　二. 하나님이 주신 우리 살찐 토지와 생명자산 우리 것을 보전합시다
　　　보국으로 맹약하고 합심 다하고 독립이 완연토다
　三. 우승열쾌하는 오늘 20세기에 잠시라도 방심 말고 견진해 보세
　　　충군성과 애국심을 날로 배양해 국사를 도와보세
　　　　　　―「보국(保國)」, 『창가집 - 1914.』, 국가보훈처, 1996.

1910년대 조선의 모습

　하나님이 주신 우리의 강토와 생명을 보전하기 위해, 충성심과 애국심을 길러 무너져 가는 나라를 지켜 영원토록 독립국가 이어가자 호소하고 있다.

　　一. 백두산하(下) 넓고 넓은 만주뜰은 건국영웅 우리들의 운동장이요
　　　　걸음걸음 대(隊)를 지어 앞만 향하여 활발하게 나아감이 엄숙하도다
　　二. 대포 소리 앞 뒤 山을 둥둥 울리고 총과 칼이 상설(霜雪)같이 맹렬하여도
　　　　두렴없이 악악하는 돌격소리에 적의 군사 흥겁하여 정신 잃었네
　　三. 억만 대병(大兵) 가운데로 헤치고 나아가 우리들이 총과 검을 휘휘둘릴 제
　　　　원수들이 말 위에서 떨어지는 것, 늦은 가을 나뭇잎과 다름없고나
　　　　　　　　　　　　—「운동(運動)」, 『창가집-1914.』, 국가보훈처, 1996.

　걸음걸음 대(隊)를 지어 총검을 휘두르며 억만 대병(大兵)들 가운데로 헤치고 나가면, 원수들이 낙엽처럼 떨어져 나갈 것이라 외치며 독립운동을 독려하고 있다.

　　一. 슬프도다 민족들아 우리 신세 슬프구나 세계만국 살펴보니 자유활동 다 있건만

만주일대의 독립군들의 모습

　　우리민족 무슨 죄로 이 지경에 빠졌는가. 날고 기는 금수들도 몸 담을 곳 다 있건만

　　우리들은 간 곳마다 몸 붙일 곳 없고 보니, 가련하다 이 신세를 어이하면 좋단 말가

　二. 사랑한다 청년들아 아무 염려 하지 말고 너의 마음을 안심하여 앞길을 내다보라

　　등 뒤에는 범 따르고 발 뿌리에 태산준령 낙심하여 쓸 데 없다 아니갈 길 못되나니

　　죽을지경 당한 민족 분발심을 뽐내어서 가련하다 이 신세를 태산준령 헤친 후에

　　어이하면 좋단 말가 탄탄대로 행해 가세

　　　　　　　　　　— 「깊이 생각」, 『창가집-1914.』, 국가보훈처, 1996.

1910년대 연해주 의병들

'날고 기는 금수들도 몸담을 곳 다 있건만' '우리 민족 무슨 죄로 이 지경에 빠져' '몸 부칠 곳 없고 보니, 가련하다 이 신세를 어이하면 좋단 말인가?' 한탄하면서 분발심을 발휘하여 조국광복 탄탄대로 향해 가자 촉구하고 있다.

2. 산에 나는 까마귀도 부모효도 극진한데
― '넓고 넓은 부모 은혜 어이하면 갚으리'

一. 부모님이 낳으샤 또한 양육하셨네 좋은 꽃이 피기를 보시고자 할 테니

풀과 같은 우리를 북돋우고 김매어 감사할사 이 은혜 어찌하면 갚을까

좋은 꽃이 피기를 보시고자 할 터이니

二. 사람될 직분을 교훈하여 주시와 돌과 같은 우리를 가르시고 쪼음은

보배그릇 되기를 원하시는 일일세. 감사할사 이 은혜 어찌하면 갚을가

三. 문 앞 고목(枯木) 가지에 반포(反哺)*하는 까마귀 부지런히 물어다 제 어미를 먹이네

가장 귀한 사람이 부모사랑 모를까? 감사할사 이 은혜 어찌하면 갚을까

四. 수(繡)를 놓세 수놓세 부모 은혜 수놓세 오색찬란 능라실 세침 중 침 꿰어서

등잔 앞과 달 아래 정성들여 수놓으니 고당백발 부모님 만수무강 합소서

— 「감은(感恩)」, 『창가집-1914.』, 국가보훈처, 1996.

문 앞 고목 가지에서 반포(反哺)하는 까마귀들이 부지런히 물어다 어미를 먹이듯, 우리들도 백발이 다 된 부모님들의 만수무강을 빌어드리며

그간의 은혜에 감사드리자 한다.

* 반포(反哺): 까마귀 새끼가 자라서 늙은 어미에게 먹이를 물어다 주는 행위.

一. 山아 山아 높은 山아 네 아무리 높다한들 우리부모 날 기르신
　　높은 은덕 잊을 소냐, 높고 높은 부모 은덕 어이하면 갚아보리

二. 바다 바다 깊은 바다 네 아무리 깊다한들 우리 부모 날 기르신
　　깊은 은덕 잊을소냐 깊고 깊은 부모 은덕 어이하면 갚아보리

三. 山에 나는 까마귀도 부모효도 극진한데 귀한 인생 우리들은
　　부모님께 어이할가 넓고 넓은 부모 은덕 어이하면 갚아보리

四. 우리 부모 날 길을 제 고생인들 얻어하며 뼈가 녹듯 수고하여
　　우리들을 길렀으니 잊지 마세 잊지 마세 부모 은덕 잊지 마세
　　　　　　　— 「부모은덕(父母恩德)」에서, 『창가집- 1914.』, 국가보훈처, 1996.

　혈혈단신으로 독립투쟁에 나와 있으면서도 고향에 계신 부모 잊지 못해 '산보다 높고 바다보다 넓은 부모 은덕, 어이하여 갚을 것인가?' '뼈가 녹듯 수고하여 우리들을 길렀으니 잊지 마세 잊지 마세, 부모은덕 잊지 마세.'하며 효도로써 부모은덕 갚아보자' 한다.

간도지역을 누비던 독립군들

의병 전쟁에 일생을 바친 전북 순창의 최산홍 의병장 외

一. 나의 친구 이별한 후 편안하신가 우리 서로 놀던 정은 잊기 어렵소

二. 좋은 일을 만날 때나 어려움 볼 때 나의 마음 향하는 곳 친구뿐일세

三. 군의 편지 볼 때마다 기쁨이 많고 서로 멀리 떠났으나 마음은 가깝소

— (생략) —

五. 나는 아무 질고(疾苦) 없고 편안히 놀고 보는 일도 여의하니 염려마
시오

　　　　　　　　　— 「상은(相恩)」에서, 『창가집-1914.』, 국가보훈처, 1996.

一. 부모형데 리별하고 타관으로 각각 되어 섭섭한 마음 向타하는 곳
나의 고향뿐이로다

二. 놀던 친구 어떠하며 식솔들이 무양한가 멀리멀리 나온 뒤에 고향
생각 간절하다

三. 돌아 갈 길 망막하다 돌아가면 정을 풀가. 대해같이 격한 공기 은연
중에 담을 쳤네

四. 본향 계신 친구들아 내 목소리 화답하오. 높고 맑은 구름 편에 그리
운 정 표합니다

　　　　　　　　　— 「망향(望鄕)」, 『창가집-1914.』, 국가보훈처, 1996.

　'멀리 떨어져 있어도 마음-향하는 곳은 고향과 친구뿐일세'하며 나는
아무 질고(疾苦) 없이 잘 지내니 내 염려 말라 안심시키며 고향 식솔들과
친구들을 그리워하고 있다.

34. 독립군가 『창가집』·4

이 시가들은 독립운동과정에서 민족정신과 항일의식을 고취하기 위해 만들어진 노래로서 우리민족의 소중한 역사기록이기도 하다. 이 창가들들 속에서 조국에 대한 사랑과 그리움, 그리고 전쟁에 대한 사기를 북돋아 주는 민족투쟁 정신을 엿 볼 수 있다.

1. 천분(天分)한 자유권은 사(私)가 없건만
― 우리 민족 무슨 죄로 죄를 받는가?

이천만 동포 중 우리 형제야 국가의 수치를 네가 아느냐?
천분(天分)한 자유권은 사(私)가 없건만 우리민족 무슨 죄로 죄를 받는가
나라사랑 하는 자 적지 않컨만 모험맹진 할 자야 몇이 되느냐
깰지라 소년들아 험한 마당에 조금도 사양 말고 달려 나가세

동서양 영웅이 별 아니니 이십 세기 경쟁 장 좋은 기회일
모험맹진 할 者 몇이 아니냐 앞서기를 주저 말고 나아가겠어
자나 깨나 잊지 말고 생각하기는 나의 책임 못 다하면 사람 못되네
묻노니 우리 소년 대한동포야 이 때가 어느 때냐 생각하여라

나아가세 나아가세 아무 겁 없네 천신과 만고는 사업성취니
분골쇄신을 두려할 소냐 내 한 몸 죽으면 충혼이로세
우리 재조 우리 힘을 여때 못 배면 황천에 원혼을 면치 못하리
을지문덕 이순신장 우러 모시고 한길로 들어서서 나갈 지이다
     — 「모험맹진冒險猛進」, 『창가집-1914』, 국가보훈처, 1996.

 우리 앞에 어떤 시련과 장애가 가로막더라도 분골쇄신할 각오로 조금
도 두려워 말고 내 한 몸 죽어 충혼(忠魂) 되오니, 맹렬하게 앞으로 달려
나가 나의 책임 다 하라 다그치고 있다.

 열성 있는 청년들아 단결심으로 져 악종의 독한 세력 격파하기를
오매물망 천신으로 맹약한 후에 대한정신 발행합시다

(후렴)
네 아무리 네 아무리 그리하여도 이 마음과 내 정신은 못 뺏으리라
네 아무리 네 아무리 그리하여도 건국청년 여기 있다

우리들이 가진 바는 총검 아니오 우리 마음에 품은 것은 강포 아니오
일편단심 충의로써 모든 국적을 능히 멸할 수 있다

신라 만고의 충신 박제상(363-419) 면암 최익현(1833-1906년)

활발한 청년들아 의협심으로 용맹 있게 나아가서 모든 역적을
일망타진 파멸 후에 우리 통한을 상쾌하게 갚아 봅시다
　　　　　　—「경성(警醒)」에서, 『창가집-1914』, 국가보훈처, 1996.

열성 있는 청년들아, 단결하여 저 악종의 독한 세력 격파하여 모든 역
적들을 일망타진하여 우리의 통한을 상쾌하게 갚아보자 다그치고 있다.

一. 슬프도다 우리 민족아 사 천여 년 역사국으로
　　자자손손 복락 받더니 오늘 날 이 지경 웬일인가
　　(후렴)
　　철사주사로 결박한 줄을 우리 손으로 끊어버리고
　　독립만세 장한 소리에 동해가 변하야 육지가 되리라
二. 일 간 초옥도 네 것이 아니오 수묘전터도 네 것 못 되리
　　— (중략) —
三. 한 치 벌레도 만일 밟으면 죽기 전 한번 옴쪽거리고
　　조그만 벌도 네가 다치게 하면 네 몸을 반드시 쏘고 죽는다
四. 눈을 들어 살펴보니 삼천리 위에 사무친 것은
　　우리 부모의 한숨이오 우리 학도의 눈물이로세
五. 남산초록도 눈이 있으면 비참한 눈물이 가득하겠고
　　동해 어별도 마음 있으면 우리와 같이 서러워 하리다
六. 금수강산이 빛을 잃었고 광명한 일월이 아득하고나
　　이것이 누구 죄나 생각하여라 네 죄 내 죄 까닭이로다
七. 사랑하는 우리 학도야 자든지 깨든지 우리 마음에
　　나태한 악습과 이0 사상을 모두 다 한 칼로 끊어 버리고
八. 사랑하는 우리 학도야 죽든지 살든지 우리 마음에
　　지혜를 배우고 덕을 닦아서 우리 국권을 회복합시다
　　　　　　—「정신(精神)」에서, 『창가집-1914』, 국가보훈처, 1996.

1906년 쓰시마(대마도) 섬으로 압송되는 최익현 선생의 모습

'한 칸의 초옥(草屋)도 내 것이 아니고, 수묘전토도 네 것이 못 되니'
'우리 부모 한 숨이오, 우리 학도 눈물이로다.' '한 치 벌레도 밟으면 옴
쪽거리고∽조그만 벌도 네가 다치게 하면 네 몸을 반드시 쏘고 죽듯' 대
한의 학도들도 지혜를 배우고 덕을 닦아 우리 국권을 회복하자 외치고
있다.

2. 세상에 귀중한 일이 많다할지라도
— '부모님의 은덕보다 더 중한 일, 또 있으리'

一. 여보시오 소년들아 이 말을 지켜라. 세상에 귀중한 일이 많다할지라도

二. 부모님의 은덕보다 더 중한 일이야 또 다시 없으리라 부모 은혜밖에

三. 산이 암만 높다 해도 일대 언덕이요 바다가 암만 깊다 해도 제 어찌
비할까

四. 이같이 기묘한 심신이 뉘에 은공인가 참 높고 깊고 넓기가 측량키
어렵다

五. 이같이 무궁한 은혜 받은 우리들은 무엇으로 보답할 가 다만 진심
효도

뜨거운 그 이름 , 안중근의 가존과 취조 받을 때의 모습

六. 효도는 백행원인(百行原因)이라 하였으니 효도로써 기초 삼고 모든
사업하세

　― (중략) ―

九. 선악 간에 부모께는 효로써 간하니 대순중 자본을 받아 그같이 행
하세

十. 양친 효도하려면 천성을 지켜라 우리들은 힘 다해도 오히려 부족해

十一. 忠군애국 하랴거든 효를 먼저 하세 자고로 의인열사들 효에서 나
왔소

十二. 忠신을 효자문에 구한다 하였네 이 말대로 실행하야 늘 찬양합시다

　　　　　　　　― 「찬양은덕」, 『창가집-1914』, 국가보훈처, 1996.

효(孝)는 백행지본(百行之本)이라 효(孝)를 모든 행실의 기초로 삼아 먼저
노인들과 부모님을 잘 양로(養老)하고 봉양하면서 충군애국(忠君愛國)을
실행하라며 효(孝)와 충군애국을 행실의 제일 덕목으로 내세우고 있다.

　一. 계림 나라 즘생 중에 개와 돗이 되어도 일본 신하 안 되기로

　　　죽기까지 결심한 박제상의 그 충성을 우리모범 하리라

　二. 일본나라 인군으로 남 종삼아 부리고 일본나라 왕후로서

　　　너 종 삼기 작정한 석우로의 그 장거를 우리 모범하리라

— (중략) —

六. 의병 일으켜 싸우다가 대마도에 갇혀서 일본나라 물과 곡식

　　먹지 않고 죽으신 최익현의 그 절기를 우리 모범하리라

七. 늙은 도적 이등박문 활빈 당도할 때에 삼발삼중 죽인 후에

　　대한만세 불렀던 안중근의 그 의기를 우리 모범하리라

　　　　　　—「영웅모범」에서 , 『창가집-1914』, 국가보훈처, 1996.

　목숨을 바쳐 왕자를 구한 신라의 충신 박제상의 그 충성과 1906년 전북 태인에서 의병을 일으키다 일본 대마도로 끌려가서도 끝내 굴하지 않고 옥사한 면암 최익현 선생 그리고 이등박문을 살해한 안중근을 영웅모범 삼아 일제의 사슬에서 벗어나자 촉구하고 있다.

1909년, 하르빈역에서 이등박문을 저격한 안중근 의사

35. 독립군가 『창가집』·5

이 시가들은 1914년 중국 북간도 광성중학교 음악책(『창가집』)에 실렸던 창가들이다. 일제강점기 북간도지역은 최대 규모의 해외동포사회를 배경으로 강력한 항일운동 중심지로서 독립운동가요의 발생지이기도 했다.

1. 단군자손 우리소년 국치민욕 네 아느냐?
– '국권 회복하여 세상에 태극기 높이 날리세'

一. 동반구 아주(亞洲)에 우리 대한은 일면은 육지요 삼면은 수(水)로다
　　가려한 강산이 팔만여방리 분명한 반도를 그려냈도다
　　청년아 청년아 한국 청년아 몽롱한 깊은 잠을 속히 깨어서
　　애국심을 분발하여서 이 좋은 강산을 보전합시다
二. 불한코 불열한 온대 지방에 귀중한 천조물 어찌 많구나
　　금수와 어별도 불가승수며 금은과 동철이 구산 같도다
三. 오백년 누리던 종묘사직과 사천년 유래한 조종강토를
　　만만세 영원이 보전하려면 실제상 교육밖에 다시 없겠네
四. 자강의 정신과 독립사상을 이 천만 민족이 각기 다하여

1922년 만주에서 조직된 대한통의부에서 떨어져 나온 참의부, 1929년 또 내부 분열로 국민부로 조직을 옮겼다.

민지가 발달하고 국권회복하여 세상에 태극기 높이 날리세
　　　　　　　　　　　　—「운동」,『창가집』-1914. 국가보훈처, 1996.

　500년 누리던 종묘사직과 사천 년 역사를 가진 조국강토를 영원보전하려면 교육밖에 없음을 강조하고 있다. 이로써 자강정신과 독립사상으로 무장하여 국권을 회복하여 태극기 높이 날려보자 다그치고 있다.

　　一. 청천의 백일이 밝음과 같이 조국의 영화도 빛내어라
　　　　조국의 영화가 빛나여짐은 천 년의 고명함이 빛나여야
　　　　(후렴)
　　　　조국의 영화 빛나여짐은 우리의 참으로 소원이니
　　　　청년아 힘써 조국의 영화 태양의 빛 같이 빛내어보세
　　二. 송백(松柏)의 푸른 기운 창창하고 소년의 기샹은 늠늠하다
　　　　우리의 기샹이 송백 같으면 조국의 쇠한 기운 떨치리라
　　三. 깊이든 바위 돌은 굴릴지라도 청년의 굳은 뜻은 못 굴리네
　　　　우리 계율 뜻이 참 견고하면 조국의 독립기초 든든하리
　　　　　　—「청년득심(靑年得心)」에서,『창가집』-1914. 국가보훈처, 1996.

만주 일대에 있던 독립군 운동기지

　우리의 기상이 송백(松柏) 같으면 쇠(衰)해가는 조국의 기운도 다시 떨쳐낼 수 있으니 송백의 기상처럼 창창한 조국의 청년들이여, 굳은 뜻 굳게 믿어 조국의 독립기초 다지자 독려하고 있다.

　一. 단군자손 우리소년 국치민욕 네가 아느냐. 부모 쟝사 할 곳 없고 자손까지 종 되었다
　　천지 넓고 너르건만 의지할 곳 어디더냐 간 데마다 천대 받고 까닭 없이 구축되네
　　(후렴)
　　잊었나 잊었나 우리 원수가 합병(合倂)한 수치를 네가 잊었나
　　자유와 독립을 다시 찾기는 우리 협심함에 전혀 있도다
　二. 나라 없는 우리 동포 살아있기 부끄럽다 땀을 내고 피를 흘려 나라수치 싯쳐긋코
　　뼈와 살은 거름되어 논과 밭에 유익되세 우리 목적 이것이니 잊지 말고 나아가세
　三. 부모친척 다 데리고 외국 나온 소년들아 우리 원수 누구더냐 이를 갈고 분발하여

백두산에 칼을 갈고 두만강에 말을 먹여 앞으로 갓 한 소리에 승전
고를 둥둥 울려
— 「복수회포(復讐懷抱)」, 『창가집』-1914. 국가보훈처, 1996.

이 세상천지가 넓다 해도 원수가 합병(合倂)하여 의지할 곳이 없어진
우리 민족, 간데마다 천대 받고 까닭 없이 구축되니 이 어찌 분하지 않
으리. 나라 없는 우리 동포 살아 있기 부끄럽다. 이를 갈고 칼을 갈아 복
수할 그날 가슴에 품어 승전고 둥둥 울려 나라 수치 면하기를 학수고대
하고 있다.

2. 이 곳은 우리나라 아니건만
— 무엇 바라고 이 곳에 왔나?

一. 물은 담는 그릇 빚기에 따라서 이리로도 변하며 저리 변하고
　　사람은 사귀는 벗을 따라서 선하게도 되며 악하게 되오
二. 남보다 몇 배나 우승한 벗을 택하고 구하야 때샹 좋고
　　과실을 고치고 선행 본받아 이 내 몸도 현인군자 된다오.
— 「선우(善友)」, 『창가집』-1914. 국가보훈처, 1996.

만주 독립군들의 모습

일제 강점기 두만강 주변 모습

근묵자흑(近墨者黑). 검은 먹을 가까이 하면 검어진다는 사자성어처럼, 사람은 사귀는 벗에 따라 선하게도 되고 악하게도 되니, 나보다 우승(優勝)한 좋은 벗(善友)을 사귀어 나의 잘못을 고치고 선행(善行)을 본 받아 현인군자가 되자 깨우쳐 주고 있다.

   一. 지새는 달그림자 놀빛에 사라지게 종달새 우는 소리 사야에 떠오른다
      이제야 좋은 아침 촌가의 바쁜 모양 섬을 파는 아이며 꽃을 파는 늙으니
   二. 정(定)치 못한 봄바람 나비꿈을 깨이네 영롱한 새벽이슬 방초에 무르녹아
      이제야 좋은 시절 산가의 바쁜 모양 나물 캐는 소부며 벌목하는 초부들
   三. 돌아오는 붉은 날 꽃 속에 비쳐있네 세유(細柳)의 아침 연기 계변(溪邊)에 둘렀도다
      이제야 좋은 빛 농가의 바쁜 모양 상평전에 밭 갈며 하평전에 씨 뿌린다.
               — 「조춘(朝春)」, 『창가집』-1914. 국가보훈처, 1996.

달그림자가 아침 놀빛에 사라지자 종달새들이 날아와 솟구쳐 지저귄다. '섬을 파는(조개 줍는) 아이', '꽃을 파는 늙은이', '나물 캐는 젊은 아낙', '벌목하는 사내들' 아침 안개 자욱한 시냇가 버드나무, 붉게 솟아오른 햇살 아래 밭을 갈고 씨 뿌리는 농가의 부지런한 아침 풍경이 한 폭의 그림처럼 생동감 있게 다가온다.

   一. 이곳은 우리나라 아니 것만 무엇을 바라고 이에 왔는고
      자손에 거름될 이내 독립군 설 땅이 없지만 희망 있네

二. 국명을 잃어 바린 우리 민족 하해에 티끌같이 떠다니네
　　잃었다 웃지 마라 유국민들 자유회복 할 날 있으리라
三. 한반도에 생장한 우리 민족아 하나님이 주신 독립석하에
　　당당한 자유생활 끊어진지 사 년이 벌써 지나갔도다
四. 해외에 나온 우리 동포야 괴로우나 즐거우나 우리 마음에
　　와신상담 잊지 말고 원수 갚을 준비하여봅시다
五. 두망 건너를 살펴보오니 금수강산은 빛을 잃었고
　　신선한 단군자손 우리 동포는 저 놈에 철망에 걸려 있고나
六. 서리 아침 바람에 이 고생함은 한반도를 위함이로다
　　너와 나와 서로 만아 볼 때는 독립 년밖에 다시없고나
　　　　　　　　　　— 「조국생각」, 『창가집』-1914. 국가보훈처, 1996.

　나라를 잃어 강과 하해(바다)를 티끌처럼 떠돌며 고생하고 있지만 와신
상담 잊지 말고 원수 갚아 너와 나와 서로 만날 그날(독립)이 속히 오기를
고대하고 있다.

36. 임시정부 〈독립신문〉·1

이 자료들은 1919년 중국 상하이에서 발간된 〈독립신문〉에 게재된 항일·애국시가들이다. 이 신문에 독립군들의 활동상과 '대한민국'이라는 국호(國號)와 〈대한민국임시헌장〉을 헌법으로 공표하면서 이때부터 '대한민국'이라는 국호가 정식으로 채택되어 지금에 이르고 있다.

1. 〈독립신문〉(1919.8.21 - 1925)
- 70여 편의 항일 애국시가들이~민족의 참상과 독립의지 불 태워

1919년 8월 21일 중국 상하이의 프랑스 조계 안에 있는 대한민국 임시정부에서 기관지로서 1925년까지 총 189호를 발간했다. 안창호의 발의와 김석황. 최명우 등의 협조로 시작하여 사장 겸 편집부장에 이광수(李光洙), 기자로는 조동우, 차이석, 경리는 이영렬이 맡았으나 후엔 김승학, 박은식 등이 참석하여 사장과 주필을 이었다.

이때 국내에선 『창조』, 『개벽』, 『폐허』 등의 퇴폐적 허무와 감상의 문학으로 굴절되어 갈 때 상해에서 발간된 이 『독립신문』에선 국내문학에서 볼 수 없던 민족의 참상과 독립의지를 불태우고 있었다.

노래하라 노래하라 성대가 터지도록/ 춤추어라 춤추어라 사지(四肢)가
다하도록/오늘에 자유가 왔나니/ 오늘에 정의의 해 빛나나니/ 배달의
자손들아/ 배달의 자손들아

울리어라 울리어라 천지가 진동토록/ 날리어라 날리어라 日月이 가리
도록/ 오늘이 첫 기쁜 날이니/ 오늘이 억만대 전할 날이니/ 배달의 자손
들아/ 배달의 자손들아

넓히어라 넓혀라 하늘이 주신 복토/ 퍼지어라 퍼지어라 조물(造物)이
택한 백성/ 영원히 생명 세운 날이니/ 영원히 새영광 비치우리니/ 배달
의 자손들아/ 배달의 자손들아
　— 해일(海日) , 「독립일」, 〈독립신문〉- 제2호. 1919.8.26.

독립운동가 최해(崔海 1895-
1948), 일명 해일(海日)

　'해일(海日)'의 본명은 최해(崔海1895-1948), 경
북 울진 출신으로 신흥 무관학교를 졸업하고
1919년 김좌진 장군 등과 함께 청산리 전투에
서 혁혁한 공을 세운 독립운동가이다. 3.1운동
이 실패로 돌아가자 1919년 4월 10일 상해에
모여 '대한으로 망했으니, 대한으로 흥하자'는
뜻으로 나라이름을 '대한민국'으로 정하고 4월
11일 대한민국 임시정부를 수립하였다. 이후,
러시아의 '대한국민회의'와 국내에서 수립된 '한성정부'가 1919년 9월
11일 '상해 대한민국 임시정부'로 통합되었다. 위 시 「독립일」은 아마도
통합 정부 출범 직전에 쓴 축시가 아닌가 한다.

아아 이 날/ 반만년의 신성한 역사가/ 아아 이 날/ 이천만의 귀여운 생
령이/ 암흑의 첫덤*을 쓰단 말가/ 천고의 누취(陋臭)를 남긴단 말인가

십 년의 고초/ 오오 조국강산/ 얼마나 그대의 가슴 우에/ 피눈물 자최가 남았느뇨/

아아 몇 번이나/ 단장의 곡성이 울리었느뇨 / 가련한 노예의 가련한 노예의/ 자유가 늑탈된 이 날/ 정의가 유린된 이 날/ 오오 이 날을/ 한배(韓倍)의 자손들아/ 곡(哭)하여 새우리/ 억만대 뉘우치리

오오 이 날/ 한배(韓倍)의 자손들아/ 혈(血)을 바치라 육(肉)을 바치라/ 조국을 위하야 조국을 위하야/ 아직도 악독한 서움놈*은/ 칼을 품나니 독약을 붓나니

— 해일(海日), 「아아 경술 8월 29일」, 〈독립신문〉 - 제3호. 1919.8.29.

* 첫덤: 처음으로 더러움을 뒤집어썼다는 뜻인 듯하다. ㅇ.서움놈: 섬놈, 즉 日人.

가련한 노예로 자유가 늑탈된 이 날(경술국치1910년 8월 29일), 한민족의 자손들아, 혈(血)을 바치고, 육(肉)을 바쳐, 악독한 섬놈(日人)을 몰아내자 곡(哭)을 울리고 있다.

2. 역사의 운명(隕命)을 조상(弔喪)하는 날
 — 우리는 땅 위에 엎디어 울었노라

종소리가…… 어둠 속에 비통한 종소리가…… 영광 있는 역사의 운명(隕命)을 조상(弔喪)하도다. 오오 나라의 한아버지들 우리가 차고 빛 없는 땅위에 상(傷)하야 엎드리는 때

— 중략 —

우리는 땅 위에 엎디어 울었노라 괴인 눈물은 심장을 무겁게 하며……

우리는 하늘을 우러러 이를 갈았노라. 풍결에 떠는 사시나무같이 몸부림하며……

1924년 독립신문 사장 박은식 선생

오오 나라의 한아버지들아. 조국이 없어지는 그날부터 우리몸을 벌거
벗기는 그날부터……

그러나 지금 우리는 눈물을 가다듬었노라. 일어섰노라. 오직 이때에
기다리는 새벽이 그 빛과 함께 오나니… 그러하다 지하의 영령이여 당
신의 남긴 영광이 九年 後에 아픔과 눈물의 九年 후에 이 땅위에 이 자손
위에 오오 이 날에 원수갚는 싸움 위에 빛나나이다
— 해, 「오오 나라의 한아버지들」에서, 〈독립신문〉 1919.10.28.

사 천년 역사의 목숨이 끊어지는 운명(殞命)의 날, 우리는 땅 위에 엎디
어 울었고, 하늘을 우러러 이를 갈았다. 그러나 지금 우리는 눈물을 가
다듬고 일어서 새벽을 기다린다. 해(日)를 기다린다.

三角山 마루에/ 새벽빛 비출 제/ 네 보았냐 보아/ 그리던 태극기를/ 네
가 보았냐냐
죽은 줄 알았던/ 우리 태극기를/ 오늘 다시 보았네/ 자유의 바람에/
태극기 날리네
— 중략 —
대한국 만만세/ 갑옷을 입어라/ 방패를 들어라/ 늙은이 젊은이/ 머시

대한민국 임시정부 독립신문 창간호(1919년 8월 21일)　　대한민국 임시정부에서 발행한 〈독립신문〉

　마나 가시나

　하나이 되어라/ 태극기 지켜라/ 귀하고 귀한 국기/ 온 세계 백성이/
다 모여들어

　우리의 태극기/ 건드리지 못하리/ 대한사람들아 일어나/ 나가나가/
태극기를 지켜라

　　　　　　　—「태극기」에서, 〈독립신문〉- 제 30호. 1919.11.27.

　머시마나 가시나나 온 백성 다 모여 들어 우리의 태극기 건드리지 못
하게 대한 사람들아 일어나 태극기를 지키자고 한다.

　신대한의 국민들아/ 독립신문 애독하소/ 강개한 우리 맘에/ 독립심이
깊어지네

　그의 필봉 무사하여/ 매국적자 토죄하고/ 그의 필봉 지공하여/애국지
사포장(襃奬)하네

우리들의 獨立社는/ 우리동포 혈맥이오/ 우리들의 독립신문/ 대한독
립 기초일세
　애독하소 애독하소/ 독립신문 애독하소/ 기쁘고도 고마웨라/ 우리들
의 獨立社여
　　　　　　— 박지붕, 「애독독립신문, 〈독립신문〉- 제 37호. 1920.1.13.

　박지붕(朴址朋)은 임시정부 사료편찬위원으로서 독립신문이 매국적자
들을 토죄(討罪)하고, 애국지사들을 장려(포장)하는 우리동포들의 혈맥이
요, 독립의 기초임을 강조하면서 동포들에게 애독 권장하고 있다.

대한민국 임시정부 국무원 성립 기념(1919,10,11) 앞줄 왼쪽부터 신익희, 안창호, 현순,
뒷줄 김철, 윤현진, 최창식, 이춘숙이다.

37. 임시정부 〈독립신문〉·2
─ 독립군들의 고취(鼓吹)에 후지산 솟은 봉이 무너지노나

이 자료들은 1919년 중국 상하이에서 발간된 〈독립신문〉에 게재된 시가들이다. 이 신문은 임시정부의 기관지로서 한국 독립의 당위성과 일본의 만행과 독립군들의 활약상을 널리 알리면서 항일·애국의 민족혼을 불태우고 있었다.

1. 나아가세 독립군아 한 호령 밑에
─ 돌풍같이 물결같이 달려 나가세

나아가세 독립군아 어서 나가세/ 기다리던 독립전쟁 돌아 왔다네
이 때를 기다리고 십 년 동안에/ 갈았던 날랜 칼을 시험할 날이
나아가세 대한민국 독립군사야/ 자유독립 광복할 날 오늘이로다
정의의 태극기발 날리는 곳에/ 적의 군세 낙엽같이 쓰러지리라
─ 중략 ─
탄환이 빗발 같이 퍼붓더라도/ 창과 칼이 네 앞길을 가로막아도
대한의 용장(勇壯)한 독립군사야/ 나아가고 나아가고 다시 나가라
최후의 네 핏방울 떨어지는 날/ 최후의 네 살점이 떨어지는 날
네 그리던 祖上 나라 다시 살리라/ 네 그리던 자유 꽃이 다시 피리라

— 중략 —

독립군의 날랜 칼이 빗기는 날에/ 현해탄 푸른 물이 핏빛이 되고
독립군의 벽력같은 고취(鼓吹) 소리에/ 부사산(富士山) 솟은 봉이 무너지
노나

나아가세 독립군아 한 호령 밑에/ 돌풍같이 물결같이 달려나가세
하나님의 도우심이 우리에 있고/ 조상의 신령께서 인도하리니
원수군세 山과 같고 구름 같아도/ 우리 발에 티끌같이 흩어지리니
영광의 최후 승리 우리 것이니/ 독립군아 질풍같이 달려 나가세
　　　　　　　　—「독립군가」·1, 〈독립신문〉 제 47호. 1920.2.17.

　경술국치로 나라를 빼앗긴 지 10년이 지난 오늘, 그동안 와산상담, 갈
고 닦았던 날랜 칼과 태극기를 높이 들고 적의 무리 앞에 돌풍 같이 달

대한민국 임시정부 주석 백범 김구(1876-1949)

려가는 독립군들의 용장
(勇壯)한 위세와 충천한 사
기를 찬양하고 북돋아 주
고 있다.

　'탄환이 빗발 같이 퍼붓
더라도', 벽력같이 달려가
는 독립군들의 말발굽 소
리와 북소리에 '현해탄의
푸른 물이 핏빛이 되고'
일본의 후지산(富士山) 봉우
리도 무너질 것이니, 하나
님과 조상의 신령님들도
우리의 승리 도와주시리
라 기원하고 있다.

2. 아, 아, 아 날 한양성의 만세 소리
— 이 땅에 기쁨으로 새빛 맞도다

어두운 밤의 막이 열린다/ 새 빛을 띤 해가 동산에 떠오른다
아아 이 날에 한족(韓族)이/ 열광의 기쁨으로 새 빛을 맞도다
삼천리 산과 들에 서기가 차고/ 삼천만 살과 뼈에 선혈이 뛰도다
영원히 이 땅에 광명을 비최일/ 영원히 이 몸에 대어줄 / 3월 1일의 새 빛

자는 者여 아침이 이르렀다/ 갇힌 者여 옥문(獄門)을 깨뜨리라
아아 이 날에 한족(韓族)이/ 붉은 피로 자유를 부르짖는도다
삼천리 풀과 나무 이천만의 힘살이/ 뜨거운 만세로 떨리도다

대한민국 임시정부 요인(앞줄 중앙-백범 김구)

창으로 찌르라 총으로 쏘라/ 아아 이 날에 한족의/ 불같은 용기가 나
타나도다

그 목숨이 없어지는 마지막 순간에/ 그는 락원에 노래하는 자손을 보
도다

— 유영(柳榮), 「새빛」에서, 〈독립신문〉- 제 49호. 1920.3.1.

유영(柳榮)은 1920년 3월 1일을 맞이하여 대한민국 임시정부 상해 〈독
립신문〉에 한민족의 독립과 해방을 다시 부르짖으며 독립운동을 전개
하였다.

거룩한 싸움 의로운 싸움/ 어느덧 일년이로다/ 지하의 의로운 영령
철창에 자는 용사/ 그러나 안심하소서/ 안심하소서
자유의 햇빛이 정의의 깃빨이/ 새 영광 발(發)할 날 머지않나니

노예의 쓰라림/ 압박 악형 학대/ 아아 생각만 하여도 소름이 끼친다
내 아우 채우든 모양/ 내 누의 끌리어가든 모양/ 내 부모의 여인 혼/
아아 아직도 이 눈에 암암하다 죽어도/ 이 천반(韉絆: 말안장 끈)은 면하고
말리라/ 면하고 말리라

천만번 다시 죽어도/ 독립은 하고야 말리라/ 온 천하 다 막아도/ 독립
은 하고야 말리라/ 삼천리 피위에 뜨고/ 이천만 하나도 안 남아도/ 독립
은 하고야 말리라/ 하고야 말리라

이 가슴 뛰는 피 정의의 피/ 이 팔뚝 흐르는 피 자유의 피/ 이 피를 뿌
릴 때/ 오오 이 피를 뿌릴 때/ 영광의 무궁화/ 다시 피리라/ 그리운 조국
강산/ 환희에 차리라

— 김여(金輿), 「3월 1일」에서, 〈독립신문〉- 제 49호. 1920.3.1.

도산 묘에서 김여제(왼쪽)

김 여(金輿)의 본명은 김 여 제(金輿濟:1895-1968), 2.8 독립선언 후 상해 임시정부 〈독립신문〉 편집위원으로 3.1 독립만세 1 주년을 맞이하여 그 날에 부르짖던 함성과 의기가 우리 한민족에게 열광의 기쁨과 새빛(광복)으로 솟아올라 사그라지지 않는 독립의지를 불태우고 있다.

'내 아우의 손목에 수갑을 채우던 모양', '내 누이가 끌려가던 모습'을 떠올리면서 '천만 번 죽어도/ 독립을 하고야 말리라' 다짐하며 독립의지를 다지고 있다.

3. 고향에 피던 꽃, 여기도 핀다
― 아아, 언제나 돌아가리

고향에 피던 꽃 여기도 핀다/ 고향에 울던 새 여기도 운다
다같이 사람이 생활하는 땅/ 어데나 순간의 쾌락 없으련만은
고향의 꽃눈에 띄울 때/ 고향의 새소리 귀에 울릴 때
이 가슴 그리워 터지려 한다/ 아아 언제나 돌아가리

山넘고 물넘어 저기 저 멀리/ 아침 햇빛 빛나는 저기
나 그리는 무궁화 피는 저기/ 비록 빈곤의 설움이 있다 하여도
때로 불의의 재난이 온다 하여도/ 쓰던 달던 내 살림살이
아아 언제나 돌아가리

가는 비 창외(窓外)에 삽삽(霎霎)히 올 때/ 밝은 달 창공에 솟아오를 때

고향의 옛 기억 더욱 새로워/ 오고 가는 바람비에 나의 초옥(草屋)은
얼마나 더 무너졌으며/ 반백(半白)이 더 넘은 나의 부모는
얼마나 백발이 더 하였으랴/ 아아 언제나 돌아가리

먼길에 피곤한 몸 풀우에 누워/ 무심히 바라보는 北녘 하늘 우
흰 구름 두어 덩이 불리어 간다/ 아아 저 밑에 나의 님 계시련만은
저 밑에 나의 동산 푸르련만은/ 저 밑에 나의 샘 흐르련만은
아아 언제나 돌아가리
— 김여(金輿), 「향수(鄕愁)」에서, 〈독립신문〉- 제 75호. 1920.5.11.

이국만리 타국에서 풍천노숙하다 보니 비록 빈곤의 설움과 불의의 재
난이 온다 해도 부모형제 계시는 고향 뒷산과 맑은 샘터 그리고 뒷동산
에 떠오르던 밝은 달이 그리워 눈물을 흘리는 독립투사들의 모습이 눈
에 선하다.

김여제(1895-1968)

'김여(金輿)'의 본명은 김여제(金輿濟). 평
북 정주 출생으로 자유시의 효시로 꼽히는
「불놀이」의 시인 주요한이, 실상 김여제라
고 함으로써 주목을 받았다. 김여제는 '해
일(海日)', '해', '김여(金輿)'라는 필명으로 〈
독립신문〉에 총 7편의 시를 발표하였는데,
「독립일」, 「아아 경술 팔월 이십구일」, 「오
오 나라의 한아버지들」, 「추석」, 「아아 내
나라」, 「3월 1일」, 「향수」 등이다. 김여제
가 스스로 회고하기를 이 작품들은 "설움이 복받칠 때마다, 분노가 끓어
오를 때마다, 조국을 향해 울부짖은 단장의 곡성이요, 분노의 절규"라고
했다. 1993년 "우리나라 자주독립과 국가발전에 이바지한" 공로로 건
국훈장 애족장이 추서되었다.

38. 임시정부 〈독립신문〉·3

— 1920년 간도 조선족 대 참살

이 자료들은 1919년 중국 상해에서 발간된 〈독립신문〉(1919-1925)에 게재된 시가들로서 간도 지역에 살고 있던 조선족과 독립군들의 참상을 여실하게 고발하고 있다.

1. 1920년 10월 훈춘사건(琿春事件)

국내에서 3·1 운동이 일어나자 간도의 한인사회도 이에 호응하여 무장독립운동 세력들이 이곳으로 속속 결집하여 1920년 6월 봉오동전투에서 일본군을 물리쳤다. 이에 일본군은 1919년 10월 2일 중국의 마적단을 이용한 소위 '훈춘사건(琿春事件)'을 조작하여 10월 중순부터 2만여 명의 군대를 출병하여 '간도지방 불령선인(不逞鮮人) 초토작전'에 들어가 수천 명에 달하는 조선인들을 무참하게 학살하였다.

> 20년(年) 시월지변(十月之變)에/ 무도한 왜병의 손에/ 타죽고 맞아 죽은 3000의 원혼아/ 너의 사체를 묻어줄 이도 없고나/ 너희에게 무슨 罪 있으랴/ 망국백성으로 태어난 죄/ 못난 조상네의 끼친 蘗을 받아/ 원통하고 참혹한 이 꼴이로고나/ 무엇으로 너희를 위로하나/ 아아 가엾는 삼

천의 원혼(怨魂)아/ 눈물인들 무엇하며 슬픈 노랜들/ 너희의 원통을 어이
할 것인가/ 원혼아! 원혼아!/ 소리가 되어 외치고 피 비가 되어/ 꿈꾸는
동포네의 가슴에 뿌려라/ 너희 피로 적신 땅에/ 태극기를 세우랴고
　　　　　　　— 춘원, 「三千의 원혼」, 〈독립신문〉 제87호. 1920.12.18.

　　1920년 춘원 이광수는 중국 상하이 임시정부와 간도 그리고 연해주
를 오가며 일본군에 의해 무참하게 살육당한 동족들의 처참한 원혼을
위로하며 망국백성으로서의 슬픔을 위와 같이 애통해 하고 있다.

　　불쌍한 간도 동포들/ 三千名이나 죽고
　　수 십 년 피땀 흘려 지은 집 / 벌어들인 양식도 다 잃어버렸다
　　척설(尺雪)이 쌓인 이 치운 겨울에/ 어떻게나 살아들 가나
　　번히 보고도 도와줄 힘이 없는 몸/ 속절없이 가슴만 아프다/ 아아 힘!
　　왜 네게 힘이 없었던고/ 내게도 없었던고/ 아아 왜 너와 내게 힘이 없
었던고
　　나라도 잃고/ 기름진 고원(故園)의 복지(福地)를 떠나
　　삭풍에 살 길을 찾던/ 그 둥지조차 잃어버렸고나
　　오늘 밤은 江南도 치운데/ 長白山 모진 바람이야
　　오죽이나 치우랴/ 아아 생각하는 간도(間島)의 동포들
　　　　　　　— 춘원, 「간도 동포의 참상」, 〈독립신문〉- 제 87호. 1920.12.18.

조선인 대 참살(1920년대 훈춘)

1920년 봉오동 전투와 청산리 전투에서 승리하였음에도 불구하고 이후 일본군은 간도지방 일대에 사는 조선족을 닥치는 대로 학살하였다. 이러한 조선족들의 참혹한 현장을 목격하면서 그것을 그대로 바라볼 수밖에 없는 자신의 무력함을 원망하며 가슴아파하고 있다.

독립군 처형 장면

2. 슬프다 순국하신 여러 동지야
— 兄님들의 방명(芳名)은 영생(永生)하리라

  1. 슬프다 순국하신 여러 동지야/ 나를 두고 兄님네는 먼저 갔고나

     兄님아 장래 사업 어찌 하고서/ 오늘 날 이 지경 웬일인가

  2. 끓난 피 콸콸 흘러 육신 떠날 적/ 그때 정형(情形) 생각사록 애통코나

     국가와 동족 위해 생명 잃은 것/ 형제야 자매야 생각하느냐

  — 생략 —

  5. 압록강 건너가서 왜적 멸하고/ 兄님들의 육체 부여안고서

     충의단 올라가서 위문할 날이/ 천리가 있으면 속히 오리라

  6. 우리는 육체로서 적과 싸우고/ 형님들은 정령(精靈)으로 음조(陰助)하여서

     세계상 인도정의 부활시키고/ 무도한 왜노죄(倭奴罪) 성토하리라

  7. 이 동생 한 말로써 부탁하난 것/ 형님들의 죽음은 죽음 아니고

반만년 조국 역사 빛나는 날에/ 형님의 방명(芳名)은 영생하리라

— 죽림,「추도가-洪植 外 六義士를 위하야」, 〈독립신문〉 제 92호.

1921.2.5.

위 시에서 필명 '죽림(竹林)'은 국가와 동족을 위해 광복군으로 활동하다 순국하신 '홍식(洪植) 외 육의사(六義士)'를 추모하며 우리는 형님의 뒤를 이어 육체로써 적과 싸울 터이니 죽어서라도 형님들은 정령(精靈)으로 우리를 도와 달라 부탁하고 있다.

아아_거친 풀 조약돌 덮인 무덤/ 이것이 선생의 영면(永眠)하시는 나중 옛 집

아_고국강산을 길게 꿈하는 선생의 누움/ 찾는 나의 발자취 소리를 못 들으시도다

아부룩한 두어 적은 새가 때때로 조상할 뿐이오/ 고목(古木)새로 새어 오는 전광(電光)이 밤을 벗하였도다/ 수풀에서 울려 나오는 불여귀의 슬픈 노래/ 나의 가삼이 칼로 썸보다도 더 쓰리다.

안태국 선생 빈소 사진

방울방울 떨어지는 눈물이 무덤을 적셔도/ 느낌이 많던 先生 ! 한 번도 앎이 업고나

　　지구의 무릎을 벼개하고 안면(安眠)하는 선생/ 흑흑 느껴 우는 나의 울음 못 들으시네

　　선생의 여한을 아직 풀어 씻지 못하고/ 아득한 앞길을 밟고 방황하면서

　　위자(慰藉)를 얻고져 선생을 찾은 이 몸이/ 아울러 같이 뫼서 쉼을 바랄 뿐이로다.

　　아아_ 선생_ 선생이 살아 계실 때에는/ 귀여운 것 자유 사랑하시던 것 반도 뿐이었소/ 선생은 철창(鐵窓) 속에서도 그것을 만나 보시려고/ 선생은 아픔과 쓰림에서도 그것을 찾으려고

　　맨 나중에 백골까지 이 땅에 버리고 가신 선생/ 당신의 령(靈)은 반도에서 아직 그것을 찾고져 하리라./ 아아 선생 ─선생의 로골(露骨)을 파 어깨에 엇매고서/ 꽃다운 우리 동산에 갈 날이 언제일까요? 선생님

　　　　　　　　　　　— 쇠큰못*,「故東吾안태국* 先生의 무덤을찾으면서」,

　　　　　　　　　　　　　　　〈독립신문〉 제1호, 1921.4.2.

　　위 시의 저자 '쇠 큰 못'은 '김태연(쇠金, 클泰, 못淵)을 석독(釋讀)해서 쓴 별호인 듯하고, 동오(東吾) '안태국(安泰國)' 선생은 신민회 활동으로 옥고를 치르고 만주(북간도 혼춘)에서 독립만세운동을 주도하였으며, 3.1 만세운동 이후 상하이로 와서 임시정부에 참여하였으나, 1920년 4월 고문 후유증 등으로 병사하였다. 그의 일 주기 추도식을 상해 임정(臨政) 인사들이 모여 그 해 4月 11日에 항거했다.

독립운동가 김태연 지사

저 바람소리/ 장백산 밑에 불지를 말어라
집 잃고 헐벗은 오십만 동포는/ 어이 하란 말이냐

저 바람소리/ 인왕산 밑에는 불지를 말어라
철창에 잠 못 이룬 國士네의 눈물은/ 어이하란 말이냐

저 바람소리/ 만주의 벌에는 불지를 날어라
눈 속으로 쫓기는 가련한 용사들은/ 어이하란 말이냐

저 바람소리/ 江南의 잎 떨린 버들을 흔드니
피눈물에 느끼는 나의 가슴은/ 어이하란 말이냐
　　　　　　　— 춘원, 「저 바람소리」, 〈독립신문〉 제87호. 1920.12.18.

대한민국 임시정부 3년(1922년) 3월 1일

39. 임시정부 〈독립신문〉·4

　중국 상해에서 발간된 〈독립신문〉은 독립운동을 격려하고 자립정신을 고취하는 한편, 상해에 거주하고 있는 1000여 명의 교민들을 한데 묶는 정신적 구심체 역할을 하였다.

1.애처로워라 원수의 폭학(暴虐)은 나날이 더한데
― '울고 울고 헤매이는/ 이천만의 동포 형제'

　애처러워라/ 우리 독립군/ 무성한 풀밭에서/ 괴로운 잠 자고/ 쓰린 배(服)를 얼마나 쥐어뜯더니

　애처러워라/ 山 밝고 물맑은 네 祖上나라/ 잊지 못하리라 잊지 못하리라
　달이 고요한 그 때나/ 비 소리 요란한 그 때나

　애처러워라/ 저 ― 청산과 백운 밖에서/울고 울고 헤매이는

독립군의 모습

二千萬의 동포 형제가 있는 줄을/ 잊지 못하리라 잊지 못하리라

애처러워라/ 원수의 폭학은 나날이 더한데/ 우리의 선도인 두령자(頭
領者)들 묻노니
어찌려나 어찌려나/ 가슴 답답 속 터지련다
— 경재(璟載), 「애처로워라」, 〈독립신문〉 제131호. 1922.7.1.

'경재(璟載)'는 독립운동가 '김경재(金璟載)'가 성을 감춘 필명인 듯하다.
경재는 황해도 해주 출신 사회주의 운동가로 1919년 12월 조선독립운
동 기관인 '향촌회(鄕村會)'를 조직하고, 1922년 상해 〈독립신문〉과 〈신
한공론(新韓公論)〉 주필을 역임했다.

웬일이냐/ 저 아이는 왜 울어/ 감옥에 있는 아버님 생각/ 간절해서 운
다해요
웬일이냐/ 저 집의 소동이/ 독립운동에 관계있다고/ 왜놈이 와서 가택
수색 !
그래서 소동이래요.
웬일이냐/ 저 부인은 어디를 급작이!/ 철창 속에 있는 남편에게/ 의복
차입하려고
그래 급작이 간대요
웬일이냐/ 개화(開化) 몽둥이 든 자가 내 집에/ 고문치사(拷問致死)된 사
람 위해/ 말 한마디 못하는 변호사 놈/ 착수금이나 내라고 왔대요.
— 「웬일이냐」, 〈독립신문〉 제135호. 1922.8.1.

1920년 대 일제의 학정에 시달리고 있는 동족들의 실상이 여실하게
폭로되고 있다. 감옥에 갇혀 있는 아버지와 아이들의 울음, 그를 뒷바라
지하며 전전긍긍하는 아내, '개화(開化)'라는 미명하에 고문치사를 일삼

(一) 第一百九十八號　　독립신문　　大韓民國八年十一月三十日

半萬年歷史의
權威
三千萬同胞의
誠忠

旬刊
독립

（第一百九十八號）

發行所　獨立新聞社
印刷所　南京〇〇社
通信處　上海郵務信第二百二號
韓　鍚　新

定價　每部一角　每月二角
　　　半年一元　一年二元
廣告料　一行三角　老行另議

統一機運이 圓熟될때에
右哉

一

二

三

四

는 왜놈들과 오히려 그들의 앞잽이가 되어 착수금을 뜯어내는 변호사들의 비행 등이 낱낱이 고발되어 사실감을 더하고 있다.

　어느 날인가 몹시도 더운 날/ 나는 온갖 번민을 박멸코저/ 더듬더듬 공원에로 찾아 갔었다.

　남루에 쌓이었고 눈물에 묻힌/ 한 거지가 집에는 칠십 노모가 있고/ 배고파 우는 어린 아이의 애원/ 차마 듣고는 있지 못하겠다고/ 나에게 洞鈴을 청하였었다/ 그는 일찍이 어느 공장에서/ 품팔이하여 온 식구가 살아왔지요/ 설상가상이어라
　기계에 손이 상해서 그것조차 불능이라고
　— 생략 —
　나는 의낭(衣囊: 허리에 찬 주머니)을 뒤져 보았다/ 지갑도 시계도 손수건까지도…
　아무것 하나도 아니 가졌었다/ 아 ! 거지는 아직도 손을 내어 밀고
　무엇 주려니 고대하고 있었다/ 떨리기 시작하였다. 떨린다. 그의 손은

　나는 황망하였었다. 할 수 없이/ 그의 더러운 손을 꼭 쥐었다.
　「兄아 ! 용서하여라. 나는 공교히/ 아무것 하나도 가진 것이 없다.」

　거지는 눈물이 그렁그렁한 눈으로/ 나를 보았다. 그리고 싱긋 웃어 주었다.
　그도 차디찬 손으로/ 나의 손을 힘 있게 쥐여 주었었다./ 「아니올시다. 황송하외다. 이것만해도 감사합니다.」/ 아! 이때 나의 가슴은 얼마나?

(8월 16일 N공원에서)

　　— 경재(璟載),「걸인(乞人)」에서, 〈독립신문〉 제140호. 1922.9.20.

1920년 1월 1일 대한민국 임시정부 신년축하회

어느 날 공원에서 우연히 만난 거인, 집에는 칠십 노모가 있고, 배고파 우는 어린 아이, 그러나 공장에서 일하다 팔이 잘려 거리로 나와 걸인이 되었다. 그 걸인의 간절한 구걸에도 가진 게 없어 아무 것도 줄 수 없는 자신을 용서하라면서 가슴 아파하는 지사의 뜨거운 인간애가 오히려 눈물겹다. 그러나 상해에서 사회주의를 접하고 이후 국내로 돌아 온 후부터는 사회주의 운동에 매진하였다.

2. 만고의 대 치욕을 당한 날부터
─ 순국한 제현(諸賢)들이 접종(接踵: 뒤를 따름) 하였네

서백리(西伯里)아와 만주 뜰 험산난수(險山難水)에/ 결심 품고 다니는 우
리 독립군
천신만고(千辛萬苦) 모두 다 달게 여기며/ 눈물 땀을 뿌림이 그 얼마인가

몽고 사막 내부는 차디찬 바람/ 사정없이 살점을 떼갈 듯한데
삼림 속에 눈 깔고 누워 잘 때에/ 끓는 피가 더욱이 뜨거워진다

지친 다리 끌며 보보전진(步步前進)코/ 주린 배를 띠 졸라 힘을 도웁네
무정하다 세월은 흘러가건만/ 목적하는 큰 사업 언제 이루랴

무모형제 처자를 이별하고서/ 십 여 년을 이같이 생활하다가
무궁화 가 봄 만나 다시 필 때에/ 우리 즐거움 따라서 무궁하리라.
　　　　　　　— 「독립군」, 〈독립신문〉 제143호. 1922.10.21.

　서백리아(시베리아)와 만주 벌 험한 산수에 독립의 뜻을 품고 풍찬노숙하는 우리 독립군들의 눈물과 땀을 위로하면서 세월은 무정하게 흘러가건만 목적하는 그 독립 사업이 언제 이루어질까? 걱정하고 있다. 형제 처자 버리고 집을 떠 난지 10 여 년, 광복 되는 그날만을 학수고대하고 있는 독립군들의 고난사가 그대로 드러나 있다.

독립군들의 모습

　반만년 길게 오는 우리 역사가/ 국수(國粹)를 보안코자 목숨 바리신/ 지사와 인인(仁人)들의 피로 묵(墨)삼아/ 기록한 페이지 페이지 꽃송이이로다.

　이 역사 우리 맥(脈)에 뿌리 박히고/ 그 꽃이 우리 몸에 열매 되어서 만고의 대 치욕을 當한 날부터/ 순국한 제현들이 접종(接踵: 뒤를 따름)하였네

　제현의 끓는 피가 우리 가슴에/ 뜨거운 눈물 되어 솟아오를 때

우리 몸 희생 삼아 추도 제단에/ 알뜰이 바치오니 받으시소서

— 우(雨), 「순국제현 추도가」 〈독립신문〉 1923.1.31.

소남 이일우(1870-1936)

　본명은 이일우(李一雨), 대구에서 국채보상운동을 벌인 주도자. 반만년 길게 이어 오는 우리 역사의 정통성과 우수성을 보안코자 순국한 애국지사들을 추도하면서, 제현들의 끓는 피가 우리의 가슴에 눈물이 되어 추도 제단에 우리 몸 기꺼이 바치겠노라 다짐하고 있다.

40. 임시정부 〈독립신문〉·5
― 하느님이 무심하랴/ 갚을 날이 멀지 않소

상해 임시정부는 이념과 출신지역에 따른 파벌로 인해 갈등을 겪고 있었다. 외교독립론을 주장한 이승만계, 무장독립론을 주장한 박용만계, 실력양성론을 내세운 안창호계로 대립되어 있었다.

1. 상해 국민대표회 선언서

상해국민회의에서는 1923년 2月 19日, 그동안 여러 단체로 분열되어 있던 독립운동 단체들을 하나의 협회로 통합하여 일사분란하게 조국의 독립을 위해 투쟁하기로 뜻을 모으면서 다음과 같이 선언식을 거행했다.

"본 국민대표회의는 2千만 민중의 공의(公意)를 체(體)한 국민적 대회합으로 최고의 권위를 장(仗)하야 국민의 완전한 통일을 견고케 하며 광복 대업의 근본 방침을 수립하야 이로써 오족(吾族)의 자유를 만회하며 독립을 완성하기를 기도하고 자(玆)에 선언하노라."

이천만의 각오로 열린 이 모둠/ 반만년 역사상에 처음 일이니
쌓였던 감격과 모든 허물을/ 동정의 손을 잡아 다 없이 하라

오늘부터 나가는 우리 앞길은/ 튼튼한 신궤도에 화목스럽게

잃었던 조국과 너의 자유를/ 어서 급히 찾음도 이에 있도다.

4255.12.25.

— 생(生), 「축하가」, 〈독립신문〉 제155호. 1923.2.7.

　'국민대표회'는 1923년 임정(臨政)을 '개조'하느냐 '창조'하느냐로 대립되어 이 문제를 토론하기 위해 해외 독립운동자들이 상해에서 모여 '국민대회'를 개최한바 있었다. 여기에서 그들은 그동안의 허물을 다 덮고 이 천만 동족이 오로지 하나의 소망 '잃었던 조국을 다시 찾는' 그 일심으로 화목하게 뭉치자 다짐하고 있다.

　『밝은 해가 뜨는 곳에/ 어둔 살이 못하여라

　붉은 피가 뛰는 남아/ 종의 명에 못 매어라!』

　　　　○　　　○　　　○

산 높고 물 곱은 한반섬1) 이/ 현해탄 독한 물에 들빠질 때

아 ! 돌아가신 의로운 혼(魂)이여!/ 매도 옥(獄)도 가리지 않고

오직 그만 건지고져……/ 살을 헤치고 피 뿌리며

오직 그만 건지고져……/ 「동해물과 백두산이 마르고 닳도록

조상의 끼친 터전 기리 보전하리라!」

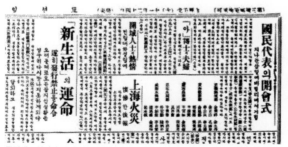

국민대표회의가 비밀리에 개회된 사실을 알리는 〈조선일보〉 1923년 1월 10일자 기사

○　　　○　　　○

아침빛 밝고 고은 한반섬이/ 세섬 이리떼2) 발에 헷찍힐 때

아 돌아가신 거룩한 혼이어/ 총도 칼도 두려 않고

오직 그만 구하고저……/ 「이 몸이 죽고 죽어 백(魄)이야 있건 없건

나라를 위한 마음 가실 길 있으랴!」

○　　　○　　　○

이천만의 생존 위해/ 반만년의 영예 위해

아 돌아가신 위장(偉壯)한 혼이여 !/ 뼈에 새기노이다

당신의 붉은 뜻을 ……/ 당신의 자유정신!

「살아 남의 종됨보다 차라리 죽어 자유혼을!」

○　　　○　　　○

「밝은 해가 뜨는 곳에/ 어둔살이 못하여라

붉은 피가 뛰는 남아/ 종의 멍에 못 매어라!」

　　　二月 五日 상강(湘江) 언덕에서

　　　　　―ㅂ참, 「내 너를 위하여」, 〈독립신문〉 제160호. 1923.5.2.

관동 대지진 직후의 도쿄의 아사쿠사(淺草)

저자가 실명을 밝히지 않고 'ㅂ참'으로 가명을 쓰고 있다. 1)한반섬: 한반도, 2)세섬 이리떼: 3개 섬(島)에 사는 이리 같은 일본 종자들을 일컫는 말이다. 그러면서 아!, 우리가 오늘, 매 맞고 살 헤치고 피 뿌리며 옥에 갇혀 있어도, 그것은 '살아 남의 종됨보다 차라리 죽어 자유혼을!' 찾고자 함임을 천명하고 있다.

2. 아프고도 분하도다/ 원수에게 죽은 동포
  ― 하느님이 무심하랴/ 갚을 날이 멀지 않소

독사 여우 겸한 원수/ 제 죄로써 입은 천벌
지다위1)를 받은 우리/ 참혹할사 이 웬일가

(후렴)
아프고도 분하도다/ 원수에게 죽은 동포
하느님이 무심하랴/ 갚을 날이 멀지 않소

산도 설고 물도 선 대/ 누로 해서 건너갔나
땀 흘리는 구진 목숨/ 요것까지 빼앗는가

나그네 집 찬 자리에/ 물 쥐어먹고 맘 다하여
애끓이던 청빈학도/ 될성부른 싹을 꺾어

온갖 소리 들씌우어/ 이를 갈고 막 죽였네
저 피방울 쏟친 곳에/ 바람 맵고 서리 차아

* 1) 지다위: 자기의 허물을 남에게 덮어씌우는 짓
　　　　　　　　　　 ― 「추도가」, 〈독립신문〉 제 167호. 1923.12.9.

이 시는 일본 관동대지진시 학살된 동포를 추도해서 부른 노래이다. 1923년 9월 일본 관동 지방의 대지진으로 민심이 흉흉했다. 당시 일본은 한국·중국의 민족해방운동에 직면하여 한국인과 사회주의자를 탄압할 기회를 엿보고 있었기에 대지진으로 인한 사회혼란을 이들의 탄압기회로 삼았다. 일제는 한국인 폭동의 유언비어를 퍼뜨리고, 도쿄·가나가와 현·사이타마 현·지바 현에 계엄령을 선포했다. 계엄 치하에서 군대·경찰, 자경단은 수많은 인명을 학살했는데, 약 6,000명 가량의 한국인이 무참하게 희생되었다.

체면 인습 제도에 얽히어 매인 현대의 불평아는
어느 때나 어느 때나 가슴에 쓰린 불만을 안고 있을 뿐
그리고 그에게 수종(隨從)할 뿐……
그러나 그러나 「술」이라는 마력에게 마비! 도취되면
속박에 눌리어 내심(內心)에 얽히었던 모든 은위(隱僞)는 쓰러지고 만다.

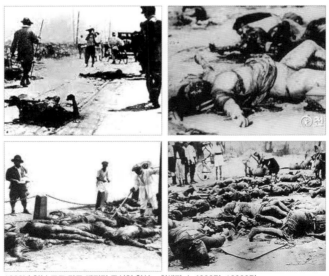

1923년 일본 도쿄 간토 대지진 조선인 학살 – 희생자 수 6000명~10000명

그리하야 불평아의 몸에는

끓는 피며 뛰는 맥(脈)이/ 다 불평의 결정이다

입에서 부르짖는 소리는/ 운위(云謂) 「대한의 남자……」

주먹(拳)의 뿌리침은/

모다 「敵의 도전」이다/ 아 - 알었다 알었다

이때가 혁명아의 진정신(眞精神)임을

      — 방주(放舟), 「불평아」, 〈독립신문〉 제175호. 1924.5.31.

방주 오석용(1878-1926) 선생의 초상화(40세)
-최우석 그림

    이 시를 지은 독립운동가 방주(放舟) 오석용(吳錫龍 1878-1926) 선생은 경북 상주 출신이다. 체면, 인습, 제도에 얽매이어 가슴에 쓰라린 불만만 품고 있지 말고, 그리하여 술에 취해 있지만 말고, 끓는 피, 뛰는 맥박과 주먹(拳)으로 「敵에 도전」함이 진정한 혁명아의 참정신임를 깨우쳐 주면서 조선 청년들의 분발과 각성을 촉구하고 있다.

41. 창강(滄江) 김택영 선생
- 글로 펼친 독립운동가

1. 생애와 문학 활동
- 자주독립을 찾는 길은 오직 망명의 길뿐이라

창강 김택영 선생은 1850년 10월 15일 경기도 개성부 자남산에서 태어나 1920년대에 걸쳐 활동한 반일(反日) 민족운동가였다. 시, 산문, 평론, 역사, 철학 등 분야에서 독특한 세계를 개척한 탁월한 문호이다. 선생은 7살부터 유학자 전상겸(全象謙)을 스승으로 모시고 한문과 유가(儒家) 경전을 읽기 시작하였으며 17살 되던 해에는 서울에 올라가 성균시초시(成均試初試)에 합격함으로써 자기의 시적 재능을 보여주었다. 19살부터 시문에 능한 유학자 백기진을 스승으로 모시고 고문학(古文學)을 전공하면서 꾸준히 자기의 문학적 재질을 키웠다.

김택영(1850-1927)

1878년에는 조선의 삼남지방을 돌아보는 과정에서 그는 부패무능한 봉건통치배들의 포악한 정치와 경제적 수탈 밑에서 신음하는 근로인민들의 비참한 생활상을 목격하고 가난한 농민들에 대한 동정심이 움트기 시작하였다. 1891년 42살 때에 과거시험에 합격되어 성균 진사가 되었고, 1894년 9월에 의정부주사 서판임관 6등에 편사국 주사(主事)로 임명되어 개성에서 서울로 이사해서 벼슬을 하게 되었다. 그 이듬해 중추원 참서관 겸 내각기록국 사적(史籍) 과장에 승진되어 조선의 국가역사 문헌편찬에 일심정력을 다하였다.

1896년, 그는 학부대신 신기선의 저서 『유학경위(儒學經緯)』에 서문을 써준 일로 서양선교사들의 비난을 받고 사임하게 되자, 고향 개성에 낙향하여 조용한 나날을 보내며 학문에 정진하였다. 1903년 정월 김택영은 조선 문헌비고속전위원 정3품 통정대부로 임명되면서 재차 벼슬길에 올랐고 을사년(1904)에는 다시 내각의 학부위원으로 임명되었다.

이때는 이미 나라의 판국이 기울어져 일제가 조선의 주권을 탈취하고 통감부를 설치한 이른바 차관정치가 시작되었다. 보국 민영환의 자결, 의정 조병세의 음독자살, 참판 리상철의 해외망명, 교리 리창건의 작고, 시우 황매천, 박민규의 낙향 등 잇달아 일어나는 이 모든 참변과 불행은 시인 김택영으로 하여금 그 울적하고 쓰라린 마음을 달랠 길 없게 하였다. 따라서 그는 민족의 자주독립을 찾는 길은 오직 망명의 길뿐이라 생각하고 분연히 중국 회남땅에 이주할 것을 다지었다.

1905년 9월 그는 굴욕적인 〈을사5조약〉의 체결을 눈앞에 두고 분연히 고국 땅을 하직하고 중국의 상해로 망명해왔다. 그는 당시 중국 근대 입헌파의 수령으로 활약하고 있던 대실업가 장건의 알선으로 인차 남통 한묵립서국에 취직하

중국 장쑤성에서 촬영된 창강 김택영의 가족사진

여 주로 조선민족문화유산의 정리와 출판사업에 정진하면서 수많은 시와 산문들을 발표하였다.

2. 김택영의 항일민족시가

조선의 국가 주권을 강탈한 일제의 강압적인 〈을사5조약〉을 배경으로 한 시 「고국의 10월 사변을 회상하여」(1905년)에서 시인은 망국(亡國)의 설움을 이기지 못해 자결한 의관 조병세와 시종무관 민영환(閔泳煥)의 순국(殉國)을 아래와 같이 슬퍼하고 있다.

> 야밤중에 광풍이 바다에 휘몰아쳐와
> 엄동벽력이 서울에 지동치누나.
> 혜소(嵇紹)의 피 왕의 옷에 튀어
> 귀신을 곡하게 하였으니
> 갑옷 입은 병사였으나 하늘이 인색하여
> 범려 같은 인재를 내주기 않았어라.
> 난로 언에 탄 재마냥 이처럼 싸늘하네
> 하늘가의 방초에 머리 돌리기 어려워라
> 유신이 글을 해서 무슨 소용있더뇨
> 그저 강남에서 한 가닥 슬픔 읊었을 뿐
> — 김택영, 「고국의 10월 사변을 회상하여」, 1905년,
> 중국조선족문학사, 1990. 연변.

망국(亡國)의 울분을 못 이겨 자결한 애국자들을 고대의 전기적 영웅 혜소(嵇紹)에 비유하면서. 더불어 나라 잃고 중국 땅에 망명하여 온 자신의 가련한 처지를 남북조 시대 애국자 유신(庾信)에 비유하면서 '글로써 나라를 구하지 못하니 무슨 소용 있더뇨?'하면서 자신의 무능을 자책하고

있다. 위 시에 나온 '혜소'는 위진남북조(魏晉南北朝) 시대(서기 221~589) 팔왕(八王)의 난 때, 군사를 거느리고 왕을 따라 진압에 나섰다가 반란군의 화살을 맞고 전사하고 말았다. '왕의 옷이 혜소(嵇紹)의 피로 흥건했는데 충의의 피라 하며 씻지 못하게 하고 기렸다.' 한다.

그런가 하면, 시인의 한일합병조약의 체결을 저주하여 쓴 그의 유명한 장편 시 「어허 애달파」(1910)에서 나라 잃은 민족의 울분을 아래와 같이 토로하고 있다.

아, 동서남북 어디가도
땅 아닌 곳이 없는데
난 어쩌다 이 땅에 태여났는고
고왕금래 하도 많은 날 가운데
이 몸은 어쩌다 이때를 만났는고
하늘에 소리쳐 물어보고 싶어도
아, 하늘은 입 다물고 말이 없구나
　　　— 김택영, 「어허 애달판 上」에서 1910, 『중국조선족문학사』
　　　　　　1990.7. 연변신화인쇄소

중국 난퉁 창강 김택영 묘소(狼山風景區 內). 2019.04.12.

산산이 부서진 고국을 불러도 대답이 없는 입 다문 하늘에 비유하여
자신의 미칠 듯한 울분과 설움을 토로하면서 잇달아 비판의 예봉을 일제
침략자들에게 돌리고 있다.

암컷처럼 엎드려

저 혼자만 면하려고

남에게 뇌물 바쳐

종복이 되단말가

아, 슬프다

아무리 나라가 쇠했어도

지금 같은 때는 없었으니

뉘라서 우리 임금께

욕 안 가게 하겠는가

다투어 호랑이에게

살코기를 먹여놓고

그 누린내 맡겠다고

애걸복걸 한단말가

— 김택영, 「어허 애달판 下」에서 1910, 『중국조선족문학사』

1990.7. 연변신화인쇄소

1912년 발간된 『창강고』

창강 김택영의 글씨

시의 마감부분에서 시인은 빼앗긴 조국에 대한 끝없는 사랑과 미래의 광복에 대한 열렬한 지향을 피력하고 있다. 시 「의병장 안중근이 나라 원수를 갚았다는 말을 듣고」(1909)에서 시인은 간악한 원수 이또 히로부미를 쏘아죽인 안중근의 영웅적 행동에 대한 찬양과 복수의 통쾌한 심정을 다음과 같이 격동적으로 노래하고 있다.

> 평안도의 장사 한 사람
> 두 눈 부릅뜨고 뛰어나왔다
> 마치도 양새끼를 찔러죽이듯
> 나라의 원수 놈 통쾌 죽였다.
> 내 다행히 죽지 않고 살아있다가
> 이 좋은 소식을 듣게 되었구나
> 한창 만발한 국화꽃 곁에서
> 미친 듯 노래하고 기뻐 춤추노라.
> — 김택영, 「의병장 안중근이 나라 원수를 갚았다는 말을 듣고」, 1909년

위 시는 할빈역두에서 일제침략자의 우두머리를 보기 좋게 처단한 반일(反日) 의병장 안중근의 대담하고 슬기로운 투쟁을 높이 찬양하고 있

다. 시는 이러한 형상적 표현 속에서 침략의 원흉을 복수한 안중근에게 찬사를 보냄과 더불어 원수들의 멸망과 나라의 독립에 대한 열렬한 염원을 표현하고 있다.

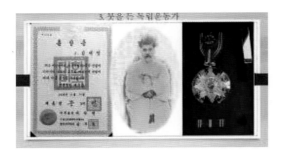

42. 단재(丹齋) 신채호 선생
─ 일제강점기의 역사가, 언론인, 독립운동가

1. 생애와 문학 활동

신채호(申采浩:1880-1936) 선생은 조선이 낳은 저명한 문학가요, 역사가이며, 민족해방운동의 선구자이다. 1880년 11월 충청남도 대덕군 산내면의 한 가정에서 둘째 아들로 태어났다. 가세가 기울어진데다가 8세 때 아버지마저 여의어 편모 슬하에서 가난하게 자랐다. 그러면서도 정언(正言)까지 지내다가 낙향하여 사숙 훈장으로 있던 조부(祖父)의 엄한 가르침 속에서 글을 배우게 되었다.

단재 신채호 선생(1880-1936)

남달리 총명하고 재질이 출중하였던 신채호는 14세 때에 벌써 유학 경전(經典)들을 거의 통달하다시피 하여 그 소문이 자자하였다. 청년기에 신채호 선생은 일본 등 제국주의 열강의 침략에 대항하여 반일문화 운동을 벌려 1910년대부터 〈대한매일신보〉 등에 시조와 한문시를 발표하면서 그때부터 많은 시를 발표한 독립운동가였다.

선생의 시에서는 고국과 한민족에 대한 불같은 사랑이 격정적으로 드러나 있다. 「한 나라 생각」, 「너의 것」, 「나비를 보고」 등을 대표적으로 들 수 있다. 1910년 압록강을 건너면서 읊조린 「한나라 생각」에서는 당시 솟구치는 고국에 대한 격정, 곧 '봄맞이=조국광복'을 시적으로 형상화 하여 자연스레 피력하고 있다.

> 나는 네 사랑 너는 내 사랑
> 두 사람 사이 칼로 쩍 베면
> 고우나 고운 핏덩어리가
> 줄줄 흘러 내려오리라
> 한 주먹 덥석 그 피를 쥐어
> 한 나라 땅에 골고루 뿌리리
> 떨어지는 곳마다 꽃이 피어서
> 봄맞이 하리
>   — 신채호, 「한 나라 생각」, 『단재 신채호 전집』하, 1910년, p. 402.

이 시는 선생이 1910년 압록강을 건널 때 읊은 시이다. 너와 나, 온 백성이 하나로 뭉쳐 나를 찾기 위해 온 몸을 바친다면 자유와 번영(꽃)의 봄(광복)이 올 것이라는 염원을 담고 있다.

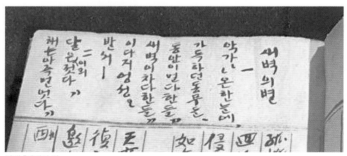

단재 「새벽의 별」

신채호의 '조선의열단 선언'

> 너의 눈은 해가 되어/ 여기 저기 비추고 지고
> 님 나라 밝아지게
>
> 너의 피는 꽃이 되어/ 여기 저기 피고 지고
> 님 나라 고와지게
>
> 너의 숨은 바람 되어/ 여기 저기 불고 지고
> 님 나라 깨끗하게
>
> 너의 말은 불이 되어/ 여기 저기 타고 지고
> 님 나라 더워지게
>
> 살이 썩어 흙이 되고/ 뼈는 굳어 돌 되어라
> 님 나라 보태지게
>   — 신채호, 「너의 것」, 『단재 신채호 전집』 하, 1910년, p. 333.

'너의 눈', '너의 피', '너의 숨', '너의 말' 등, 우리의 온 몸을 바쳐 조국이 밝고, 곱고, 깨끗하고, 풍족해지기를 염원하는 단재의 비장한 결의를 읽을 수 있다.

2. 오늘은 땅이 없거늘
— 어디에다 배(舟)를 맬고

시인은 하늘에서 까막 까막 반짝이는 별들로부터 끈질기게 싸우고 있는 항일(抗日) 지사들을 연상 하면서, 승리의 그 날에로 가는 길이 멀고 험난할수록 굳은 신념을 고수하고 불굴의 투지를 다져갈 것을 호소하고 있다.

달은 이미 졌다/ 해는 아직 멀었다
이때! 이때!/ 우리 곧 없으면
우주의 광명을 뉘 찾으리/ 어디에서!

동지섣달 긴긴 밤에 자지 않는 과부의 등잔
우주의 명상에 껌벅이는 시인의 눈
만리타향에 앉아 낡은 나그네의 머리털
산을 넘어 물을 넘어/ 홀로 가는 지사의 마음
우리 곧 아니면 동정할 이 누구냐
까막… 까막…/ 반짝… 반짝…

— 신채호, 「새벽의 별」에서

2019년 서대전공원에 건립된 신채호 선생 동상

시인은 반드시 오고야 말 새벽에 대한 확신과 조국광복에 대한 높은 자각을 읊조리고 나서, 시의 마지막 연(聯)-'바람이 불거나/ 눈비가 오거나/ 꺼지지 않는 빛'-에 이르러 자기의 정치적 이상과 신념을 별에 비유하여 피력하고 있다.

신채호 선생은 한문시(漢文詩)도 적지 않다. 「백두산 길에서」, 「가을밤에 회포를 적다」, 「형님 기일에」, 「고향」, 「무제」 등에서 고국의 동족들을 한없이 그리며 민족의 운명을 통탄하고 있었다.

> 외로운 등불 가물가물/ 남의 시름 같이 하며
> 일편단심 다 태울 제/ 내 맘대로 못 할리라
> 창(戈) 들고 달려 나가/ 나라 운명 못 돌리고
> 무지러진 붓을 들고/ 청구 역사 끄적이네
>
> 이역방랑 십년이라/ 수염에 서리치고
> 병석에 누운 깊은 밤에/ 달만 누각에 비쳐드네
> 고국의 농어회 맛/ 하 좋다 이르지 마라
> 오늘은 땅이 없거늘/ 어디다 배를 맬고
> — 신채호, 「가을밤에 회포를 적다」, 1922년

깜박이는 등불 아래 이역방랑 북경의 어느 객사에서 한국사를 연구하고 집필하느라 병고에 시달리면서 한문시를 빌어 민족적 비운을 통탄하고 있다. 칼과 창으로 나라를 구하지 못하고 겨우 붓으로 우리의 역사를 그리고 있는 자신의 무력함에 대한 자책감하고 있다. 한문시 「계해 년 10월 초이틀 날」, 「회포를 적음」과 같은 작품들이 이런 계열에 속하는바 그 중 「계해 년 10월 초이틀 날」을 들어보면

하늘과 바다가 넓고 넓구나
마음 놓고 다녀도 거칠 것 없네
생사를 잊었는데 병이 무엇인가
곳곳에 강과 호수 배 탈 수 있고
설(雪) 월(月)이 사람 불러 같이 거니네
애닯게 시 읊는 것 웃지 말아라
천추에 뜻 아는 이 응당 있으리
　　　　　　— 신채호, 「계해 년 10월 초이틀 날」에서, 1923년

　시인은 민족의 비극적 운명에 대한 절통의 한을 안고 몸부림치면서도 다가올 새로운 미래를 확신하여 마지않았다. 이런 까닭에 그는 생사도 명리도 도외시하면서 호방한 기개로 민족독립운동을 격조 높이 구가할 수 있었던 것이다.

단재 신채호 선생 생가(충남 대덕군 산내면: 현재 대전시 중구 어남동)

43. 1930년대 항일무장 투쟁가

1930년대 항일무장 투쟁을 주도했던 조선인민 혁명군에 의한 항거의 역사를 통해 그들이 당시 일제와 맞서 어떻게 싸워 왔던 가를 살펴봄으로써 해방공간에서 이루어진 남북분단의 과정과 통일조국을 향한 민족의 동질성을 회복하고자 한다.

1. 1930년 조선혁명군 창설
— 반일 민족해방 투쟁

1930년대 세계공황의 여파로 궁지에 몰린 일본은 그 활로를 찾기 위해 대륙 침략의 야심을 품고 만주사변(1931)과 중일전쟁(1937)을 일으켰다. 미나미(南次郎) 총독이 부임하면서부터는 모든 조직을 전시 체제로 바꾸고 한국을 그들의 전쟁 물자를 공급하기 위한 병참기지로 만들었다. 이른바 내선일체(內鮮一體)를 내세운 한국어 사용금지와 신사참배(神社參拜) 그리고 근로보국대란 미명으로 만주와 일본으로 수백만의 젊은 이들을 강제 동원하였다.

일제의 탄압이 심해지자 독립운동의 무대가 만주와 시베리아로 옮겨지면서 애국단 결성과 반일투쟁이 강력하게 전개되었다. 1932년 이봉

창(동경)과 상해 홍구공원의 윤봉길 의거가 그 대표적인 경우이다. 그리고 북한에서는 항일 무장단체인 '조선인민혁명군' 부대가 창설되었다.

1931년 9월 18일/ 일제놈이 만주를 강점하였다.
대포와 비행기며 기관총으로/ 넓은 만주 피바다로 물들이었다.

압박 착취 강탈을 당하다 못해/ 일어나는 3천만 반일의 고향
만주 벌판 몇 천리를 진동하면서/ 거족적인 반일 전쟁 막은 열렸다.
　　　　　　　　　— 「9.18 사변가」에서, 1931년, 『중국조선족문학사』,
　　　　　　　　　　　　　　　　　　　　　　　연변, 1990, p. 197.

세계 공황이 일본을 휩쓸자 일본 군부가 만주 일대를 점령하면서 이곳을 대륙침략의 병창기지로 삼았다. 이때 우리 교민과 중국인들에게 반인륜적 잔혹한 가학 행위와 수탈이 가해지자 우리 동포들은 이에 맞서 싸우겠다는 결연한 의지의 표명으로 곳곳에서 항일 독립 유격대가 결성되었다. 이러한 맥락에서 1936년 5월 5일 김일성이 길림성 무송현 동강에서 '조국 광복회'를 창건하면서 「조국광복회 10대강령가」를 작성 발표 하였다.

1930년대 항일 유격대

조선인민혁명군

이천만 조선 동포 총동원하여
반일 혁명 통일 전선 굳게 다지고

왜놈의 야만 통치 어서 때려부시어

인민 정부 수립함이 제1조로다.

— 중략 —

우리들이 쓰는 물건 만들어주는

노동자의 임금과 대우 높이고

실업자와 병든 자 지성껏 도와

치료하고 살려 줌이 제9조로다.

— 김일성, 「조국 광복회 10대 강령가」에서,

『한국민족문화대백과사전』, 1991.

이 시가는 김일성이 직접 작사하였다고 전하는 데, 반일 민족해방 투쟁사상과 사회적 불평등 해소를 위한 계급의식 고취 그리고 중국과 소련 등 혁명국가들과의 연대의식을 전투적 용어로 엮어 항일투쟁사상을 간결 명확하게 주입 시켜주고 있다.

다음의 시가에서는 일제와의 투쟁 과정 중 극한의 시련 속에서도 조금도 굴하지 않는 항일유격대원들의 눈물겨운 참상이 생생하게 아로새겨져 있다.

중국인보다 먼저 총을 든 조선인, 동북항일연군

남북 만주 설한풍 휩쓰는 산중에/ 결심 품고 떠다니는 우리 혁명군
천신만고 모두 다 달게 여기며/ 피와 땀을 흘린 자 그 얼마더냐

몽골사막 지동치듯 거센 찬 바람/ 사정없이 살점을 떼어 갈 적에
산림 속에 눈(雪) 깔고 누어 잘 때면/ 끓는 피는 더욱 더 뜨거워진다.
　　　—「혁명조의 노래」에서, 1930년대, 『중국조선족문학사』, 연변,
　　　　　　　　　　　　　　　　　　　　　1990, p. 202.

　살점을 에이는 차갑고 거치른 만주 벌판 산속을 누비며 독립투쟁을
벌이는 혁명군들의 처참한 실상을 낱낱이 고발되면서 그들의 뜨거운 애
국혼과 투쟁의식을 '차가운 눈(雪)'과 '뜨거운 피(血)', '주린 배(腹)'와 '돋
군 힘(力)' 등의 대비적 표현법을 구사하여 혁명군들의 절박성을 눈물겹
게 전달해 주고 있다.

2. 두만강을 건너가는 가난한 겨레
— 왜놈의 채찍에 쫓겨 가는데

　혁명군가들은 대부분 혁명군들이 처해 있는 비참한 현실과 그런 속에
서도 오히려 불타오르는 불굴의 투지와 혁명적 결의를 다져주면서 압박
된 현실과의 맞대응을 위해 남성적 화법을 구사하고 있다.

　　일제놈의 말발굽 소리 요란타/ 만주벌과 넓은 천지 횡행하면서
　　살인방화 착취약탈 도살의 만행/ 수천만의 우리 대중 유린하도다.

　　나의 부모 너의 동생 그대의 처자/ 놈들의 총창 끝에 피 흘렸고나
　　나의 집과 너의 집 놈들의 손에/ 잿더미와 황무지로 변하였고나

동북항일연군 시절의 동지였던 중국인 주보중과 김일성 가족의 기념촬영. 주보중, 왕일지, 김정숙, 김일성. 앞줄 왼쪽이 주보중의 딸 주위(周偉), 그 옆이 김정일.

일어나라 단결하라 노력 대중아/ 굳은 결심 변치 말고 살길을 찾아
붉은 기(旗) 아래 백색 공포 뒤 엎어 놓고/ 승리의 개가 높이 만세 부르자.
— 김일성, 「반일전가(反日戰歌)」에서, 1935, 『조선문학개관下』, 1988,
온누리, pp. 45-46.

김일성의 모습

일제의 야수적 침략과 그로 인해 빚어진 동족들의 처참한 현실을 낱낱이 고발하면서 증오심과 적개심을 유발, 일제와 맞서 승리의 그날까지 투쟁할 것을 격정적 어조로 노래하여 민족적 각성과 투쟁의 결의를 보여주고 있다.

두만강을 건너가는 가난한 겨레
왜놈의 채찍에 쫓겨 가는데
피끓는 우리 동지 우리 동포는
붉은 피를 뿌리려고 떠나가누나

— 「송별곡」에서, 1930년대

돋는 달 지는 해 바라보면서
차겹고 물 맑은 고향 그리며
외로운 나그네 홀로 눈물 지울 때
방랑의 하루 해도 저물어 가네

— 이규송, 「방랑자의 노래」에서, 1932년

앞산에 솜안개 어리고 있고
압록강 물 위에는 뱃노래로다
용암포 자후창 떠나가는 저 물길
눈물에 어리우는 신의주 부두

— 유도순, 「국경의 부두」에서, 1937년

「송별곡」은 1930년대 함경도와 북간도에서 애국지사들이 즐겨 부른 노래이고 「방랑자의 노래」는 고국을 등지고 북만주 낯 설은 땅을 방랑하면서 외롭고 향수에 젖어 우는 나그네의 심정을 읊은 노래, 유도순의 「국경의 부두」에서는 국경의 엄중한 감시망을 뚫고 압록강을 넘었던 수많은 애국지사들의 비분강개를 각각 노래하고 있다.

이러한 혁명 가요들은 누구나 쉽게 이해 할 수 있도록 평이성과 소박성, 선명성 그러면서도 설득력이 강한 언어와 전투적 운율을 멋지게 살려 항일 빨치산 부대뿐만 아니라 국내에까지도 널리 보급되어 대중 속에 사회주의적 애국주의 사상을 주입시키는데 기여한 바 크다.

44. 박팔양 — 식민지 현실 비판

여수(麗水) 박팔양(朴八陽.1905~1988) 시인은 경기도 수원시 권선구 곡반정동 출생하였다. 4살 때 서울로 이주하여 1920년 배재고등보통학교를 거쳐 경성법학전문학교에 입학, 재학 시절 정지용·박제찬 등과 함께 동인지 『요람(搖籃)』을 간행하기도 하였다. 1925년 서울청년회의 일원으로 '카프'참여, 1927년 카프 탈퇴, 이후 '구인회'에 가입하고 〈조선일보〉, 〈중외일보〉 기자를 거쳐 1946년 월북하여 〈로동신문〉 부주필을 역임하였다.

1. 공장 노동자들의 비참상을 대변
— 서정성과 예술성이 가미된

박팔양 시인

박팔양은 1923년 〈동아일보〉 신춘문예에 시 「신(神)의 주(酒)」가 당선되어 등단. 〈동아일보〉기자가 되어 일제의 통치 아래에서 신음하는 노동자들의 실상을 그렸다. 그의 시는 대부분 '민중의 이야기 시'로, 기존의 서정시 양식으로는 현실을 제대로 담을 수 없다는 인식과, 일정한 목적의식에 중점을 둔

선동식 서술로는 대중들에게 감동을 줄 수 어렵다는 자각에서 조선의
현실을 진단, 직감과 인상을 존중하여 카프계열의 경직된 이데올로기보
다 서정성과 예술성이 가미된 감정을 승화시켜야 된다고 주장하였다.

> 동지를 북쪽으로 떠나보낸 후
>
> 나는 그대가 그리워 울었노라
>
> 북두칠성 기울어진
>
> 겨울 새벽에
>
> 나의 베개는
>
> 몇 번이나 눈물에 젖었던고
>
> — 중략 —
>
> 어느 서리 많이 온
>
> 이른 겨울 아침에
>
> 검은 까마귀 한 마리
>
> 북쪽으로 울고 가더니
>
> 며칠 못 되어 그대의 몸이 얼음같이 찬 시체가 되어
>
> 그대가 항상 오고자 하던
>
> 이 나라로 이 벌판으로
>
> 오! 그대는 돌아왔도다.

조선프롤레타리아 예술가동맹(KAPF)

─ 중략 ─ 동무여
나는 그대의 관棺 위에 놓을
아무 선물도 없노라
그러나 나는 그대의 찬 입술에
'영원한 승리자여' 하고
입 맞춘 후
뜨거운 나의 눈물을 바치겠노라.
─ 박팔양, 「동지」 전문, 1924, 〈조선일보〉, 이만재,
『월북한 천재 문인들』, 2016, 답게

　국경을 넘어 만주 혹은 연해주로 독립운동을 하러 갔다 주검으로 돌아온 동지를 보며 걷잡을 수 없는 울분과 슬픔을 토로하고 있다. 3·1 운동을 계기로 박팔양은 조선 인민의 반일민족해방 투쟁에서 봉건적 낡은 사상의 흑막을 헤치고 새로운 혁명 시기가 도래하기를 기다리면서 광복의 그날을 염원하고 있다. 그런가하면 아래의 시에서는

보아라 나는 일개 망국의 청년
어떻게 내가 기운 날 수 있겠는가?
하지만 시냇물이 흐르며 나에게 속살대기를
『일어나라 일어나라 지금이 어느 때이뇨』
그러나 울기만 하면 무엇이 되느뇨

북한의 박팔양 시인

슬픈 노래하는 시인이 무슨 소용이뇨

광명한 아침 해가 비치일 때에

    —「시냇물 소리를 들으면서」에서, 『조선문단』, 1925. 10, 최명표편,

                     『해방전조선문학』(윤규섭 저), 2018, 신아출판사

  '나는 일개 망국의 청년' 그렇지만 '흐르는 시냇물이 나에게 속살대기를 '울지만 말고', '누워 있지만 말고 일어나' 투쟁 대열에 나서라고 자신의 나약성을 스스로 채찍질하고 있다. 1926년에 쓴 「나를 부르는 소리가 있어 가로되」에서도

    눈물에 젖은 수건 불살라 버리고/ 나오라 어서 우리들의 거리로/ 거리에는 친구들이 모여 있노라// ─생략─ //없는 길에서 길을 찾지 말고/ 오너라 어서 우리들의 거리로/ 거기에선 동무들이 기다리고 있노라

        —박팔양, 「나를 부르는 소리가 있어 가로되」에서, 『조선문예』, 1929.

           5, 이관희, 『월북작가 대표문학 ─16』, 1989, 서음출판사

  고민과 방황의 그늘, '없는 길에서 길을 찾지 말고' 혁명 대열에 나서 길을 찾아보라 재촉하고 있다. 이처럼 박팔양은 노동 계급의 기수로서 「남대문」, 「밤차」, 「데모」, 「진달래」, 「승리의 봄」 등 우수한 서정시들을 노래하였다. 그중에서도 아래의 「진달래」는 카프(KAPF) 시가(詩歌)의 기념비적 작품의 하나로 널리 애송되었다.

2. 오래오래 피는 것이 꽃이 아니라
    ─ 봄철을 먼저 아는 것이 정말 꽃이라고

  「진달래」는 부제('봄의 선구자를 노래')가 암사하는 바와 같이 '봄의 선구자', '봄의 예언자'가 되기를 촉구하고 있다.

진달래 꽃은 봄의 선구자외다

그는 봄소식 먼저 전하는 예언자이며

봄의 모양을 먼저 그리는 선구자외다

비바람에 속절없이 그 엷은 꽃잎이 짐은

선구자의 불행한 수난이외다.

─ 중략 ─

그러나 진달래꽃은

오려는 봄의 모양을 미리 속에 그리면서

찬바람 오고 가는 산허리에서

오히려 웃으며 말할 것이외다.

『오래오래 피는 것이 꽃이 아니라

봄철을 먼저 아는 것이 정말 꽃이라고』

　　　　─ 박팔양, 「진달래-봄의 선구자를 노래」에서, 『학생』, 1930년

박팔양의 『려수시초』 1940년

　　시대의 선구자인 혁명 투사의 수난을 봄을 예고하는 진달래에 비유하여 노래하고 있다. 일제의 야수적 폭압을 무릅쓰고 혁명의 길을 가다가 희생된 숭고한 혁명 선열들에게 드리는 헌시(獻詩)다. 시인은 일제의 참혹한 상황 속에서도 '오래오래 피는 것이 꽃이 아니라/ 봄철을 먼저 아는 것이 정말 꽃이라고' 선구자적 혁명성을 깨우쳐 주면서 민중들에게 투사로서 무장된 정신세계를 각인시켜 주고 있다. 이러한 미래지향적 혁명 정신이 아래의 시 「선구자」에서도 여전히 강조되고 있다.

　나아가는 곳에 광명이 있나니/ 젊은 그대여 나아가자!/ 오직 앞으로 앞으로 또 앞으로/ 가시덤불을 뚫고

　비록 모든 사람이 주저할지라도/ 젊은 그대여 나아가자!/ 용기는 젊은 이만의 자랑스런 보배/ 어찌 욕되게 뒤로 숨어들랴

　진실로 나아가는 곳에 광명이 있나니/ 비록 나아가다가 거꾸러질지라도/ 명예로운 그대, 젊은 선구자여/ 물러섬 없이 오직 나아가자!

— 박팔양, 「선구자」, 『중앙』, 1936.2.

너무도 슬픈 사실
—봄의 선구자 '진달래'를 노래함

박팔양

날더러 진달래꽃을 노래하라 하십니까
이 가난한 시인더러 그 적막하고도 가냘픈 꽃을
이른 봄 산골짜기에 소문도 없이 피었다가
하로 아침 비바람에 속절없이 떨어지는 그 꽃을
무슨 말로 노래하라 하십니까

45. 박세영(朴世永)
─ 진보적 카프 시인

박세영 시인은 1926년부터 1934년까지 카프(KAPF:조선프롤레타리아 예술가동맹) 맹원으로 산하의 아동 문학 잡지 『별나라』 편집을 주재하였다. 1946년 6월 월북한 뒤에는 북조선 문학예술동맹 서기장을 역임하면서 북한의 「애국가」(1947년)를 작사, 이에 대한 공로로 1959년 북한으로부터 국가훈장 2급을 받은 사회주의의 대표적 '공로시인'이었다.

1. 카프 시인 박세영(1907-1989)
─ 지주들의 야수적 수탈을 형상적으로 그려

박세영 시인

박세영은 1907년 7월 7일 경기도 고양군 한강에 인접한 마을에서 출생하여 소학교를 마치고 1920년 배재고보에 입학하였다. 3·1 봉기를 계기로 새로운 현실에 눈뜨기 시작한 그는 1922년 배재고보를 졸업하자, 중국 상해로 건너가 혜령 영문전문학교에 다니다 학비 난으로 1924년에 귀국하였다. 그후 진보적 문화단체인

〈염군사焰群社〉에 가입하고 1925년에는 카프에 참가하여 일제치하 탄압에 억눌린 노동자들의 설움을 상징적으로 대변한 프롤레타리아 시인이었다.

1937년에는 모교인 배재고보에서 교원으로 근무하며, 시집「산제비」를 내놓아 주목을 받았다. 그의 시는 카프 문학의 발전과 함께 급속히 성장하여 1928년에는「타작」, 1930년에는「야습」과 같은 우수한 시편들을 내놓았다.

> 절름발이의 걸음과 같은 이 가을은
> 그래도 모든 곡식을 여물리고 가는가
> 울타리와 지붕에는 파아란 박이
> 구를 듯이 얹혀 있더니
> 굴러 갔는가 터져서 피가 됐는가
> 지금은 지붕에 넌 고추조차
> 우리의 마음들처럼 피가 끓네.
>
> — 박세영,「타작」, 1928년

들녘에서는 곡식이 익어가고, 지붕에서는 하얀 박들이 잘 여물어가고 있건만, 일제에 수탈과 지주들의 횡포에 헐벗고 굶주려야만 하는 농민들의 비참한 처지와 울분한 심정을 사실적으로 노래하고 있다.

> 타작도 다 마치기 전에/ 다시 한 번 하늘 탓이나 하였네
>
> 모든 일과 일들은/ 터나 곱다란 마당
> 벼 한 알 없이 쓸어 갔을 때/ 하늘 탓은 잊어 버렸네.
>
> 오, 해마다 오는 가을이여/ 언제나 절름발이로 왔다 가려느냐

이 해가 다 가서 내년이 올 젠/ 우리들의 마음까지 비수에 찔린

땅처럼 되려나 봐/ 타는 가슴에 폭풍이 일러나 봐.

— 박세영, 「타작」, 1928년, 최명표편, 『해방전 조선문학』, (신아출판사.

2018.)

'비수에 찔리고', '가슴이 타는' 농민들의 절박함을 노래하여 독자들의 심금을 울려 주었다. 아래의 시 「야습」은 1930년의 평양 고무 공장 노동자들의 파업 투쟁을 취급한 것으로 여기에서도 시인은 파업 투쟁에 궐기한 노동자의 억울한 심정을 토로하고 있다.

우리들은 햇살도 못 보고/ 온종일 싸움터 같은 이 공장에서

젊은 시절을 보냈다./ 네놈들의 하루 담배 값도 못되는

삯전을 받으면서/ 네놈들의 뱃기름을 더 두껍게만 해 주느라,

허나 우리도 살아야 하겠기/ 네 놈들에게 항쟁을 하지 않았더냐

— 박세영, 「야습」에서, 1930년

공장에서 착취당한 노동자들의 울분을 대변, 그들에 맞서 궐기한 노동자들의 혁명적 투쟁을 노래하고 있다. 30년대에 들어서면서 박세영

박세영 시집 『별나라』

박세영 시집 『산제비』

의 시가에는 「야습」을 비롯하여 「우리들의 40년」, 「밤마다 오는 사람」, 「산골의 공장」 등과 같이 노동계급의 혁명 투사들에 대하여 노래한 저항적 시가들이 많다.

2. 산제비야 날아라, 화살같이 날아

그의 대표적인 작품으로 꼽히는 「산제비」는 가혹한 일제치하의 현실 속에서도 혁명적 투쟁정신을 드러낸 카프 시가의 고귀한 유산의 하나로 평가 받고 있다.

> 남국에서 왔나/ 북국에서 왔나
>
> 산상에도 상상봉/ 더 오를 수 없는 곳에 / 깃들인 제비
>
> 너희야말로 자유의 화신 같구나/ 너희 몸을 붙들 자 누구냐?
>
> 너희 몸에 알은 체 할 자 누구냐?
>
> 너희야말로 하늘이 네 것이요/ 대지가 네 것 같구나.
>
> — 박세영, 「산제비」에서, 『낭만』, 1936.11.

산제비를 해방과 자유의 화신으로 우러러 보면서, 미래에 대한 희망을 낭만적 지향성으로 다음과 같이 노래하고 있다.

> 날아라 너희는 날아라
> 그리하여 가난한 농민을 위하여
> 구름을 모아는 못 올가!
> 날아라 뱅뱅 가로 세로 솟치고 내닫고
> 구름을 꼬리에 달고 오라.
> 산제비야 날아라
> 화살같이 날아라
> 구름을 헤치고 안개를 헤쳐라.

— 박세영, 「산제비」에서

일제하의 착취와 압박으로부터 벗어나 자유로워야 할 가난한 조선 농민의 절박한 해방 감정을 직접적으로 격렬하게 토로하지 않고 그들의 희망을 상징적 기법으로 산제비에 비유하여 미래의 희망을 낙관적으로 제시해 주고 있다.

다음은 박세영의 아동문학 작품들 가운데에도 「풀을 베다가」, 「할아버지와 헌 시계」, 「5월 행진곡」 등 동시들이 많은바 그것은 당시 아동들에게 널리 애송되었다.

조선 가요 「임진강」 작사

내 나이 보다 더 먹은 우리 집 시계
지금 세상 다 갔다.
헐떡헐떡 못 가나 왜 자꾸 쉬나

병이 점점 더 하신
할아버지 헌 시계 그래도 덜꺽

이건이건 새날로
달려가는 발소리 세상의 노래
할아버지 조금만 더 살다 갑쇼
우리들의 새날을 보고나 갑쇼

— 박세영, 「할아버지와 헌 시계」에서

여기에서도 새날에 대한 신심이 노래되고 있다. 박세영은 박팔양과
더불어 카프 시인의 대렬에서 중심적인 역할을 했을 뿐만 아니라 시 「산
제비」를 비롯한 우수한 시가 유산들로써 해방 전 우리의 시문학 발전에
크게 기여한 시인이었다.

46. 1930년대 만주지역 독립전쟁
— 지정천 장군과 양세봉 장군

1920년대 봉오동 전투나 청산리 전투 이후, 1932년 독립군들의 쌍성보 전투, 아성현 전투, 중국 의용군과 연합하여 수많은 전과를 올렸던 양세봉 장군의 도령(徒嶺) 전투와 영릉가 전투 등이 있었다. 아직까지 잘 알려지지 않는 만주 지역 항일전투와 독립 투사들의 눈부신 활약이었다.

1. 지청전(池靑天) 장군과 쌍성보(雙城堡) 전투

백산(白山) 지정천(1888-1957) 장군의 본명은 지석규(池錫奎)이다. 후일 만주로 망명하면서 압록강 백두산(白頭山) 곁을 지날 때 호를 백산(白山)이라고 지었는데, 독립운동에 투신하게 되면서 본명인 지석규 대신 '이청천(李靑天)'이라는 이름을 쓰게 되었다.

1897년 서당을 마친 장군은 교동소학교와 1906년 18세 때 서울에 있던 배재학당을 졸업하고 기울어가는 조국의 국

지청천 장군

육군무관학교 시절(앞줄 중앙 지청천(池靑天), 뒷줄 오른쪽 이범석)

권을 회복하고자 1907년 대한제국 육군 무관학교에 입학했다. 그러나 이 해 8월 대한제국 군대가 해산되고 왕궁을 수비하는 일부 친위대 50명만 겨우 남아 대한제국 군부도 유명무실한 존재가 되고 말았다.

1909년에는 형식적으로 존재하던 무관학교마저 폐교되자 대한제국 정부에서는 궁여지책으로 무관학교 재학생들을 일본 육군사관학교에 유학시키기로 방침을 정했다. 일본육군사관학교를 졸업하고 3.1 운동 직후 6개월간 휴가를 얻어 국내로 돌아 와. 망명기회를 노리던 지청천은 1920년 4월 하순 남만주로 탈출하는데 성공했다.

만주로 건너 간 후에는 유하현 합니하에 있던 신흥무관학교 교관으로 군사훈련을 담당해서 많은 독립군 갑부들을 양성하였다. 그리고 1920년 말 청산리 전쟁에도 참전하여 이후 김좌진 장군과 함께 활동했다. 그러나 1930년 초에 산시(山市)에서 김좌진 장군이 순국하자 한국독립군을 조직하여 총사령관으로 활동하면서 큰 승리를 이끌었다. 그 대표적인 전투가 1932년 9월에서 11월 사이 만주에서 한국독립군을 이끌고 일본군을 크게 물리쳤던 '쌍성보 전투(雙城堡 戰鬪)'였다. 이때 함께 참전했던 백강 조경한 선생이 쌍성보 전투에 대한 쓴 시가 한 편 있다.

달 밝은 추석 밤에 웅대한 쌍성을 쳐서 점령했네!
왜군과 만주군이 서쪽으로 도망가니
벌판 곡식 사이로 피비린 가을바람만 불어오누나

— 백강 조경한, 「쌍성보를 쳐서」, 1932년

1947년 4월 22일 김포공항에서 지청천 장군의
귀국을 영접하는 김구, 김규식, 이승만, 프란체스

조경한 선생은 지정천 장군과 함께 계속 전투에 참전했던 분이다. 전남 승주 출신으로 1919년 20세 나이에 3.1운동이 일어나자, 바로 만주로 건너가 독립단, 배달청년회 등에 참가해서 활동한 분이다.

2. 지(池) 백산(白山) 장군을 곡함
   ― 두 자녀들이 모두 독립전투에 참여

지청천 장군의 아들 지달수 선생은 10세의 어린 나이에 부친을 따라 만주로 건너가서, 20세 나이 때 한중연합군에 참여해 쌍성(雙城), 아성(阿城), 우가둔(牛家屯)전투 등에 참여 했다. 그 보다 12살 어리던 1920년생인 장군의 어린 딸 지복영 선생도 부친을 따라 중국으로 건너가 20살이던 1940년 광복군이 창설되자 여군으로 광복군에 참여하였다. 이러한 장군이 1957년 별세하자 장군과 함께 여러 전투에 참전했던 조경한 선생이 「지백산 장군을 곡(哭)함」이라는 조문시를 지었다.

백강 조경한 선생(1900-1993)
전남 순천 출신. 독립운동가, 1919년 3·1운동 직후 만주에서 활동하던 대한독립단의 국내 비밀단원. 1926년 순종 장례식 날 순천시 주암면 야산에서 6·10만세운동을 주도한 혐의로 일제의 감시망에 올라 1927년 일제 탄압을 피해 중국으로 망명했다.

날씨가 흐린 때에는 왜놈 죽은 귀신들이 슬피 울며 지꺼린다고 하지요

백 번 싸운 위엄과 이름이 만주를 진동했지만

광복되기까지 몸을 바쳐 쌓은 공로에 눈빛이 머리에 가득하였네

나라를 중건하는 도상에 도리어 험하고 막힌 것이 많으니

비정한 한은 아마도 지하에서도 쉴 새 없으시리다.

— 조경한, 「지백산 장군을 곡(哭)함」, 1957년

* 위 자료는 '(사)한민회'에서 발간한 『한민』 -'잊혀진 독립군의 역사'(2021년, 86집)를 참조하였음.

전남 순천시 주암면 한곡리 한동마을에 복원된 백강 조경한 선생의 생가.

3. 양세봉(梁世奉)이 지휘하는 조선 혁명군
— 1930년대의 한·중 연합 작전 펼치다

조선혁명군 총사령관 양세봉
(1896-1934)

양세봉 장군은 1896년 7월 15일 평북 철산군 세리면 연산동에서 소작농의 장남으로 태어났다. 1922년 독립군에 들어가 활동하다. 1932년 중국 의용군과 연합하여 흥경성, 영릉가 등지의 전투에서 일본군을 크게 격파하였다. 그 후 독립군의 대부분은 임시정부의 요청으로 중국 본토로 이동하여 한국광

복군 창설에 참여하였으며, 일부는 만주에 잔류하여 중국 항일군과 같이 한·중연합군을 편성하여 항일항전을 계속하였다.

1929년 12월 '조선혁명당'을 지원하는 군 조직으로 '조선혁명군'이 창설되었다. 조선 혁명군은 창립선언문에서 조선 혁명군의 당면 임무는

1. 재만한국인 대중에게 혁명 의식을 주입하고 군사 학술을 보급시켜 혁명 전선의 기본 진영을 확립하고

2. 정치 학식과 군사 기능이 실제 단체의 정치 운동에 적임될 수 있는 기간 인재를 양성하고

3. 국내 국외에서 일본 제국주의에 대한 정치적 경제적 건설을 파괴하고, 그 주구배(走狗輩)의 기관을 청소하여 기타 일체 반동적 악(惡) 세력을 박멸하기로 하고 용감하게 전진하여 대중의 당면 이익을 옹호하여 강력한 투쟁을 전개하고자 한다.

1931년 만주 사변이 일어나고 일제가 만주를 점령하자, 조선 혁명당과 조선 혁명군의 간부들은 1932년 1월 17일 향후의 전략을 논하는 회의를 열어 양세봉 등을 비롯한 젊은 간부들은 '만주 견지론'을 주장하였

김구 등 임시정부 인사들은 1935년 한국국민당을 결성하였다

청산리 전투에서 패하고 철수하는 일본군

다. 그러나 밀고에 의해 많은 간부들이 대거 체포되었다. 그 결과 양세봉이 조선혁명군 총사령관에 선출되었다.

조선 혁명군은 단독으로 혹은 중국인 무장 부대와의 연합 활동을 통해 수많은 전과를 올렸다. 1932년 3월에 신빈현의 도령(徒嶺) 전투, 영릉가(永陵街) 전투에서 승리하였으며, 1932년 4월부터 10월까지 당취오(唐聚五)의 요녕민중자위군과 공동 연합 작전을 통해 신개령(新開嶺) 전투와 신빈현성 전투, 청원현성 전투, 무송현성 전투에 참여하였다. 그러나 1932년 10월에서 12월에 걸쳐 일본 관동군과 만주국군의 대규모 공세로 조선 혁명군이 타격을 받았다. 총사령관 양세봉은 1934년 9월 일제의 토벌 부대와 싸우다가 전사하였다.

> "조선의 독립, 자유를 완성하기 위하여, 조선 민족의 자유와 행복을 도모하기 위하여, 최후 성공이 있을 때까지 왜적과 계속 투쟁하라!"
>
> — 양세봉, 1934.9.20.

만주를 호령하던 조선혁명군 사령관 양세봉은 마지막 숨을 몰아쉬며 이렇게 말했다. 독립운동사에 길이 남을 혁혁한 전과를 거둬 군신(軍神)으로 추앙받았지만 양세봉을 모르는 사람은 아직도 여전히 많다.

47. 비운의 독립운동가 지운 김철수(金綴洙)

1920년대를 대표하는 사회주의 계열 독립운동가. 광복 후 월북하지도 않았고, 북한 정권수립에 가담하지도 않았다. 좌우합작 통일정부 수립에 전력하다 1947년 모든 활동을 접고 낙향, 농사꾼으로 여생을 보냈다.

13년 8개월간 옥고를 치를 만큼 불굴의 독립투쟁을 펼쳤고, 친북활동의 전력이 없었음에도 1986년 타계할 때까지 1급 감시대상으로 한평생 공안당국의 감시를 받았다가 해방 60년 만에 조국으로부터 인정받았다

(〈경향신문〉 사설 2005년 8월 4일)

1. 김성수의 조언으로 와세다 대학에 입학

지운(遲耘) 김철수(金綴洙)는 1893년 전북 부안군 백산면 원천리에서, 아버지 김영구와 어머니 신안 주씨 사이에서 천석꾼의 지주의 아들로 태어났다.

13세~14세 때 정읍군 이평면 말목(馬項里) 서택환(徐宅煥) 선생 밑에서 한문 공부를 하였다. 서택환 선생은 구례 군수를 지내다 부모님 상(喪)을 당해 군수직을 사직한 후 서당을 열고 있었다. 김철수는 그를 통해 한국

의 선비정신을 배우고 민족의식에 눈을 뜨게 되었다. 정읍 고부에서 열린 한일합방 잔치에 참석했던 아버지가 가져온 떡을 먹고, 나중에 그 떡을 가져온 곳을 알고 토해냈다고 한다.

*서택환 선생께서 "우리나라가 다 망해 간다. 망하거든 너희들이 일어나서 독립운동을 해야 한다."는 말씀을 15세 때 듣고 울고 또 울었다.

훈장 선생이 어느 날, 고종 퇴위를 막으려다 축출(1907년)된 성우 이명직(李命稙) 대감이 돌린 "망해가는 나라를 되살리는 길은 선진국에 유학하여 선진문물을 배워 대비하는 길"이라는 사발통문을 보고 감화되어 일본 유학을 결심하게 되었다고 한다.

2. 9.28 수복 후 빨갱이로 몰리다
　－독립운동가는 사라지고 사회주의자로 몰려

지운이 천성적으로 가난한 사람과 약자를 보면 돕고 싶은 마음이 일어났다. 특히 걸인이나 어려운 자들을 잘 도와주는 고모의 영향을 받았다고 하였다. 이는 식민지 지식인으로서 민족의 해방과 가난한 자들의 계급해방을 위한 행동으로 나타나게 되었다. 그래서인지 지운은 일본에 건너가 와세다 대학 정경학부를 다니다 사회주의를 접하고 독립운동의 한 방법으로 사회주의 사상을 택하게 된다.

1915년, 조선 청년들의 선진국 유학을 독려했던 이명직 대감이 일제에 의해 독살당했다는 소식을 듣고, 열지동맹(裂指同盟:斷指)을 조직, 정노식. 윤

현진 등 7명이 학우들과 무명지 손가락을 찢어 피를 섞어 마시며 독립운동에 투신하기로 결심하였다.

1916년에는 조국해방을 위하여 싸우다 죽어서 귀신이 되더라도 조선독립을 위해 울자는 뜻으로 '곡귀단(哭鬼團)'을 조직하였다. 그러던 1919년 3.1운동이 일어나자 안창호 선생이 주동이 된 '상해임시정부'수립에 가담하여, 이승만(대통령), 이동휘(국무총리), 김립(비서실장), 신익희(외무차장)등과 함께 김철수는 혁명자금담당을 맡아 시베리아로 가서 40만원어치의 금덩이를 가져왔다.

3. 공산당 책임비서 되다

1926년「조선공산당」중앙위원 조직부장에서〈책임비서〉로 피선되어 엄중한 일제의 감시 속에서도 당대회를 개최하여 당을 복원하고, 모스코바를 방문하기도 하였다. 김철수의 이러한 활동은 일제에 맞서 조국을 해방시킬 수 있는 방략으로 공산당 활동을 선택한 것이다.

지운 김철수(앞쪽 왼쪽에서 두번째)가 일본 와세다대 정치학과 유학 시절 동료들과 함께 찍은 사진.

중국 길림성에서 독립운동을 하던 중 귀국(歸國)하다가 경남 양산에서 일경에 체포되어 구금되었다. 8개월 만에 출옥되었으나 '사상범 전향' 교육을 받지 않자, 1931년 3월에 치안유지법 최고형 10년 형으로 '경성형무소'에 공산당 거두 역할 죄로 다시 구금 된다.

46세되던 1938, 8년 8개월의 감옥생활에서 일본 황태자 출생기념으로 감형, 출옥하여 세브란스 병원에 입원하였다.

4. 좌우익 합작운동을 주장하다 – 실패
　– '정계에서 은퇴

54세 되던 1946에는 박헌영에게 반대하는 성명인 '합당문제에 대하여 당내 동지 제군에게 고함'에 서명하였다는 이유로 당으로부터 정권(停權) 처분을 받고 「사회로동당」을 창당하여 여운형 등 인민당 잔류파와 신민당 반간부파와 더불어 김규식(6.25 때 납북됨)을 지도자로 염두에 두고 좌우합작을 추진하였다.

　그러나 해방공간의 혼란 속에서 북쪽 공산당(박헌영)에 밀리고, 남쪽의 이승만한데도 밀려 정계에서 은퇴하고 고향인 전북 부안 백산면 원천리로 돌아 왔다.

지운 김철수 선생의 유학시절 단체사진 앞줄 왼쪽부터 최두선(최남선의 동생), 남길두, 장덕수, 김철수, 윤홍섭, 최익준, 정상형, 양원모, 중간 줄 왼쪽부터 김영수, 춘원 이광수, 김성녀, 송계백, 백남훈, 서상호, 노준영, 신익희 뒷줄 왼쪽부터 김명식, 김양수, 친일 사학자 이병도, 김종필, 한상윤, 고지명, 이현규, 별도원내 박인수

6·25 전쟁이 일어나자 많은 유혹이 있었으나 뿌리치고 고향을 지켰다. 그러나 9·28 수복 후 빨갱이로 몰려 사형집행 직전에 현장지휘관이 지운의 그간 공적을 참조하여 사지(死地)에서 구해냈다고 한다. 이후 독립운동가 김철수는 사라지고 사회주의자라는 이유로 공안당국의 1급 감시 대상이 되었다.

5. 진정한 민족 통일을 꿈꾸다
  — 좌익과 우익의 가교 역할에 앞장서

1945년 해방과 더불어 공주 감옥에서 출옥한 김철수 선생은 외세(外勢)의 관여를 배격하면서, 친일파를 먼저 숙청하자는 공산주의자도, '선

단독정부 vs 좌우합작, 해방정국 맞수 이승만-여운형

공산주의자 박헌영

신익희

건국(先建國) 후친일파(後親日派) 숙청'을 내세운 이승만 측(독립촉성중앙협의회)에도 동의하지 않고, 오로지 민족통일의 대명제 앞에서 서로 통일되어야 비로소 완전한 독립을 하는 것이라 주장하며 '민족통일 정부'를 최우선으로 내세웠다. 그리하여 자발적 친일파를 제외한 좌우익 통일정부 수립을 주장하였으나 박헌영과 노선 갈등에서 밀려나게 되었다.

사실 지운 김철수 선생은 한국 초창기 사회주의 운동을 이끌었고 혼란스런 해방공간에서 좌익과 우익의 가교 역할에 앞장서 우익의 이승만과 좌익의 박헌영 회담을 추진하는 등, 진정한 민족통일 정부 수립에 노력한 사회주의 계열의 최고 원로였다.

그러나 공산당에서도 밀리고 이승만 주도의 '대한독립촉성중앙협의회'에서도 밀려났다. 그러던 1947년 사회노동당을 함께 창설하여 좌우익 통합을 꿈꾸어 왔던 정치적 동지 여운형 선생마저 급작스레 극우파에 의해 암살 당하게 되자, 지운은 정치에 환멸을 느껴 정계를 떠나 고향인 부안으로 돌아 와 은거하게 되었다.

6. 토담집 누옥에서 영면하다

그러던 1956년 대통령 선거에서 야당 후보였던 와세다 대학 동창 해공 신익희를 적극 지원하며 정치적 재개를 시도하였으나, 신 후보의 급

역사의 라이벌 김구, 이승만

작스런 급사로 또 다시 좌절을 겪게 되었다. 이후 1986년 93세로 사망할 때까지 일체 외부 출입을 금하고 고향에서 농사에만 전념하였다.

76세(1968)가 되자 집과 논을 처분하고, 삶터를 떠나 전북 부안군 백산면 대수리 오곡마을의 선영이 있는 산에 손수 10여 평의 토담집을 짓고, 지운당(遲耘堂)으로 이름 붙였다가 몇 년 뒤에 이안당(易安室:이정도면 편안하다)이라 이름 붙여 은거하였다.

93세(1986)가 되던 해, 전남대학교에서 강연을 마친 뒤, 귀가한 후 갑자기 피를 토하며 쓰러졌다. 사회주의자요, 항일독립운동가인 지운 김철수는 그렇게 조국이 통일되지 못한 한(恨)을 안고 고향 마을에서 영면하였다.

2004년 3월 16일, 그의 사망 18주기를 맞아 「지운 김철수 선생 추모사업회」가 주축이 되어 고향인 백산중·고등학교 정문 앞에 추모비와 꽃동산을 세웠다. 2005년 8월 15일 광복 50주년을 맞아 '건국훈장 독립장'을 추서하고 국립대전현충원으로 이장하였다.

부록

1. 일제강점기 해외동포들의 망명문학 목록
– 항일민족시가를 중심으로

일제강점기 해외동포들의 망명문학을 연재하며

차례	국명	목록	제목
1	미국	공립신보-1	1905년 공립신보와 뎐씨애국가
2	〃	공립신보-2	1905년 샌프란시스코 〈공립신보〉
3	〃	신한민보-1	1908년 샌프란시스코 〈대도〉
4	〃	신한민보-2	독립운동의 거점, 국민회
5	〃	대도, 국민보	1909년 샌프란시스코 신한민보
6	〃	태평양주보	1913년, 하와이 국민보, 태평양주보
7	〃	한계레신문	하와이 '국민회' 분열과 이승만
8	〃	독립-1	1944년 LA 〈독립〉 신문
9	〃	독립-2	이광수의 새로운 시조
10	〃	독립-3	1943년 광복군 순국열사
11	〃	독립-4	1945년 조선문제, 미국과 러시아 합의
12	〃	하와이한인교회 85년사	윤치호 애국가, 안창호 거국가
13	러시아	대동공보1	1908년 블라디보스크 〈대동공보〉
14	〃	대한인정교보	1912년 러시아 〈대한인정교보〉
15	〃	권업신문	1912년 연해주 〈권업신문〉
16	〃	청구신보, 한인신보	1917년 러시아 〈청구신보〉 〈한인신보〉
17	〃	선봉1	러시아 연해주 〈선봉 · 1〉 – 〈짓밟힌 고려〉 〈봄은 오건만〉
18	〃	선봉2	러시아 연해주 〈선봉 · 2〉 – 〈국문타령〉 〈나무줍는 아낙네〉
19	〃	선봉3, 보편	러시아 연해주 〈선봉 · 3〉 – 고국을 이별하고 〈강동륙십년〉
20	〃	선봉4	러시아 〈선봉 · 4〉 – 〈종〉 〈영광의 죽음〉
21	〃	선봉5	러시아 〈선봉 · 5〉 – 쎈티멘틸리즘-달콤한 꿈을 좋아하는 '불쌍한 사람들'
22	〃	선봉6	러시아 〈선봉 · 6〉 –'공산사회 건설의- 깃발을 휘날리며'
23	〃	홍범도 장군	일본군과 맞서 싸운 빨치산 홍범도 – 간도와 블라다보스크를 중심으로

차례	국명	목록	제목
24	중국	독립운동사, 광복의 메아리	광복군 선언문과 광복의 메아리-1
25	〃	광복의 메아리	1910년대 광복의 메아리-2
26	〃	광복의 메아리	1910년대 광복의 메아리-3
27	〃	"	1910년대 광복의 메아리-4
28	〃	"	1920년대 광복의 메아리-5
29	〃	"	1920년대 광복의 메아리-6
30	〃	한민(韓民)Autum 1922, No.90	광복군 총사령관 지청천
31	〃	최신창가집	독립군가- 창가집-1
32	〃	"	독립군가- 창가집-2
33	〃	"	독립군가- 창가집-3
34	〃	"	독립군가- 창가집-4
35	〃	"	독립군가- 창가집-5
36	〃	상하이 독립신문	임시정부 독립신문-1
37	〃	"	임시정부 독립신문-2
38	〃	"	임시정부 독립신문-3
39	〃	"	임시정부 독립신문-4
40	〃	"	임시정부 독립신문-5
41	〃	중국조선문학사	창강 김택영 선생 1930년대
42	〃	"	단재 신채호
43	북한	해방전 조선문학	1930년대 항일무쟁투쟁가
44	〃	"	박팔양- 식민지 현실 비판
45	〃	"	박세영- 진보적 카프 시인
46	남한	한민	1930년대 만주지역 독립전쟁
47	〃	기타	비운의 독립운동가 지운 김철수

2. 일제강점기 항일민족시가 자료 목록
– 해외 망명문학을 중심으로

일제강점기 국내문학은 조선총독부의 언론통제로 식민지 종속문학으로
전락하였음에 비해, 해외로 망명한 애국인사들이 현지에서 발표한 망명문학에선,
표현의 자유로 한민족의 참다운 민족정신을 엿볼 수 있다.

▶ 내용: 해외망명 인사들의 항일 민족시가
▶ 수량: 31종 1000여 편

1) 재미(在美)동포들의 작품
   ① 「공립신보」(1907.4.26-1986) – 공립협회
   ② 「대도」(1908.12.21-1912) – 상항한국인 연합감리교회
   ③ 「국민보」(1913 – 1968) – 하와이
   ④ 「독립」(1943 – 1955) – 조선민족혁명당 (미공개된 이광수 시 수십 편이 수록됨)
   ⑤ 「하와이 한인교회 85년사」(1903 – 1988) – 하와이
   ⑥ 「재미한인 50년사」(1959 – 상항) – 김원용
   ⑦ 「한글교과서」(1943) – 최봉윤
   ⑧ 「우라키」(1924 – ?) – 북미한인유학생회 (콜롬비아대학 소장)
   ⑨ 「태평양 주보」(1930 – ?) 이승만 주재

2) 재소(在蘇)동포들의 작품
   ① 「大同共報」(1908 – 1010) – 블라디보스톡
   ② 「히죠신문」(1908 – 1910) – 상동
   ③ 「대한인정교보」(1912 – 1914) – 상동
   ④ 「권업신문」(1912 – 1914) – 상동
   ⑤ 「청구신보」(1917-1919) – 상동
   ⑥ 「한인신보」(1917 – 1918) – 상동
   ⑦ 「선봉」(1923 – 1937) – 상동

3) 재중(在中)동포들의 작품
   ① 만주지방의 창가집 (1900 – 1945)
   ② 중국 조선족 문학사 – 연변 인민 출판사
   ③ 중국 조선민족 문학 선집(상·하) – 민족출판사
   ④ 광복의 메아리 – 독립군가 보존회

4) 북한 작품

① 조선문학사(1900-) - 대학 교재, 조선민주주의 인민공화국 교육성 비준, 1956
② 조선문학사(19c末-1919), 안함광, 고등교육출판사(평양도서인쇄공장), 1964
③ 해방전 조선문학 - 윤규섭, 조선작가동맹출판사,1958(최명표 편, 2018, 신아출판사)
④ 월북작가 대표문학 50인선 - 서음출판사

5) 기타

① 신의관 창의가(1907)
② 김창숙의 시(1920)
③ 알기쉬운 독립운동사 - 국가보훈처
④ 조선문학개관 - 도서출판 진달래
⑤ 유기수의 시 - 관동군 시절의 이야기
⑥ 김동수 - 일제침략기 민족시가 연구
⑦ 한민(韓民) - 한민회(해외 독립운동 가족모임)

자료 수집에 협조해 주신 분들

· 주영규 - 버클리대학교 동아시아 도서관
· 박숙자 - 상동
· 손수락 - 샌프란시스코 한국일보 지사 편집부국장
· 김주봉 - 미 국회 도서관 korean section
· 윤충남 - 하버드대학 엔칭도서관
· 방선주 - Maryland거주. 한국학 연구학자
· 전경미 - 하와이대학 manold 도서관
· 최봉원 - 캘리포니아 버클리거주. 전 버클리대학 교수
· 이하전 - 캘리포니아, 몬트레이. 상항지역 광복회장
· 최연홍 - 미국 Virginia주 거주. 시인
· 윤수원 - 미국 뉴저지주 프린스톤(princeton)대학
· 이해경 - 뉴욕, 콜롬비아 대학 도서관
· 이선우 - 보훈처 자료과장(현 〈한민〉 편집인)
· 권   철 - 연변대학 조선 한국학과 교수
· 태평무 - 중국·북경·중앙민족대학 조선계 문학과 주임교수
· 전병윤 - 전북 원로 시인

3. 일제하 해외동포 출판물 재평가 시급

일제하 해외 출판물 재평가 시급

김동수 교수 〈UC 버클리 객원연구원, 백제예술대학〉

特別기고

일제침략기 한국의 문학은 조선총독부의 언론탄압 정책에 의해 민족의 얼이 살아남을 수 없는 식민지 종속문학으로 전락되었다고 본다. 1910년 일인들의 「고문경찰소지(顧問警察小誌)」를 보면 일제는 그들의 침략정책을 은밀히 시행코자 조선과 강화도조약과 한일협약을(1904) 맺고 조약에도 없는 경찰고문을 파견하여 유생들의 탄원서와 벽보, 신문 원고를 사전 검열, 반일감정을 미연에 방지하고 있었다. 일본은 조선총독부를 중심으로 치밀하게 짜여진 식민통치로 우리의 역사와 민족정기를 식민사관으로 왜곡, 편하시켰음은 물론 국민감정 또한 병약하고 감상적인 자기비하증에 젖어들게 하였으니 이러한 현상은 특히 당시의 문학에 두드러지게 나타나 있다.

불행하게도 이때 우리는 망국민이 되어 식민지 노예로 류여있었음에도 불구하고 일제는 최남선, 이광수, 이인직등을 통해 한일합방을 찬양하는 「경부철도가」와 자유연애사상을 부추기는 「무정」 그리고 일본군을 인도주의자로 미화하는 「혈의 누」등을 쓰게 하였는가 하면 「창조」, 「폐허」, 「백조」등의 각종 문예지에 퇴폐, 허무적 감상주의를 문단의 양상으로 부추켜 그 악폐가 오늘날까지도 한국의 문학사에서 주류를 차지하고 있다. 그러화였기에 당시에 간행된 국내문학은 민족이 처해있는 현실을 피폐화하

거나, 또 이를 극복하려고 노력하기보다는 오히려 이 시기 우리문학이 성장 발달 되었다고 기술하여 왔으며, 지금까지도 그러한 문학서들이 한국의 중·고·대학의 교재에서 그대로 가르쳐지고 있으니 안타까운 일이 아닐 수 없다.

반면에 당시 해외동포들의 출판물(문학)은 사뭇 다른 양상을 보이고 있다. 샌프란시스코에서 발간된 「공립신보」를 보면 「전곤갑리 태극기를/ 지구상에 높이 날려/ 만세 만세 만만세로/ 대한독립어서하게-1908. 4.1」, 블라디보스톡(쏘련)의 「권업신문」은 「얼음도 썩고 눈조차 썩는/ 블라디보에/ 이상타 안 썩은 것은/ 태백의 령(靈)-1914.1.18」그리고 상해의 「독립신문」에서「화려한 금수강산 삼천리 받은/선조의 피와 땀이 적신 흙덩이/ 원수의 말굽에 밟는단 말가/ 아! 이 부끄럼을 못내참으리-1922.

3. 29」등으로 국권회복과 조국에 대한 무한한 사랑을 구구절절하게 표현하고 있었다.

마침 한국 정부에서 문민정부가 들어선 이후 역대 정권이 못해 왔던 역사 바로 세우기 작업을 한참 진행하고 있다. 3월부터는 조선총독부에 의해 지정된 문화재를 전면 재평가 한다고 하나 이제야 비로소 자주 독립국가로서의 면모를 갖추어 가고 있는 셈이다.

이에 발맞추어 한국 정부에 바란다. 일제 침략기 조선 총독부의 언론통치 아래에서 엮어진 한국의 근·현대 문학사도 시급히 재평가가 되어야 한다는, 또 이를 위해 일제시대 해외에서 동포들에 의해 발간된 신문, 잡지, 교회주보등 각종 간행물들을 국가차원에서 수집하여 역사 바로세우기의 귀중한 자료로 삼아야 한다고, 해외 동포들의 이러한 자료들에는 이민초기 우리 조상들의 피땀어린 눈물과 국내문학에서 볼 수 없는 한 맺힌 민족혼들이 뜨겁게 아로새겨져 있어 오늘을 살아가는 우리들에게 시사하는 바가 적지않기 때문이다.

이를 위해 필자는 지금 버클리 대학의 동아시아 도서관을 중심으로 일제침략기 재미 한인동포들에 의해 발간된 문학작품들을 수집하고 있다. 앞으로 이들을 문학사로 새롭게 엮어 우리 2세들에게 가르칠 생각이다. 정부 당국과 교포 여러분들의 많은 협조(자료)로 그간에 왜곡, 굴절된 한국의 문학사가 바로 잡혀 후손들에게 이 시기 자랑스러운 우리 조상들의 모습과 민족적 자존을 드높이는 계기가 되었으면 한다.

한국일보 샌프란시스코, 1996년 3월 21일

4. 일제 침략기 미주 한인 출판물

한국일보 샌프란시스코, 1996년 5월 14일

5. 국민보

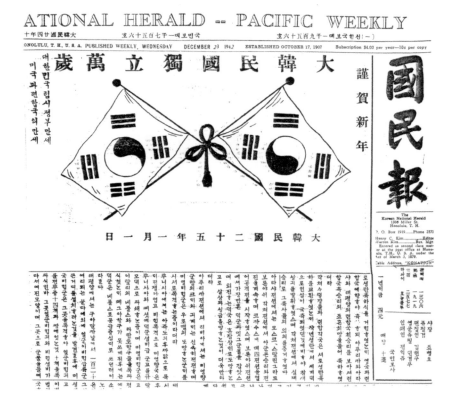

6. 일제강점기 미주·쏘련 동포문학 자료(원본)

미주. 소련 동포문학자료 (원본)
— 일제강점기 —

① 미주 한인 문학의 세계 (1905-1919)

가. 패망지경에 이른 조국에 대한 안타까움과 일제에 대한 증오(1905-1910)

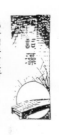

1908. 4. 1

나. 망국의 분함과 광복을 다짐(1910-1915)

1913. 10. 31

② 소련 동포 문학의 세계 -블라디보스록-

일제강점기 한민족의 망명문학

초판 1쇄 인쇄   2023년 12월 14일
초판 1쇄 발행   2023년 12월 20일

지은이 김동수
발행처 (사)전라정신연구원

제작처 쏠트라인
출판등록 제 452-2016-000010호(2016년 7월 25일)
주소 04549 서울특별시 중구 을지로18길 24-4, 404호(인현동 1가)
이메일 saltline@hanmail.net

인쇄처 도서출판 마음
주소 55032 전라북도 전주시 완산구 견훤왕궁로 15
전화번호 063)288-3002

ISBN: 979-11-92139-52-4 (03800)
값: 25,000원

·이 책은 2023년도 국가보훈부의 보조금 지원으로 이루어진 것이나 그 내용은 국가보훈부의
  견해와 다를 수 있습니다.